窥豹录

当代诗
的
九十九张面孔

胡亮 著

Leopard through a Peephole
99 Faces of Contemporary Poetry

江苏凤凰文艺出版社
JIANGSU PHOENIX LITERATURE AND
ART PUBLISHING, LTD

图书在版编目（CIP）数据

窥豹录：当代诗的九十九张面孔 / 胡亮著. — 南京：江苏凤凰文艺出版社，2018.10
 ISBN 978-7-5594-2942-1

Ⅰ.①窥… Ⅱ.①胡… Ⅲ.①诗歌评论－中国－当代－文集 Ⅳ.①I207.22-53

中国版本图书馆 CIP 数据核字(2018)第 220331 号

书　　　名	窥豹录：当代诗的九十九张面孔
著　　　者	胡　亮
责 任 编 辑	黄小初　于奎潮
文 字 编 辑	王娱瑶
摄　　　影	袁　政
书　　　法	曾来德
出 版 发 行	江苏凤凰文艺出版社
出版社地址	南京市中央路 165 号，邮编：210009
出版社网址	http://www.jswenyi.com
印　　　刷	徐州绪权印刷有限公司
开　　　本	787×1092 毫米 1/32
印　　　张	10.75
字　　　数	210 千字
版　　　次	2018 年 10 月第 1 版　2018 年 10 月第 1 次印刷
标 准 书 号	ISBN 978-7-5594-2942-1
定　　　价	48.00 元

（江苏凤凰文艺版图书凡印刷、装订错误可随时向承印厂调换）

目录

侥幸的批评家（代序）/ 001

周梦蝶 / 001

曾卓 / 006

牛汉 / 009

孔孚 / 013

木心 / 016

余光中 / 019

洛夫 / 023

罗门 / 027

管管 / 030

商禽 / 034

痖弦 / 037

碧果 / 041

郑愁予 / 045

林子 / 049

昌耀 / 052

张新泉 / 056

哑默 / 059

食指 / 062

北岛 / 065

江河 / 070

芒克 / 073

根子 / 076

多多 / 079

舒婷 / 082

胡宽 / 086

周伦佑 / 089

严力 / 092

梁小斌 / 095

王小龙 / 098

于坚 / 101

杨炼 / 104

王小妮 / 108

翟永明 / 111

顾城 / 115

柏桦 / 120

夏宇 / 124

蓝马 / 127

欧阳江河 / 130

刘以林 / 134

王家新 / 137

马莉 / 140

吕德安 / 142

莫非 / 146

骆一禾 / 149

吉狄马加 / 153

崔健 / 156

陈东东 / 159

孟浪 / 163

韩东 / 166

张枣 / 169

王寅 / 175

丁当／178

普珉／181

虹影／184

麦城／187

车前子／190

西川／193

李亚伟／196

马松／199

郑单衣／202

黄灿然／205

杨子／208

海子／211

臧棣／216

尚仲敏 / 221

草树 / 224

荣荣 / 227

田禾 / 230

阿吾 / 232

杜马兰 / 234

树才 / 237

张执浩 / 240

余怒 / 243

伊沙 / 246

雷平阳 / 249

鲁西西 / 252

陈先发 / 254

蓝蓝 / 258

杨键 / 261

桑克 / 264

李少君 / 267

赵思运 / 270

杜涯 / 273

朱朱 / 276

安琪 / 279

宇向 / 282

周云蓬 / 285

蒋浩 / 287

孙磊 / 291

谭克修 / 293

李小洛 / 296

唐果 / 298

叶丽隽 / 300

泉子 / 302

韩博 / 306

尹丽川 / 309

王敖 / 313

沈浩波 / 316

郑小琼 / 319

后记 / 322

侥幸的批评家（代序）

批评家主要有三种：时政批评家、艺术批评家和文学批评家。在这里，笔者只愿意谈及最寂寞的文学批评家。文学批评家主要亦有三种：小说批评家、戏剧批评家和诗歌批评家。在这里，笔者只愿意谈及最寂寞的诗歌批评家。诗歌批评家主要亦有三种：古典诗批评家、现代诗批评家和当代诗批评家。在这里，笔者只愿意谈及最寂寞的当代诗批评家。唯有当代诗批评家，才是寂寞的立方，才最有资格成为侥幸的批评家。

要把这个问题说清楚，必须借助某种统计学——这种统计学，毫无疑问，将是波兰女诗人辛波斯卡（Wislawa Szymborska）所谓"悲哀的计算"。

笔者只是一个读者而已，却无端地相信：在中国，在当代，至少有一千个专业的批评家。他们从不缺乏所谓的批评才能,与这种才能相表里,他们也不缺乏对诗的深情和敏感,甚至不缺乏必要的历史学、政治学、社会学、哲学与神学、艺术史与思想史修养。然而,其中九百个批评家,将在本轮计算中成为减数。他们或认为,好的批评,不如好的生活。慢慢地,批评,就质变为生活中的社交。批评(姑且仍然称为批评)的低成本,换来了社交的高回报——机会、荣誉、物质或职务的高回报。这种高回报,由期货,到现货,中间隔着小聪明、堕落和判断力的闲置。这九百个批评家(姑且仍然称为批评家),大致可以分为两类。其中一百二十个批评家,在酒醒后的某个深夜里,辗转反侧,忽而失了眠。他们找出青春相册,翻了三遍,然后写出自祭文,痛哭流涕念了五遍。第二天清晨,他们发愿写出真正的批评,给匍匐在尘埃中的某位大诗人戴上桂冠。然而,门铃响了,快递来了——他们收到了"薛蟠打油诗创作一周年研讨会"的邀请函。薛蟠,也就是呆霸王,不用笔者专门介绍了吧?另外七百八十个批评家,早已没有眼泪,他们只剩下珠圆玉润的算盘——其中两把算盘,藏于两只长袖;还有一把算盘,藏于谁也找不到的隐形的抽屉。批评和人民币之间的汇率,又出现了上调的态势。他们举起高脚杯,彼此致意,碰出了得体的脆响。没有自祭文,只有祭文。他们把祭文——也是讽刺诗——提前送给了想要挤过独木桥的那些傻瓜。当然,前边说到的自祭文,挽的是个人的理想;这里说到的祭文或讽刺诗,挽的是——带着一丝讪笑——他人的执迷不悟。

不管怎么说,当代诗,终于还是得到了一百个批评家——这一百个批评家都是出色的批评家。他们铁了心,壮了胆,把批评作为可以献身的名山。前面就是独木桥,就是牛角尖,就是绕不开的十八座虎山。从虎山,到名山,相隔十万八千里。在这个无限辽远的地带上,当有上帝,将对这一百个批评家进行再选择。悲壮与残酷,都只是寻常风景。

是的,现在还剩下一百个批评家。其中六十个批评家,并没有足够的天赋。天赋是上帝的绣球,是罕见的、偶然的、不可预订而又难以推脱的礼物。比如,蜻蜓的复眼,可达二万八千只。再如,狗的嗅觉细胞,可达两亿两千万个。天赋是细胞,亦是麻绳。另外四十个批评家,已经被重重捆绑。对,没得选,只能从事批评呢。对他们来说,当代诗,既有二万八千幅视图,亦有两亿两千万种气味。此种分辨率,就是天赋。如果他们不做批评家,屈就平庸,转而学习腌肉、酿酒、养海狸鼠或修皮鞋,很快就会表现出非凡的笨拙。

现在还剩下四十个批评家。其中二十四个批评家,并没有合理的学养。一方面,他们精通西洋现代批评。精神分析也罢,原型批评也罢,俄国形式主义也罢,新批评也罢,读者反应理论也罢,符号学也罢,女性主义与性别政治也罢,后殖民主义也罢,都是趁手的工具,都可以用来解读中国当代诗。由此得到的成果,与其说是当代诗批评,不如说是西洋现代批评的"应用研究"。他们在讨论翟永明吗?非也,是在讨论美国女性主义批评家肖瓦尔特(Elaine Showalter)呢。另一方面,他们熟读西洋现代诗歌。象征主义也罢,表现主义也罢,超现实主义也罢,意象主义也罢,垮掉派也罢,荒诞派也罢,语言诗也罢,后现代主义也罢,都是耀眼的榜样,都可以用来参证中国当代诗。由此得到的成果,与其说是当代诗批评,不如说是西洋现代诗歌的"影响研究"(influence study)。他们在讨论翟永明吗?非也,是在讨论美国自白派诗人普拉斯(Sylvia Plath)呢。他们是在讨论韩东吗?非也,是在讨论英国运动派诗人拉金(Philip Larkin)呢。前述应用研究和影响研究,要说,对当代诗亦颇有必要。但是呢,这样的研究,不免洒下了西方中心主义的浓重阴影。这二十四个批评家,把燕卜荪(William Empson)的《七种复义》拜读了三遍,却把司空图的《二十四诗品》雪藏了三十年。笔者的意思已经很明朗,虽然新诗从来没有真正地诀别过中国古典诗,但是新诗批评——尤其是当代诗批评——却已经较为彻底地违弃了中国古典诗学。

现在还剩下十六个批评家。其中七个批评家,并没有强烈的批评文体学自觉。文体学自觉,这似乎只是创作者——而不是批评家——的必要前提。对于批评家来说,要紧的,乃是

"问题"而非"文体"。无论是创作者，还是批评家，大都心安理得地持有这种令人遗憾的观点。如果借来索绪尔（Ferdinand de Saussure）的术语，或许可以这样来表述：出色的诗人具有更强的"言语"（parole）能力，而批评家则具有更强的"语言"（langue）能力，故而前者跳脱而后者规矩，前者抽出了新芽而后者死守着朽根。批评家挑剔着某个诗人——或某个诗文本——的角度、节奏、语调或想象力，由此写出的批评文本，在角度、节奏、语调或想象力方面却乏善可陈。他们用青铜阐释着白银，用白银阐释着黄金。这青铜，这白银，居然一点儿也不脸红。已经输了几十年，批评家呢，依然顾盼自雄。诗人不再指望批评家，就如同黄金不再指望白银而白银不再指望青铜。什么时候，不仅是在诗人这里，而且是在批评家这里，古字、白话、口语、方言、翻译体甚或木屑竹头才能铸为合金？什么时候，诗人和批评家，诗文本和批评文本，才能展开你追我赶的竞赛或你死我活的热恋？是的，批评不是批评家对诗人的心服口服，也不是批评文本对诗文本的毫无自知之明的单相思。两者，全身心，都要投入这场竞赛或热恋。分不出雌雄，那才叫好看呢。

现在还剩下九个批评家。其中两个批评家，并没有必需的金钱。是的，金钱，你并没有听错。与任何批评门类相比，当代诗批评——乃至研究——都是投入最多收入最少的行当，换句话说,这是亏定了的买卖。为什么这样讲呢?批评或研究工作,在很大程度上,必须依托公共图书馆。但是,当这两个批评家坐了三小时大巴、两小时高铁,终于走进某个公共图书馆时,他们就傻眼了,坐在大理石台阶上流下了热泪。从县立图书馆到市立图书馆,从省立图书馆到国立图书馆,从南京大学图书馆到北京大学图书馆,或许都藏有多个版本的余光中或舒婷,舍此而外,却只藏有少得可怜的当代诗文献。像商禽的讲座视频、哑默的自印文集、北岛的海外版诗集和散文集、骆一禾的日记(哪怕是复印件)、张枣的信札、钟鸣或蒋浩主编的民刊、沈浩波私刻的诗集,诸如此类的文献,尤其是非正式出版物,很难见诸公共图书馆。当代诗文献,就如博尔赫斯(Jorges Luis Borges)曾经谈及的来自比卡内尔的圣书,"没有首页,也没有末页"。你以为"大拇指几乎贴着食指"就可以揭开某页吗?不,对于这部无限之书来说,某页也就是无数页。这两个批评家后来得知,也许只有荷兰莱顿大学的汉学研究院,经柯雷(Maghiel van Crevel)先生多方采集,才藏有较为可观的中国当代诗文献。然则,大巴票、高铁票还没地儿报销,又怎么买得起飞机票?这两个批评家,把拟好的文论大纲扔进了果皮箱。另外七个批评家,节衣缩食,呕心沥血,穷二十年之功,斥三十万之资,成八千册之藏,终于建成了一座志在当代诗文献的私立图书馆。可是,他们买不起别墅。这座私立图书馆,必将占用家里的客厅、卧室、过道甚至卫生间,为妻儿所怨,复为亲友所讥也。

现在还剩下七个批评家。其中三个批评家,并没有持久的耐心。无止境的阅读和写作,寂寞的立方,永远的零回报,"世人见我恒殊调,闻余大言皆冷笑"(此乃唐人李白之诗也),都是如此令人难以忍受。这三个批评家决定稍事休息,不再深究何以北岛羞于提及《回答》,而韩东厌于提及《有关大雁塔》。他们根据早年得来的印象,再次赞美着——或者挖苦了——《诺日朗》和《悬棺》,却无视杨炼又写出了《叙事诗》和《艳诗》,而欧阳江河又写出了《泰姬陵之泪》《凤凰》和《宿墨与量子男孩》。至于美学的少年先锋队员,虽然不断涌现,也只是引起并加固了他们的居高临下的怀疑。小孩儿呢,看看再说吧。最近,他们得到了两家出版社的答复,即便完成了书稿,恐怕也没有付梓的可能。只有自费出版,无偿赠阅。他们嘟囔着:"老子不干了。"这三位批评家,有的改行从事电影批评,有的改行从事水墨批评,有的移情于山水,很快就在江湖上消失了萍踪。

现在还剩下四个批评家。其中一个批评家,忽然卷入了一桩奇案。在某个月黑风高之夜,跳进来两个贼人,剜去了他的眼睛,割掉了他的舌头,砍断了他的双手。这桩奇案,最终未能侦破。可怜的批评家,经抢救,保得了性命,却已成了不能看书、不能说话、不能写字的废人。他该怎样度过残生？像《山海经》所记载的那样，"乃以乳为目，以脐为口"？或是像商禽先生所写的那样，"用脚思想"？如此这般，都是坐着说话不腰疼呢。

天啦，现在只剩下三个批评家——三个堪称孤绝的批评家。我们的统计学，我们的"悲哀的计算"，与其说求得了最终的差，不如说仍在猜测着难以捉摸的天意。阿弥陀佛，但愿这三个批评家，关好了天然气，修好了漏船，没有被吸毒的小儿子气死，没有被打牌的老婆逼疯，没有遭到某些名流或主编的暗算，没有陷入巨大的虚无感，没有患上抑郁症、卢伽雷氏症、脑萎缩或耳原性眩晕症，更没有患上肺癌或白血病，没有被医生误诊，没有撞上从顶楼掉落的花盆，没有恰逢地震，没有受到核辐射，没有乘坐即将开下悬崖的汽车。倘若真的是这样，这三位批评家，就是侥幸的批评家。既有侥幸的批评家，亦有侥幸的诗人，两者的遇合，可望成就侥幸而伟大的批评。

2018 年 4 月 16 日

春深夏浅，绿肥红瘦

周梦蝶（1921—2014）

顶上雪何谓？白发也。心头雪何谓？死灰也。周梦蝶曾经说，顶上雪，可以染发精改之；心头雪，则非兼具"胭脂泪""水云情""松柏操"与"顶门眼"者不能改也。他的语调，很轻，很淡，很慢，眼看就要入定，似乎只是为了说给自己的千耳。然则周梦蝶何许人耶？他是个遗腹子，从幼年，到中年，到晚年，先丧母，再丧妻，复丧子，其一生也，如同野水浮萍而剩山飞蓬。周梦蝶何许人耶？或云亦道亦释，或云亦儒亦侠，或云贾宝玉再世，或云苏曼殊李叔同重生。故而，周梦蝶不唯千耳千眼，亦有千万身，以至广大无穷。其为诗也，有旧体，亦有新体，新与旧，往往茫然不可辨。就人而言，就诗而言，就人与诗的合璧而言，周梦蝶乃是寒士也、情种也、隐者也、未出家之老僧也。1955年，周梦蝶退役，迁居台北，先后在武昌街、长沙街等处摆摊鬻书,前后凡数十年。据云,周梦蝶身着藏青长袍,手持僧灰提包,每日必飘然而来,有客则侧身对话,无客则端坐读书,眼不离经卷,耳不听莺燕,无俯无仰,无惊无怖,到点必萧然而去。尤以五六十年代,其人其景,闲云野鹤,恍如街头的圣殿,直是红尘中的道场。而在周梦蝶的内心,欲与理,独与兼,凡与圣,苦与空,每每相煎,必当成诗而后快也,必当成诗而后安也。先后之所著,计有《孤独国》《还魂草》《十三朵菊花》《约会》《有一种鸟或人》等集。先说其作为寒士的孤危之诗。此类作品,其色暗黑,其言纠结,页页都是冷肃,篇篇都是苦痛,风格颇类唐人李长吉。来读《冬天里的春天》:"今夜,吉力马扎罗最高的峰顶雪深多少?/是否须髭奋张的锦豹在那儿瞻顾踌躇枕雪高卧?"可见寒士周梦蝶,自有"松柏操"。再说其作为情种的热烈之诗。此类作品,其色深红,其言婉约,页页都是珍惜,篇篇都是缠绵,风格颇类清人曹雪芹。世间情种,勿如贾宝玉,情种传记,勿如《石头记》。周梦蝶耽读《石头记》,曾撰成读红散文集《不负如来不负卿》。《石头记》,说的是木石之前盟,而周梦蝶,写的是雪火之苦缘。诗人每感于神瑛与绛珠之情事,自己做诗,也不免常常借来相关典故。哪些典故?以泪报恩也,胭脂也,袈裟也。来读《无题》:"谁教我是这样的我/谁教你是这样的你/我们在一册石头里相顾错愕"爱吃胭脂的宝玉历百千万劫,而为周梦蝶,据云后者亦颇得若干兰蕙之眷顾,诗以外,可参读其《闷葫芦居尺牍》及《风耳楼小牍》。此处可引来《答许丕昌》尺牍,"一瓢即三千。只此五字,已抵得一部爱经。"诗人之遇合,一瓢耶?三千耶?一瓢即三千耶?人海,苦海也,情海,亦苦海也,诗人不得不有悟。来读《四月》:"谁是智者?能以袈裟封火山底岩浆?"再来读《红蜻蜓》:"直到/胭脂的深红落尽/胭脂的滋味由甜/而淡,而酸,而苦,而苦苦/而苦成一袭袈裟"可见情种周梦蝶,自有"胭脂泪"。再说其作为隐者的超迈之诗。此类作品,其色嫩绿,其言率真,页页都是和蔼,篇篇都是淡泊,风格颇类晋人陶渊明。周梦蝶曾几次暂停摆摊鬻书,先后隐于内湖、外双溪、永和、新店、淡水外竿和红毛城等地,得小木屋如得大千,如得万物,尽日享受竹树、山川、烟霞和安闲之美。来读《四月——有人问起我的近况》:"眼见得/字越写越小越草/诗越写越浅,信越写越短/酒虽饮而不知其味"再来读《七月四日》:"当我扶着锄头在豆畦间小憩——/一只紫燕和一只白鸽飞来/翩翩,分踞于我的双肩。"诗人也能"即事多欢欣",无论豆畦,还是水田,无论紫燕白鸽,还是蜗牛萤火虫,相看而永无厌倦。有时候"胭脂"也会来打个岔,来读《淡水河畔的落日——纪二月一日淡水之行并柬林翠华与杨景德》:"由柘红而樱红而枣红酱红铁红灰红/落日的背影向西/终于,销魂为一抹/九死其未悔的/胭脂"可见隐者周梦蝶,自有"水云情"。最后说其作为老僧的解脱之诗。此类作品,其色介于有无之间,其言寡淡,页页都是清凉,篇篇都是空灵,风格颇类唐人王摩诘。诗人先学基督,再学老庄,终皈禅宗与佛教。来读《水与月》:"是水到月边,抑月来水际/八万四千偈竟不曾道得一字"再来读《率笔》:"一切都去了,于是/一切都来了。/于是,我深深深深地战栗于/我赤裸的豪富"还可参读《行到水穷处》《闻雷》《闻钟》《静夜闻落叶声有所思》和《空杯》——诗人亲受南怀瑾先生开示,乃作《空杯》,空杯可饮,其味甚佳,其中妙谛,难以言传也。晚年周梦蝶不再遗世,乃重返人间,重返娑婆世界,既诙谐,又庄严,既热闹,又静穆,既烟火,又解脱,哪里分得清在家与出家、成灰与成佛、刹那与永恒。可参读《四行》《沙发椅子——戏答拐仙高子飞兄问诸法皆空》。可见老僧周梦蝶,自有"顶门眼"。老僧不妨是情种,隐者不妨是寒士,即如《善哉十行》,又如《我选择——仿波兰女诗人 Wislawa Szymborska》,从"我选择紫色。/我选择早睡早起早出早归。/我选择冷粥,破砚,晴窗;忙人之所闲而闲人之所忙",到"我选择最后一人成究竟觉",云云,谁又分得清其为寒士之诗耶,情种之诗耶,隐者之诗耶,抑或老僧之诗耶?真实无瑕的周梦蝶,别有伤心怀抱,曾经大痛苦、大寂寞,却终于修得大清净、大逍遥、大欢喜和大圆满。此种怀抱,此种境界,当世不作第二人想。前文曾有言及,周梦蝶也作旧诗，多为偈语，且引来两首作为本篇的结语。1986年4月8日，诗人梦得五言短偈云：无我亦无人，无佛亦无法；空翠落空庭，谁闻复谁说？2013年5月20日，诗人口占四言短偈云：当处出生，当处入灭；不离当处，而得解脱。

曾卓（1922—2002）

胡风先生——作为七月派掌门——对旗下诗人亦有南阮北阮的分辨。他的偏爱，在前期，乃是艾青和田间，在后期，则是绿原和牛汉。据说，他不太看好曾卓。时当日寇犯境，国贼乱华，故而胡风所好，鼓点也，号角也，壮夫也，烈士也。曾卓十四岁为诗，"忧郁像一只小虫，/静静地蹲在我的心峰"，很显然，他不是胡风和那个时代急需的哪吒。此诗名曰《生活》，前引两行，化用自冯至的《蛇》，由此或可见出少年曾卓的师承。冯至，里尔克，现代主义，却并没有成为曾卓的诗学进阶。1941年，重庆，曾卓参与领办《诗垦地》。在此前后，曾卓进入了"去冯至"时期。《诗垦地》前承《七月》，后启《希望》，这些刊物，都是七月派的重镇。七月派何所奉？政治上的马克思主义，战争中的民族主义，文学里的现实主义。曾卓也得了雄心和热血,他的诗,变得直接、肯定而激昂。可以参读《门》和《青春》。然而,曾卓的投明,却给他的中年生涯埋下了可怕的伏笔。自1952年,周扬、舒芜等人先后发难,到1955年,胡风被捕,牵连数千人,曾卓和牛汉亦参差同时下狱——这就是"胡风反革命集团案",笔者称为"七月派诗案"。接着来读《生活》:"生活像一只小船,/航行在漫长的黑河。/没有桨也没有舵,/命运贴着大的漩涡。"这几句诗,本是少年强说愁,不料却预言了——或预演了——这批诗人的漫长的苦难。这样的苦难,这样的屈辱,这样的撕裂感,催熟了曾卓——还有牛汉——在写作上的中年和晚年。来读《悬崖边的树》:"它的弯曲的身体/留下了风的形状/它似乎即将倾跌进深谷里/却又像是要展翅飞翔""悬崖边的树",既是诗人的镜像,亦是七月派的遗像,还是那几代知识分子的摩崖造像。曾卓的此类咏物诗,是自传,是痛史,亦是纪念碑——这是不得已的蒙面和取巧。曾卓如此,牛汉亦如此,《悬崖边的树》如此,《半棵树》亦如此。《悬崖边的树》完成于1970年,《半棵树》完成于1972年,但是要到1981年,曾卓和牛汉才实现了交换阅读。故而,这两件作品,很有可能乃是一对"平行文本"。当然,对于牛汉来说,某种程度上,曾卓确是一个近在咫尺的输出者(Transmitter)、一个细缝般的上游、一册有点儿单调的启示录。比如,曾卓的《铁栏与火》完成于1946年,牛汉的《华南虎》

完成于1973年，前者写到在笼中旋转的老虎，后者写到在铁栅栏里安卧的老虎，前者写到灿烂，后者写到斑斓，前者写到发光的眼睛，后者写到火焰般的眼睛，前者写到对大山、森林和深谷的怀念，后者写到对山林的梦见，前者写到长牙，后者写到趾爪，前者写到长啸，后者写到咆哮。两者相距二十七年，无疑，前者乃是后者的上游文本。只不过，曾卓的困虎，变成了牛汉的伤虎，四十年代的"火"，变成了七十年代的"血"。从1978年，到1988年，"胡风反革命集团案"迎来三次昭雪。其间，曾卓面对大海，迎来了写作的小高潮。可参读《我眺望》和《老水手的歌》。1985年，胡风去世；2002年，曾卓去世。八十年代初期，设若胡风仍有余力续编"七月诗丛"和"七月文丛"，定会给曾卓留出重要位席，哪怕他已经永远听不到后者的遗言："我没有被打败。"

牛汉（1923—2013）

牛汉活了九十岁，种过地，拉过车，杀过猪，编过报，打过仗，坐过牢，经历过战乱、流离、饥饿和可怕的恐惧。其一生，曾三次被宣布为有罪。1946年，诗人参加学生民主运动，以"杀人未遂罪"被捕，入狱一月余。1955年，诗人以"反革命罪"被捕，入狱两年余。1966年，诗人以"莫须有"罪受审，下放劳动五年余。1946年的被捕，拒捕，以头抗枪，淤血，给他留下了颅脑后遗症。由是，诗人患了梦游症——后面两次受难，则加剧了他的梦游症。这个梦游人分裂为两个生命："一个属于白昼，一个属于黑夜"。早先，两个生命各自为政，相安无事；后来，白昼也梦游，两个生命不断见面、谈话、争执和相互替换。这个可怜的梦游人，时常分不清白昼或黑夜，看不懂无辜或有罪。混沌，恍惚，缭乱，几乎没有边界感。此种甚为罕见的疾病,赋予诗人以隐身术或分身术,令人意外的是,却赋予他以没有任何饶舌和歧义的写作。1970年,牛汉再次启动诗笔,短短五年,先后完成了《毛竹的根》《根》《巨大的根块》和《伤疤》——这是四首气咻咻沉甸甸的"根块之诗"。经历过岁寒或斧斫,草木就会失去翠叶,失去青柯,只剩下一截树桩、一笼根块。这蜷在黑暗中的未知的根块,无欢,无惧,无穷,郁闷而肥硕,不断地向下生长,就像压抑而巨大的思想。向下生长的根块,也能成大树。"我相信地心有一个太阳"——真是令人心酸的坚定,不是个中人,不是过来人,哪里能够读得懂?同期完成的《半棵树》和《悼念一棵枫树》,写及被雷电劈剩的半棵树,被伐倒的枫树,堪称根块的前传,亦是思想的前传。思想的前传为何物?挫败、伤痛、悲剧与火烧眉毛。我们可以清楚地看到,不唯植物,动物也可以作为诗人的镜像。可参读同期完成的《华南虎》和《麂子》。麂子,跑向了猎户,华南虎,关进了铁笼——麂子也就是华南虎的前传。在这短短五年,牛汉写及的动物和植物,构建了一个具有很高同义性的镜像群落(或者说意象群落)。前述牛汉作品,都是咏物诗吗?不,绝命诗。对此,诗人亦有自供。那是在1997年,诗人修订《华南虎》,为第六节加了第五行:"像血写的绝命诗"。在此种看似完全及物的写作中,在生物界的困境和危机里,我们看到了诗人的命,还有诗人的生命。命的坏模样,并没有削弱生命的好质量。诗人——还有民族和祖国——亦有"坚硬的翅膀",亦有"伟岸",亦有"聚集而来的根",亦有"火焰似的眼睛",亦有"芬芳",亦有"心血",亦有"几十年的热力",亦有"无邪",亦有"消失不了的圆形的伤疤"。在写作中,在生活中,牛汉都出示了什么?眼泪和硬骨头。牛汉的一位诗友——绿原——说得更好,"痛苦而崇高"。从新诗谱系学的角度来看,牛汉这些作品,或可视为今天派的前奏。牛汉与北岛、江河、芒克、顾城等青年诗人的交厚,从侧面,也可以证明这个观点。如果说今天派代表了某种泛现代主义,那么,牛汉——还有七十年代的昌耀——则代表了所谓前现代主义。法国现代诗的历史告诉我们:前现代主义,往往在浪漫派、写实派和象征派之间举棋彷徨。在中国,在牛汉,不免亦是如此。而从文学谱系学的角度来看,牛汉这些作品,还可视为伤痕文学的前奏。换句话说,新诗——通过牛汉——为伤痕文学开了先河。当代伤痕文学研究,如果罔顾新诗,仅看小说(比如卢新华在 1978 年发表的《伤痕》),恐怕也不是一种客观的态度。这已是闲话,姑且按下不表;却说进入八十年代以后,诗人的写作仍然延续了此前的风格。可参读《我是一颗早熟的枣子》和《汗血马》。但是,诗人已经逐渐意识到自己的惯性(惯性即惰性),有意在空旷处,展开更为新颖的冒险。可参读长诗《梦游》。结果越写越难,似乎并没有可传诵的名篇。还是诗人说得好,"空旷是个恼人的诱惑"。尽管牛汉的晚期写作不如人意，我们仍然愿意如此小结：如果血性、勇气和良知真的比修辞更重要，那么牛汉堪称中国当代诗的光辉典范；他面对暴行和苦难的态度，甚至让他在更大范围内成为一个大树般的挺拔象征。2013年9月，牛汉仙游，意味着我们损失了罕见的芬芳和高贵。牛汉的另一位诗友——阿垅——的名句正好呈献给诗人，呈献给苦难深重的七月派："要开作一枝白色花——因为我要这样宣告，我们无罪，然后我们凋谢。"

孔孚 (1925—1997)

孔孚带着累累伤痕，踉跄着，来到了八十年代。他把曾经的苦难一笔勾销，看山看水，游心于无穷。有时候，这山水，也不免入世。比如《百丈崖听瀑》，傲徕峰也罢，太阳也罢，似乎指喻着人生种种、现实种种。这是入世之山水；很快，或者说，更多时候，孔孚只剩下出世之山水。如何出世？我即是物。故而，种心可收紫色地丁，可参读《再谒黄陵》。如何出世？以物观物。故而，秋风可牵白云，可参读《乾陵》。如何出世？以物观我。故而，月亮喊我，可参读《夜宿洗象池》。故而，蝮蛇献上花环，可参读《岩壁上一只佛现鸟》。如何出世？物即是我。故而，白云中游来数尾木鱼，可参读《香积寺路上》。故而，木鱼腮动，可参读《象池夜月》。故而，草鞋印儿香到顶，可参读《峨眉雪晴》。而最为高妙之境，已然由"独钓"入

"坐忘"："佛头，青了"，可参读《春日远眺佛慧山》；"蜘蛛惊奔，来了蜥蜴"，可参读《上胡僧梯》。这两件作品，加起来，就只有这四句十二字，可以见出诗人的减法已经臻于极致。此种减法，非唯字句，更是对个人主体性的移除，并归于一种徒见天地的纯物态主义。明月松间照，清泉石上流：具有光学的无情，以及物理学的冰凉感。"为道日损，损之又损，以至于无为。"主体性的移除，要说，乃是伪命题。是谁在移除谁？恰是主体在移除主体性。以子之矛，攻子之盾。对孔孚来说，他已经化解了这对矛盾：主体即客体，客体即主体，主与客，无在，无不在，茫茫两难辨。无限趋静的物态，纯物态，也会给受众带来很大的暗示性，此种暗示性，将会在诗外生产出被期待的"意义"——无中生有的"意义"。诗人放松，从有到无；受众收紧，从无到有。有是有限，无是无限。无穷之韵，不尽之意。此之谓禅，此之谓道，此之谓"致虚极守静笃"。不懂这个道理，哪里解得了孔孚山水诗。说到道家，老庄，他们收缴了诗人的"内儒"，重新交给了他两样法宝：其一，生活的态度：抱朴归真；其二，诗歌的美学：知白守黑。态度是美学的态度，美学是态度的美学。因为只管守黑，故而风格趋于极简主义。其诗如水墨，几笔，寥寥，色痕只在有无之间。每用来压卷的《大漠落日》，"圆/寂"，只有两个字，还分为两行，留白也留到了极致。孔孚喜欢谈龙，那就顺着说，他的诗，只露一爪一鳞，而全龙呢，天际，云外，宛然在焉。孔孚爱老庄，爱陶孟，爱王维，爱李商隐，亦爱象征派和现代派。他的白话，化古，化欧；他的通感，能中，能西。用动词更是如有神助。引申，歧义，自由联想，听觉、视觉和嗅觉的打通，在传统与西洋之间大入大出。诗人借此建立了具有很高辨识度的个人文体。自有白话诗以来，主体性日强，山水老庄的传统已然逐步断绝。泰山、崂山、黄山、扬州和峨眉山终于等来了孔孚，这位衰年开悟的诗人，以其"尚虚"和"贵无"的写作，不但恢复了中国古代山水诗的传统，而且，还重现和重证了伟大的道家美学和道家哲学。

木心（1927—2011）

如果我们还有一点点文化史的自觉，就会叹息着承认，我们置身其中的这个时代，古代风雅已断，西洋名理未接，文化传承几至于两头失联。单就新诗而论，既缺古人之情怀，又乏西人之肝胆，亦颇有此种大尴尬。幸而还有像木心这样的诗人，像《从前慢》这样的作品，援西入中，汲古趣今，将有可能在后人撰写的文化史里面，给这个文化断层时代挽回一点儿颜面。木心启用或者说创造了一种亦新亦旧的汉语，可以说是兼具口语、白话与文言的韵味，在穿插与点染之间，获得了一种绝妙的翩翩然的夹生感。此外，木心还能促成汉语与非汉语的几度春宵，将《诗经》的吐纳，混杂于地中海和北美大陆的呼吸，从而成就了一种半推半就的羞涩的汉语。高古而又新颖，平易而又奇突，敛眉垂首而又时尚。如果说木心的汉语总是能保持情窦初开之态,那么,其他很多诗人的汉语早已沦为雏妓或老娼。语言的向度就是文化的向度、思想的向度、精神的向度,在木心这里,此一点可以看得尤为清楚。木心还是二十余少年,就开始了写作,早期《阿里山之夜》虽为新诗,却深婉如绝句;《贡院秋思》虽为旧诗,却晓畅如民谣。至于像《如偈》这样的五言体,"楼高清入骨,山远淡失巅",既是古风,亦是新诗,其超脱与爽快,简直可以直追六朝乐府。这说明了什么呢?新与旧,并非你死我活;西与中,何尝不是如此?对于很多诗人来说,到最后,这些都是问题。对木心来说,从开始,这些就不是问题。比如,在互文性写作方面,木心重写先秦《越人歌》,变骚为风,得到了《拥楫》;缩写北魏《洛阳伽蓝记》,析文为行,得到了《洛阳伽蓝赋》;拟写古希伯来《雅歌》,改歌为诗,得到了《雅歌撰》,如此种种,不可谓不兼收而并蓄。至于《同袍》《黄鸟》《七襄》等篇,都是四言体,多用上古字,多用上古语法,将"诗经演"——拟《诗经》写作——推向了以假乱真的极致,几乎已经排挤掉任何残存的当代意识。此种互文性写作,并非偷懒和创造力缺失的表现,从某种意义上来说,诗人已经强烈地察觉到,"我们的世界越来越不自然",因而通过当代文本与古代文本的互文,试图实现古代世界对于当代世界的纠正和挽救。诗人揭示了古代对于当代的意义,并在对两者的搅拌中,宽宥了我们置身其中的这个时代,"诚觉世事尽可原谅",因而转入对当代世界的理想化和人格化描绘,换句话说,他描绘了一个作为"造境"而非"写境"的当代世界。我们已经发现,即便面对像杰克逊高地、英国和普罗旺斯这样的异域,诗人也能写出像宋元山水画一般的作品来,以物观物,由动至静,每每臻于天人相合的无我之境。山水花木人物,各守其性,各安其位,各尽其欢,细小的局部的和谐,都指向更加饱满而无垠的和谐。和谐,缓慢,从容,安闲,萧散,宁静。"丘陵横亘/苍翠宁静/无过,也宜思过"。诗人能将江南,也能将任何异域,挽留或挽救成中世纪或康乾时代的桃花源,或者说,他携带任何风景而能与之共同获得撤退的光辉。不要反抗,只要升华,不要现代性,只要古人心,木心将不断来临。不管读者反应为何如,"天地间自欠此体不得"(宋人严羽语)。

余光中（1928—2017）

纪弦赴台湾以后，不忘《现代》，乃于1953年创办《现代诗》；次年，洛夫参与创建《创世纪》，余光中参与创建《蓝星》：此乃台湾诗三大重镇也。《创世纪》，志在西洋与现代派，或与《现代诗》互为犄角。《蓝星》，志在本土与浪漫派，则与《现代诗》势成反目。然则，洛夫也罢，余光中也罢，皆诗龙也，几条麻绳哪里缚得住？此处且说余光中。到五十年代后期，余光中忽而换心换肺，由"孝子"而"浪子"，由"毛笔"而"钢笔"，由"古董店"而"委托行"，终于投身于风起云涌的现代诗运动。虽千万人吾往矣，其决然，其毅然，好比其所写及的飞将军。来读《西螺大桥》："于是，我的灵魂也醒了，我知道，/既渡的我将异于/未渡的我，我知道/彼岸的我不能复原为/此岸的我"诗人甚至借来兰德（Walter Savage Landor）语，表达其抱负如是,"我的晚餐也许延迟。可是餐厅将灯火辉煌,宾客虽少,却都不凡。"1958年晚秋,诗人赴美国爱荷华州立大学进修,受到立体派和抽象派的影响,其为诗也,颇能在抽象与具象之间来回转换。心中的古中国,似乎不敌眼前的新大陆。可是,奇迹——或者说契机——降临了。诗人很快就发现,在异国,在异乡,只有橘枳之变,何来鱼水之欢?那就接着餐厅的话题往下说,来读《我之固体化》:"在此地,在国际的鸡尾酒里,/我仍是一块拒绝溶化的冰"诗人一生飘萍,由南京,而重庆,而厦门,由台湾,而美国,而香港,辗转各地,却在美国看清自己的身份,悟知自己的来历,不能说不是一段让人半天想不通的因果。"从我笔尖潺潺泻出的蓝墨水,远以汨罗江为其上游。"回到台湾以后,余光中自认为现代的天花已然出尽,不仅要重返,而且要重铸屈原以来的伟大传统。两次修正,几度迂回,"好几英里的寂寞"。从西洋之"水仙",终回到中国之"莲"。莲者,美也,爱也,禅也。六十年代初期,诗人完成诗集《莲的联想》,其后全部作品,尤以诗集《五陵少年》和《白玉苦瓜》,上承传统,旁汲西洋,几乎都能给世界以鲜明的中国或古中国形象。多燕子的江南,多鸥鹭的重庆,"最美最母亲的国度"。余光中此类作品约有四个大宗:言情诗,怀乡诗,咏史诗,与乎感时诗——"感时诗"是笔者的杜撰,却也有来历,"感时"即"忧世",前者见于杜工部,后者见于钱锺书。感时诗,可参读《敲打乐》;咏史诗,可参读《唐马》;怀乡诗,可参读《春天,遂想起》《乡愁》和《当我死时》;言情诗,可参读《等你,在雨中》《碧潭》和《珍珠项链》。余光中作为"艺术上的多妻主义诗人",诗材极广,诗路极宽,风格亦摇曳生姿,或近于姜夔,或近于屈原,或近于李杜苏辛,可谓兼工各体而奄有众长。现代也罢,传统也罢,西洋也罢,中国也罢,诗人堪称"出将入相"。宋人叶梦得《避暑录话》有言:"凡有井水处,皆能歌柳词。"这句话今天或可改成:"凡有井水处,皆能歌余诗。"两岸都在传诵,"小时候/乡愁是一枚小小的邮票/我在这头/母亲在那头",都在传诵,"十六柄桂桨敲碎青琉璃/几则罗曼史躲在阳伞下/我的,没带来,我的罗曼史/在河的下游"。就总体而言,余光中的作品镂金错玉,雕梁画栋,既有精粲的细节,又有宏富的堂庑,既有文火,又有烈火,既有红牙板,又有铁绰板和铜琵琶,确实展现出了一些大家气象。然则,其诗亦可指疵。他的问题出在哪里?色情主义?比如《火山带》《双人床》或《鹤嘴锄》?非也,他的问题出在用力过猛,用典太繁,辞胜于情而气胜于质。打个比方来说,贵妇满头珠翠,遍身罗绮,却不如小女儿天生娇憨,趿着拖鞋就溜出来见了生客。清人刘熙载《艺概》有言:"杜诗只有无二字足以评之:有者,但见性情气骨也;无者,不见语言文字也。"杜甫代表汉诗的最高境界,余光中自是不及,其诗则每每先见语言文字，后见性情气骨——终是学人之诗而非诗人之诗也。李敖先生谈及余光中，一则曰"学高于诗"，可谓的论；再则曰"诗高于品"，似有确证。最后，要在这里做个交代：六十年代初期，余光中发表《天狼星》，引来洛夫发难，遂有现代与传统之争；七十年代初期，洛夫也便赶来与余光中会合，他们或已达成了共识："传统"不是冰块，而是雪球，"现代"从来就无碍于这雪球的滚动。两者各有进退，可谓皆大欢喜；至于纪弦，一条路，走到天黑，其成就不免受到限制。

洛夫（1928—2018）

1961年5月，余光中发表长诗《天狼星》，"始于反传统而终于汇入传统"，引发了洛夫的不满及两者的论战。就在昨年，洛夫已从金门调回台北，从死亡的前线，回到新婚的小院，并加紧写作后来名震两岸的大组诗《石室之死亡》。看看洛夫吧，彼时彼刻，他恰是传统的逆子、现代主义的快婿。英俊与高冷，可谓其来有自。当时，余光中自忖已然无惧"达达和超现实主义的细菌"，另有欲为，这在洛夫看来，无异于现代主义的临阵逃脱。事隔多年以后，再来看看这次论战，我们不免莞尔，因为两者的论战，可以直接视为当时之洛夫与后来之洛夫的论战。简单说吧，余光中先行了一步。余光中所据《蓝星》，与洛夫所据《创世纪》，乃是台湾诗的两大重镇，前者中庸，后者每趋极致。即以洛夫而论，其美学，大约经历了四个阶段：抒情、现代、古典和超验。洛夫之抒情，类于《蓝星》，此处姑且置而不论。可参读《石榴树》。其早期抒情诗，本是献给女友，后来另呈娇妻，却也是一段佳话和喜剧。洛夫之现代，集中体现为超现实主义，乃是台湾现代诗的大节点大变局。《创世纪》之创刊，本欲倡导民族风，不意转以超现实主义自立，大步流星，终于实现与《蓝星》的分道扬镳。其间重要作品，首推《石室之死亡》。此诗写作历时五年，始于1959年，终于1964年。石室者，大陆炮轰金门时，国民党守军之掩体也。这个大组诗共有六十四首，题旨繁复，语义艰涩，修辞险峻，风格荒诞，可谓陌生化的长假，超现实主义的大醉。此诗写得极为冷酷，内里却有火胎，涉及战争、死亡和情欲等重要母题（Motif）。洛夫正当酣畅，偏遇余光中的冷水和反调，故而不得不有针锋相对的论战。然则，以洛夫之襟抱，岂会吊死在一棵大树？很显然，他将不断迎来肯定、否定和否定之否定。换句话来说，洛夫很快就将迎来自己的余光中时期。洛夫之古典，大约有两端：一则，向古典诗巨匠致敬，比如《与李贺共饮》《李白传奇》《走向王维》；再则，与古典诗名篇互文，比如《长恨歌》《车上读杜甫》《唐诗解构》。通观洛夫一生之变，无非由李白，而李贺，而杜甫，而王维——这已是后话，不能展开说。李白写诗，"惊得满园子的木芍药纷纷而落"；李贺写诗，"秋雨吓得骤然凝在半空"。试想《石室之死亡》惊骇问世，也就是如此这般情境。在这个阶段,洛夫并未否定超现实主义,他只是否定了此种诗学所热衷的"自动言语"——可见诗人亦不是布勒东(André Breton)的绝对信徒。后来,洛夫另拈出"修正超现实主义",回头响应宋人苏轼所谓"反常合道",以及清人贺裳所谓"无理而妙",并继续批判在台湾已经泛滥成灾的伪古典主义。故而洛夫之古典,每与时人不同。余光中也许比洛夫更古典,正如商禽可能比洛夫更现代。然则,要讲在古典与现代之间的出入之妙,水乳之融,余商二氏都敌不过洛夫。可参读《边界望乡》——此诗非余光中任何乡愁诗可及,然则保留前两节可矣,在笔者看来,后两节都是赘物。洛夫之超验,事实上,几乎已同步显形于洛夫之古典。借来古典,由魔入禅。王维,超验主义,才是诗人的落脚处。前期,可参读完成于1970年的《金龙禅寺》;晚期,可参读完成于2006年的《背向大海——夜宿和南寺》。至此,洛夫诗由热烈的抒情,而倨傲的现代,而明朗的古典,终于落脚于神秘的超验。2000年,洛夫以耄耋之年,忽而写就三千行长诗《漂木》——此诗既是诗学的结晶,亦是哲学的结晶。诗人曾有言,"凡严肃艺术品均预示死之伟大与虚无之充盈",《石室之死亡》如此,《漂木》亦如此,就某种意义而言,两者风格虽然有异,在题旨上却存有非常深刻的内在关联。也就是说,在时间、生命和神祇之间,诗人再次扮演了"交通的使者"。《漂木》将个人与历史、感性与知性、现实

（此前，诗人之介入性甚弱）与超现实、魔与禅、理性与非理性、悲剧性与超越精神融为一个庞大的有机物，重现了神与物游的内心孤旅，展示了苏海韩潮般的才情，或可视为诗人写作的危峰、汉语生长的奇境。

罗门（1928—2017）

罗门由军人而诗人，由《现代诗》集团而《蓝星》集团，应该归功于女诗人蓉子；其由浪漫派而现代派，则应该归功于乐圣贝多芬。蓉子是他的仙眷，而贝多芬，据说是他的心灵的老管家。为纪念这位乐圣，在 1960 年，罗门写出《第九日的底流》，自此，其风格由"红色火焰"转变为"蓝色火焰"。红色火焰者，浪漫派也；蓝色火焰者，现代派也。到 1961 年，诗人就写出《麦坚利堡》。麦坚利堡是著名的美军公墓，位于菲律宾马尼拉城郊，排列着一万七千座——诗人误记为七万座——白色大理石十字架。从 1961 年，到 1987 年，先后有多批汉语诗人前往凭吊。罗门而外，尚有余光中写出《马金利堡》，流沙河写出《麦金利堡》，洛夫写出《白色墓园》，张默写出《初访美坚利堡》——这几位诗人对 McKinley Fort 的译法可谓各臻其妙。

这场横跨两岸纵跨廿余年的同题诗竞赛,早已尘埃落定,时人皆推罗门《麦坚利堡》为鳌头。"你们的盲睛不分季节地睡着/睡醒了一个死不透的世界/睡熟了麦坚利堡绿得格外忧郁的草场"。此诗饱满而冷冽,静穆而汹涌,惨况骇人,哀情动人,反问逼人,很快就震烁诗界,其他诗人每有"崔颢题诗在上头"之叹。"史密斯","威廉斯",诗人对他们的低唤至今——并将永远——敲击着我们的耳鼓。按照罗门的分类法,《麦坚利堡》乃是战争诗。战争诗、都市诗、死亡诗和山水诗,乃是其全部作品中的四个大宗。四个大宗,颇有长诗,清人袁枚所谓"汤汤来潮"者也。台湾诗"养小以失大",每每只见纤毫,未见堂庑,而罗门承芬于《恶之花》,受惠于《荒原》,每将长诗导向人类生存悲剧,故而算是台湾诗——甚至整个当代诗——的异数。除了《麦坚利堡》,笔者却不愿给罗门其他长诗太高的分数。何以然?其他长诗多有粗线条,间以细针脚,然而局部的"好榜样",难改整体的"乔模样"。罗门全部作品中的四个大宗,战争诗、都市诗和死亡诗,关乎少年经历和中年感喟,风格均趋于西洋;而山水诗,关乎晚年心境,风格则转向古典。这是被动的、跟风的、非常有限的转向,附带的结果,就是长诗渐寡而短诗渐夥。古典,短诗,居然恰好救了罗门。如果巴尔扎克雕像的手过于完美,甚于面部和身躯,雕塑家罗丹就会举起斧头。他砍掉了什么?是手吗?不,他砍掉的是手以外的面部和身躯。罗门也能如此，他留下的是局部与短诗——局部与短诗反而无碍于某种完整度。这不是小乘大乘的问题，而是扁担断不断的问题。可参读《窗》《车祸》《迷你裙》和《伞》。无论是长诗，还是短诗，尤其是短诗，就修辞而言，罗门都非常用力，大有语不惊人死不休的凛然。诗人好用悖论，"雨在伞里落/伞外无雨"；好用倒装，"克劳酸喝得你好累/咖啡把你冲入最疲惫的下午"；好用佯谬，"他不走了/路反过来走他"；好用变形，"当第一扇百叶窗/将太阳拉成一把梯子"；好用超现实，"一棵树倒在最后的斧声里/树便在建筑里流亡到死"。旁生枝节，反弹琵琶，点铁成金，撒豆成兵，罗门每每能够小角度破门。其所制造的惊奇感，简直要让我们跳起来。罗门甚至还有后现代的表现，"燕尾服穿上牛仔裤"，对台湾青年诗人产生过很大的影响。说到罗门的修辞，张汉良先生指认以"灵视（Poetic Vision）"，终不如诗人自供以"多向导航仪（NDB）"。灵视，为很多诗人所共有；多向导航仪，则为罗门所独专。罗门当过空军飞行官，当过民航技术员，其论诗也，可谓三句话不离本行。

管管（1929— ）

余光中太雅，郑愁予太雅，洛夫太冷又太雅：他们共同筑就了雅的十面埋伏。管管与他们参差同龄，避不开雅的矢镞。诗人的皮鞭抽打着诗的瘦臀，这一人一马，该向哪条夹道求得一线生机呢？痖弦？管管为诗较晚，虽然长于痖弦，却欣然决定以后者为导师。痖弦好写小人物小悲剧，因为回涩，不至于雅不可耐。管管也能如此，读其《月色》《放牛》诸篇可知也。然而，民间疾苦，在管管，并非定然转换成笔底波澜。他不想要文人之雅，也不想要道德家之重，只想要小孩之无邪，只想要鬼脸和玩具之轻。且引来管管《自题小传》："爱花，爱山，爱水，爱画，爱电影，爱女人，爱小孩，爱猫，爱春天，爱月亮，爱夜，爱鸟声，爱哭，爱吐痰，爱怪异。"此种心思，此种声口，绝似明人张岱《自为墓志铭》："好精舍，好美婢，好娈童,好鲜衣,好美食,好骏马,好华灯,好烟火,好梨园,好鼓吹,好古董,好花鸟。"设若张岱再世,定是管管座上宾。也许还可以稍作归总:这个老顽童的镍币,一面是童心,一面是喜剧,两面都是山水,而童心不妨就是喜剧。自胡适以来,新诗不乏童心,却甚少喜剧,有之,则始于管管也。来读《斑鸠词》:"飘飘何所似/哈哈,天地一斑鸠"诗人打了个哈哈,就用"斑鸠",解构了老杜的"沙鸥"。斑鸠,沙鸥,本来并无大不同。经过管管的解构,斑鸠忽而出演喜剧,正如沙鸥原本出演悲剧。管管是诗人,也是有名的配角,出演过悲剧,也出演过喜剧。有心的观众应记得《超级市民》中的"疯子",《金枝玉叶》中的"老僧",还有《梁祝》中的"教琴师傅"。然而,在文字里,管管偏不当配角,偏要当导演,他要让万物共赴花团锦簇的大喜剧。与万仁或徐克相比较,在角色派送上,管管没有匠心,只有胡闹,只有手舞脚蹈。好吧,也没有什么潜规则,就让"夏天"出演"老舅","秋风"出演"泼皮","白昼"出演"爱厮杀的丈夫","月亮"出演"剃头师傅","北风"出演"老将"。可参读《蚊子》《陶潜图》《夜》《敲门》和《丹枫造反》。这个大喜剧,谁是主角?山水也,草木也,虫鱼也;谁是配角?我也,人也,文明也。主角饱含着乐不可支的自足性,而配角,却老是成为此种自足性的障碍。人在看石头,石头在听水,定然是人挡住了石头的耳朵。"耳朵!耳朵!",

此种叫喊弥漫于这个大喜剧,有时候,像极了哀鸣。可参读《石头的耳朵》,还可参读《污染了鸟声》。可见,胡闹中自有深心,手舞脚蹈中自有静气。谁是候补主角?美女也。管管爱美女,最爱章子怡。他写美女,如写山水草木虫鱼。来读《春天像你你像烟烟像吾吾像春天》:"春天像你你像梨花梨花像杏花杏花像桃花桃花像你的脸脸像胭脂胭脂像大地"还可参读《脸》。两件作品,都用顶真,这是管管的惯技;顺便要说,把喜剧写成电影或舞台剧,也是管管的惯技。自胡适以来,童心诗,喜剧诗,皆勿如管管也,天真烂漫,风光旖旎,皆勿如管管也。只有管管,可以让小男孩尿得比月亮还高,只有管管,可以让月亮在尿里洗脸,只有管管,可以让洗完脸的月亮顺着一袋烟爬上柿子树,只有管管,可以让那个小男孩吃到叫月亮碰下来的柿子。可参读《秋歌》。2009 年,在坎布拉,管管曾对笔者说:"张默既无贼心,也无贼胆;洛夫虽有贼心,却无贼胆;吾呢,既有贼心,又有贼胆。"又附耳说:"有诗为证呢,你去读读《鱼》。"贼心者,花心也,亦诗心也;贼胆者,花胆也,亦诗胆也。有此花心花胆,故有香艳的情史;有此诗心诗胆,故有邋遢的趣诗。清人傅青主论书,有段好言,可以借来形容管管:"又见学童初写仿时,都不成字,中而忽出奇古,令人不可合,亦不可拆,颠倒疏密,不可思议。才知我辈作字,卑陋捏捉,安足语字中之天!"学童作字,管管为诗,空无依傍，乱拳打死老拳师。白谦慎先生所谓"娟娟发屋派"，其妙，每在程式之外，其妙，每在不成熟与成熟之间也。故而可以这样说来：未有管管以前，则余光中是余光中，郑愁予是郑愁予，洛夫是洛夫，痖弦是痖弦，张默是张默；已有管管以后，则五者共为一派，斯人独成一家矣。管管晃动着三岛由纪夫式的脸，戴着红绒帽，围着小丝巾，穿着牛仔服，哼着"苏三离了洪洞县"，他来了，我们还有机会马上开一瓶黑钻香槟！

商禽（1930—2010）

商禽本名罗燕。据流沙河先生考证，"燕"就是"玄鸟"。《诗经》里面有篇《玄鸟》："天命玄鸟，降而生商。"故而诗人取了这个笔名——似乎也真有某种天命，鸟，以及其他各种动物，此后就一直出入于诗人的作品。很多时候，这个被选定的动物，与抒情主体都构成了难以两分的投射。比如《鸽子》。诗人要写到一只鸽子吗？不，他要写到他的双手，负罪的双手，可能还有双手蘸到的战争、政治和历史。"相互倚靠而抖颤着的，工作过仍要工作，杀戮过终也要被杀戮的，无辜的手啊，现在，我将你们高举，我是多么想——如同放掉一对伤愈的雀鸟一样——将你们从我双臂释放啊！"另外的作品，比如《鸡》，写到失落；《火鸡》，写到抗议——细细读来，两只鸡都是商禽，这个商禽，并未脱离战后台湾语境。然则，诗人的诗中没有"恨",正如,也没有"快乐的想象力"。恨与快乐,诗人罔顾。"熄去室内的灯/应之以方方的暗"。历史的烟云慢慢散了,来到面前的,只是时间,溜到脑后的,也是时间——光学的、中性的、作为母题(Motif)的、无关于某种大历史的时间。诗人的写作,慢慢地,集中指向了这个母题。《跃场》《长颈鹿》《灭火机》和《涉禽》,都是名篇。"竟不知时间是如此的浅/一举步便踏到明天"即以上文提及的《火鸡》而论,"但孔雀乃炫耀它的美——由于寂寞;而火鸡则往往在示威——向着虚无",也有面对此种永恒的时间。总的来看,商禽写诗写得少:这不唯是慎惕,还是自信力的表现。不仅写得少,篇幅也很小:只愿吝啬,偏能丰富。这个话,需要说得更明白:即便是在一个小旮旯——自然段和散文片段的小旮旯——他也能够悬挂起千万重帷幕。他并不迷恋无穷的意义织体,却更想把某个意义,置于"全官能的开放"。是的,商禽的美学,常常就是一种官能美学:吃的美学,嗅的美学,听的美学,看的美学,以及与之相关的动物的美学。他所呈现的,不是肉感,而是肉感的思想:他就是那个"枯槁哪吒"。商禽已然具有大诗人气象——虽说他仿写鲁迅先生,多年出不来,可能会略微打些折扣。如何仿写鲁迅?可参读《冷藏的火把》。与前述作品相比,此诗似乎减少了若干褶皱:深夜停电后,诗人为了寻找果腹之物而打开冰箱,发现了冻结的烛光,火红如珊瑚,烟黑似长发,

"正如你揭开你的心胸，发现一支冷藏的火把"。顺着这个隐喻，向后走，就会退回到鲁迅。且引来《死火》："这是死火。有炎炎的形，但毫不摇动，全体冰结，像珊瑚枝；尖端还有凝固的黑烟，疑这才从火宅中出，所以枯焦。"这一段闲笔，并非附会，亦非误会，商禽亦曾自供：十五岁，他被拉了壮丁，关在成都，在堆满书的旧仓库里，他认出了——是的，认出了——《野草》，并有可能捧读了一周。这个象征主义诗人——渐转向超现实主义——就这样被唤醒了。在鲁迅那里，或商禽这里，我们都能够惊奇地看到：生活中的等闲之物，经由散文化、小说化或戏剧化的情节，最终幻化出妙不可言、深不可测的超现实之境；换言之，某首可能之诗，事先被推向散文之路、小说之路或戏剧之路，眼看就要"出位"，忽而有神来之笔，或是脸青面黑的大翻供，就不再是散文，不再是小说，也不再是戏剧，而成了一首诗，一首别有机杼的诗，一首无可怀疑的诗。鲁迅亦当含笑了——伟大的《野草》，执教了两个诗人，在台湾，是商禽，在大陆，是昌耀，这两个诗人，都已经接近了伟大。

痖弦（1932— ）

晚年何其芳，翻译海涅，鼓吹民歌，可能不会料到，他会成为现代诗复兴的泉源。在大陆，他是食指的诗神；在台湾，则是痖弦的诗神。青年痖弦耽读《预言》，延及整个儿的早年何其芳，并在后者笼罩下写出《山神》等诗——晚年何其芳，破碎无足观，颇能使痖弦大哭一场。痖弦才情不让早年何其芳，1957年以后，他只用短短七八年，就把内心之璞，磨成了一生的琼琚。此后很快搁笔，不再写诗。总的来看，痖弦作品妙在趣味、氛围和声口，然而，此点只可意会，难以言传。或可如是说来，如是说来又显得很"匠"：民谣风，经由痖弦，羼入了几滴超现实主义。两者互动，点铁成金。所以我会说，痖弦之妙，妙在交错，妙在交错后的恍惚。除了民谣风与超现实主义的交错，尚有另外三重交错，曰：北方与南方，中国与外国，古代与现代。痖弦乃是南阳人氏，其诗颇有北方的忧郁和冷肃，然而此种北方，每每交错于南方，此故，又能蘸得南方的温润与风物之甜。来读《野荸荠》，表面看，是写南方，"送她到南方的海湄"，终于引出野荸荠、贝壳和燕麦。南方所谓燕麦，北方则称为莜麦、玉麦或铃铛麦。细细思量，视角是由北方移至南方，南方后面，当然躲着个无计可消除的北方。此谓北方与南方之交错。《野荸荠》还有可谈，比如，此诗的意外事故。什么意外事故呢？这样一首诗，当然是中国的，篇幅并不长，里面却冒出了三个非中国的符号："马拉尔美"，"高克多"，还有"裴多菲"。这些符号，都如蜻蜓点水，被诗人借来，与个人的情事和本土的现实，临时组建了相互指涉的关系。此种相互指涉，是不是有点密集呢？诗人心里也有数。当他写出《盐》，就只借来一个异域符号，"退斯妥也夫斯基"，那效果，当然就更好。"二嬷嬷压根儿也没见过退斯妥也夫斯基。春天她只叫着一句话：盐呀，盐呀，给我一把盐呀！天使们就在榆树上歌唱。那年豌豆差不多完全没有开花。"佳例还很多，"匈牙利水手"之于《忧郁》，"佛罗棱斯的街道"之于《妇人》，"美洲"之于《蛇衣》，几乎见于其全部作品。此谓中国与外国之交错。痖弦的时态不免都有些恍惚，即以前述作品而论，近代耶，现代耶，恐怕就不好辨认。至于《巴比伦》《阿拉伯》《希腊》《罗马》等篇，"梦里不知身是客"，不仅有着时间上的恍惚，还有着空间上的恍惚。那就勉强如是概括：古代之题材，而能有现代之视角；现代之题材，而能有古代之韵味。此谓古代与现代之交错。最是《红玉米》，堪称神品，能兼有前述三种交错，而又能不泥、不隔、不赢、不赘。"宣统那年"的、"北方"的、当然亦是"中国的"红玉米，经由诗人的移山之功，来到了"一九五八年"，可惜"南方出生的女儿"和"凡尔哈仑"，都永远不会懂得"它挂在那儿的姿态/和它的颜色"。多重交错，便成复调。以是故，痖弦作品看似细致、精微、清澈而纤弱，忽而插入一个词，就能将整个作品置于更加开阔的空间：地理、语言、文化或历史的空间。痖弦最好的诗，当然还是人物诗，除了《妇人》，尚有《乞丐》《上校》《坤伶》和《故某省长》，均亦堪称神品。《上校》已经广为传诵，这里从略，且引来只有四行的《故某省长》，"钟鸣七句时他的前额和崇高突然宣告崩溃/在由医生那里借来的夜中/在他悲哀而富贵的皮肤底下——//合唱终止。"从这批作品可以见出，诗人能化用民谣或地方戏，甚至借鉴西洋短篇小说，来"设计"或"出演"各种人物，具有被淡化的、自嘲的、压抑而恍惚的悲剧性，弥漫着"谨慎的同情心"（Circumspect Sympathy）。他写的是叙事诗吗？不，无论他怎样依仗"叙事"——这是如此奇妙——他写出的都是抒情诗。这些抒情诗，亦俗，亦雅，亦旧，亦新，亦我，亦他，俗而能雅，雅而能俗，旧而能新，新而能旧，我而能人，人而能我。这就是化境。如果说，在大陆，柏桦是最好的抒情诗人，那么在台湾，痖弦就是最好的抒情诗人：一个如此老派而又如此新派的抒情的契诃夫。

碧果（1932— ）

那件超现实主义的大氅，无论入时，还是过时，碧果一穿就是几十年。偶尔也换洗，也翻晒，还加上若干块后现代主义的补丁。这个诗人死心眼，不拐弯，不斜视，要将先锋进行到底。大氅者，大衣也，亦大旗也。在这面大旗上，碧果至少插上了两根醒目的鹭羽。一根鹭羽叫作视觉诗，一根鹭羽叫作戏剧诗。碧果的视觉诗，以《静物》最为知名。此诗先是排出八十一个"黑的"，形成一个词阵，继而连续排出八十一个"白的"，又形成一个词阵，接着写黑与白的混淆，写万物均被阉割，最后乃有逆袭，"我偏偏是一只未被阉割了的抽屉"。流沙河先生曾引来《石头记》中的妙文揶揄此诗。却说史湘云小姐对翠缕丫鬟讲论"阴阳"，后者发懵，就反问前者，"这么说起来，从古至今，开天辟地，都是些阴阳了？"流沙河直接套用翠缕这句话,却把"阴阳",换成"黑白",要来反问碧果。碧果却捡了个大便宜,因为史湘云怎么答翠缕,他就可以怎么答流沙河。这里不再絮引,读者可自行参读该书第三十一回。《静物》并非"能指"(Signifiant)或图像的游戏,其中深意,不可小觑。后来的台湾视觉诗,颇得碧果开悟,陈黎《战争交响曲》甚至青出于蓝——这是闲话不提。至于碧果的戏剧诗,却是个很大很复杂的话题。碧果是诗人,也是戏剧家——莎士比亚(William Shakespeare)也有这样的双重身份。戏剧家身份如何涂改了诗人身份,戏剧如何涂改了诗,碧果都写出了什么样的诗剧或剧诗,可以参读《僵局》《在一个恍然大悟的瞬间》《牙医诊疗室》和《杏花馒头》。诗人每每在题下注明,这些作品就是"独幕剧""草本""诗剧"或"分镜头电影脚本"。碧果还写有一组短诗,共有数十首,没有总题,或可戏称为《二大爷外传》,像是每集都讲个小故事的电视系列剧。"二大爷","二大娘",还有"二嫂",在碧果的短诗和戏剧诗里面乱窜,诗人——拥有全知视角——却独坐观众席久矣。除了戏剧诗,碧果还写有大量的泛戏剧诗。这些作品每每提醒我们,天地就是舞台,你我皆为演员,人生无非剧情,诗人呢,或是主角或是配角或是导演或是看客。戏剧学语码,大量替换了日常叙事学语码。写诗恰如说戏,读诗无妨入戏。可参读《梯子》《前边奔跑的是诱我们向前奔跑的生活》《一九八三》《椅子或者瓶子》《河的变奏》和《哲学鱼》。碧果的戏剧诗,用的都是"他—他"结构;泛戏剧诗,用的却是"他—我"或"我—我"结构。"此我"以外,尚有"幻我""异我""反我"或"非我",于是不得不有矛盾、冲突与和解。可参读《形象》《一尊肉身》《关于门,关于我和我的门》《蛹之梦》《超现实的一天》和《看花》。"我"以外,尚有"他"和"万物",于是不得不有矛盾、冲突与和解。可参读《逃逸》《当我走出家门前的红砖小巷之后》《孟冬冥思》《养鸟的》《鱼的诞生》和《阳光把戏》。最后都是和解。何以见得?因为到了最后,"我"与"鱼"交换了形体和身份,与"山"交换了形体和身份,与"鸟""树""花"或"蜥蜴"也交换了形体和身份。再没有干戈,只剩下玉帛——"一尾生羽长鳞的/自己"。论及碧果这个尤为重要的特征,不免再次提及莎士比亚。哈姆雷特的奇怪的陈述句,"一个国王可以在一个乞丐的脏腑里来一番巡礼呢",以及奇怪的反问句,"亚历山大的高贵的尸体不就是塞在酒桶口上的泥土",已然提前道出了碧果胸中的千万部变形记。碧果的变形记,关乎无常,乃是莎士比亚——而非卡夫卡(Franz Kafka)——的变形记。"格里高尔·萨姆沙从不安的睡梦中醒来,发现自己躺在床上,变成了一只巨大的甲虫",这是卡夫卡的变形记,不涉无常,而道出了"异化"的困境。卡夫卡的变形记,乃是悲剧;碧果的变形记，乃是悲喜剧。"舞台上虚悬的那件外衣"，是悲剧，还是喜剧，这要看悟性。由此可以见出，在碧果这里，禅已经打破了超现实主义的单调，与此同时，也加深了后者的寂静。

郑愁予（1933— ）

从楚人屈原，汉人司马相如，唐人皮日休，宋人辛弃疾，到清人方文，均曾在其诗赋里写到"愁予"。"予"者，非"余"也，非"吾"也，犹"忧"也，故而"愁予"乃是同义复词而非动宾短语——姜亮夫先生坚持这样来理解。也只有这样来理解，辛弃疾的名句，"江晚正愁予，山深闻鹧鸪"，才算得上是工稳的对仗。如此开篇，并非跑马，因为辛弃疾的名句，居然精确地预言了郑愁予在生活和写作上的地理学。1949年，郑愁予舟抵台湾，1958年，供职基隆港务局，1963年，兼职青年登山协会。诗人进则游目大海，退则蹑足高山，其间所为，大海之诗则愁予，高山之诗则忘我，大海之诗则入世，高山之诗则出世也。来读郑愁予的大海之诗，水手也罢，船长也罢，热带也罢，海湾也罢，岛屿也罢，林丛也罢，花蜜也罢，亦实，亦虚，亦具象，亦隐喻，每每令人想入非非。这套关于"航行"的"能指"（Signifiant）系统，经郑愁予点化，忽而变成关于"情爱"的"所指"（Signifié）系统。"你有海上的珍奇太多了"。诗人手段高，狸猫，比太子还俊俏。水手和船长，是阳性的、主动的，破开了波浪；热带、海湾、岛屿、林丛和花蜜，则是阴性的、被动的，捂住了裙裾。"如雾起时，/敲叮叮的耳环在浓密的发丛找航路；/用最细最细的嘘息，吹开睫毛引灯塔的光"。可参读《如雾起时》《小小的岛》《船长的独步》《贝勒维尔》和《水手刀》。郑愁予的大海之诗，大都完成于五十年代前期；而其高山之诗，大都完成于六十年代前期。从"江晚"到"山深"，从主体的"愁予"到作为纯客体的"鹧鸪"，辛弃疾只用了十个字，郑愁予却用了十个春秋。自1957年开始，郑愁予先后结识多座高山：志佳阳大山、南湖大山、大霸尖山、玉山、大屯山及大武山。出世，忘我，则没有辛弃疾，只有鹧鸪，也没有郑愁予，只有啄木鸟、蜂鸟、白鹤、浮凫和白云。"恋居于此的云朵们，想是为了爱着群山的默对——/彼此相忘地默对在风里，雨里，彩虹里"。可参读《云海居》《皋亚南蕃社》《北峰上》《努努噶里台》《霸上印象》和《雨神》。大海之诗缠绵得厚了脸，热烈得过了头；高山之诗则淡泊得丢了心，超越得走了神。奈何万千读者，只欲做俗人，不欲做高人，每每传诵大海之诗而闲置高山之诗也。郑愁予的这些作品，无论写山写海,均堪称婉约派,时人名之"愁予风"。愁予风的最佳代表,却无涉山海,乃是一阕人见人爱花见花开的闺怨词,对,说的就是《错误》:"我打江南走过/那等在季节里的容颜如莲花的开落/东风不来,三月的柳絮不飞/你的心如小小的寂寞的城/恰若青石的街道向晚/跫音不响,三月的春帷不揭/你的心是小小的窗扉紧掩//我达达的马蹄是美丽的错误/我不是归人,是个过客……"可见所谓愁予风,既有汉语之旧,旧而能新;亦有古典之熟,熟而能生。活水来自哪里?非生也,非熟也,非新也,非旧也,定然来自生与熟的夹缝,新与旧的间隙,来自胎与釉的依违。可知愁予风乃是中国风,甚至乃是中国风的平方或立方。《错误》以外,还可参读《天窗》和《情妇》。然则,在各种场合,郑愁予均否认其为婉约派,亦未自供其为隐逸派。诗人或认为:其在儿女以外,亦能写风云,山水以外,亦能写仁侠。风云之诗,可以勉强例举《边塞组曲》和《燕云集》;仁侠之诗,可以直接例举《衣钵》《秋盛,驻足布朗街西坡》和《山间偶遇》——这三件作品还不到深入研究的时候,笔者只欲说明,前一件作品完成于台湾,后两件作品完成于美国。考察郑愁予履痕,其于1965年暂歇诗笔,1968年移居美国,1979年重燃诗情。故而至少有两个郑愁予:台湾郑愁予,美国郑愁予。台湾郑愁予以诗织锦,直追李义山或温飞卿;美国郑愁予灵性渐泯,理性渐滋,去肉而存骨,完成了若干仁侠之诗,亦完成了若干枯禅之诗,好比打了很大折扣的杜工部或王摩诘。郑愁予的高山之诗,已触禅机,不料终成大端于爱荷华大学和耶鲁大学。诗人自谓颇有"至诚心",颇有"深心",独缺"回向发愿心",还是不免落于小乘。末了,如果非要在这里测试"思想性"这个指标,那么台湾郑愁予会被扣分,美国郑愁予会被加分,那又怎么样,后者免不了远逊于前者的总分。思想之于诗,性情之于诗,孰轻孰重谁能教我?

林子（1935— ）

　　1958年初，从哈尔滨到天津，他给她寄去了一部《白朗宁夫人抒情十四行诗集》。他在大学工作，每到夏天，就要带学生去林区实习。她的笔名，"林子"，当然其来有自。他和她正在热恋，却隔着山岳，于是只能细密地通信。在那个时代，爱情即退步，不过是革命的分神之物。如果有爱情被查封，谁也不会感到奇怪。然而，爱情发生了。他和她的爱情的鱼雁，令人想到白朗宁（Robert Browning）和巴莱特（Elizabeth Barrett）的通信："在十户人家以外（甚至不止十户呢），我就听得你的书信的脚步声了。"巴莱特终于允了前者的求婚，此后，就开始悄悄写作十四行诗——诗与信热烈响应——她就是后来的白朗宁夫人。现在这部诗集唤醒了林子，或者说，唤醒了林子内心的巴莱特，以其爱情之魅，及其艺术之魅。巴莱特生活在羞涩而克制的维多利亚时期,而林子,怎么说呢,也生活在爱情原罪主义时代。可见此种唤醒,绝非偶然。就在1958年前后,林子试写十四行诗,得到五十二首,作为信,寄给了他:他就是她的白朗宁,她的最早而唯独的读者。诗作为信,此种窄渠道的投递,倒也契合古来的传统:看看李白,就曾写有《忆旧游寄谯郡元参军》;苏轼,就曾写有《寄刘孝叔》和《寄吕穆仲寺丞》。诗,信,诗信互文,优化了日常,美化了生活。林子没有想到做诗人,是爱情,将她推向了欲罢不能的写作。暗恋,表白,久别,相思,重逢,怀春,提心吊胆,欲盖弥彰,胸中小鹿乱撞,无不真,无不美,无不善,无不热烈,无不荡人魂魄。"爱教给我大胆"。今天来看,在大陆,在1958年前后各数年,这些诗——还有昌耀所作——就是最好的诗,爱得大胆,大胆到成为那个时代的异议,当然,也成为那个时代的意义。白朗宁夫人不敢公开她的情诗,白朗宁却不敢专有,后来便也印行,却取了个掩人耳目的书名儿:《葡萄牙人十四行诗集》。而林子的情诗,紧锁抽屉,直到1980年,才在《诗刊》发出十一首。那时候已有舒婷,思想更前卫,技术更先锋,林子自然敌她不过。林子不属于八十年代,而属于五十年代,这样,不免生出来尴尬:五十年代,她不能公开文字,八十年代,她未能引领风尚,两段诗歌史,都已经把她淡忘。1980年前后,林子又写出三十八首,爱情已到成年,通往暮年,在纷纭、疾病和死亡的阴影中，显得更加安宁，更加深沉。诗人已经得到九十首十四行诗，后来结集为《给他》。2012年8月，林子的他——也是白朗宁啊——突发脑溢血去世，她悲痛欲绝，很快又写出三十首，这是她的灵修的结晶，也是她和他的最后的蜜语。就这样，正如诗人所说，他们完成了"爱的工作"。诗人最后得到一百二十首十四行诗，比白朗宁夫人还多七十七首。佛罗伦萨人民感谢白朗宁夫人，在纪念她的铭文里说，她用诗歌的黄金，连结了意大利和英国。我们也应该感谢林子，她用诗歌的白银，连结了中国的五十年代和八十年代，甚至连接了二十世纪和二十一世纪。"文化大革命"，当然也打断了她，却不能取缔她的爱之天赋，也不能取缔她的诗之天赋。不管舒婷以降的女性诗有多么惊艳，现在已到了必须如此承认的时候：在当代，在大陆，林子才是无心做诗而能成诗的典范，更重要的，她才是人性的先驱，才是当代女性诗的源头性人物。

昌耀（1936—2000）

1957年，昌耀年方弱冠。彼时，整个中国，只有少数几人敢于垂聆——并死守——那来自诗神的密札。他写出《林中试笛》——后来为此遭受流放、劳役和监禁，长达二十余年。参差同时，又写出《高车》，具有更为贵重而独异的气象。二十出头怎么啦？这个又干又瘦的青年，一个反手，就抖搂了那个贴肉的时代。那个时代不识英雄，以至于，可以免于被震烁。昌耀就如那架高车——"本是英雄"——他也已经从地平线上渐次隆起，在北斗星宫之侧悄然轧过，在天地河汉之间鼓动如翼手。是的，他早已独翔于高昊；下面，再下面，乃是其他诗人的灌木丛，乃是美学的无边戈壁。而历史和真相却是，诗人的金头，被按进了屈辱的尘埃。在青海，在湟源，他遭遇了漫长而繁复的苦难。上天何其忍心，何其苦心，何其耐心，非要用此种苦难,"体内膏火炙烤",来成全一个诗人,是的,即便来成全一个大诗人!我们已经看到,此种苦难,将诗人推向了多重砥砺:生命、土地、民族、历史、文字,两两砥砺,彼此带来创痛和创意。诗人的生命,经此砥砺,而获得了大密实、大坚忍和大雄健。后来,他反复写到蚀洞斑驳的岩原、峨日朵雪峰、赤岭、河西走廊、西疆、卡日曲或哈拉库图,反复写到雄牛、獬羝、雪豹、鹰、鹿或马驹。土伯特人,唐古特人,都在其间生殖和繁衍。此乃地质学写作?博物学写作?人类学写作?夹杂一点儿历史学写作?不,青海不是异域,不是天涯,也不是背景,青海就是诗人的岳父、证人、难友和死党,就是诗人内心的莽莽高原。来读《青藏高原的形体》:"我是排列成阵的帆樯。是广场。是通都大邑。是展开的景观。是不可测度的深渊。是结构力,是驰道。是不可克的球门。"此种物化的抒情,以及愈挫愈奋的腔调,负重而孔武的腔调,每见于诗人的作品。来读《一百头雄牛》:"一百头雄牛低悬的睾丸阴囊投影大地。一百头雄牛低悬的睾丸阴囊垂布天宇。"甚至更加负重,更加孔武——诗人当然托身于一百头雄牛,正如,他还会托身于坼裂的冰湖。"流血不死",难道这就是英雄?不,昌耀还要更开阔,更高迈,甚至说,还要更圣洁。这是因为——此点至关重要——诗人面对巨大的苦难,没有愤怒,没有堕落,却奇迹般地学习并坚持了爱,当爱与苦难相碰撞,他让两者都发出了金声玉振。来读《慈航》:"是的,在善恶的角力中/爱的繁衍与生殖/比死亡的戕残更古老/更勇武百倍。"还可参读《鹿的角枝》,可知此爱实已及于万物。负重非英雄,孔武非英雄,如此方可称英雄——其半僵棉桃般的笑容,其羞涩,其虚弱,其苦痛,反而恰是佐证。诗人之大爱,固有儿女,兼顾生灵,更涉天地,其全部作品,堪称"一部行动的情书"。此外,昌耀与汉语,也能够互赠光辉。诗人常年生活在西部边陲,既是地理学的边陲,亦是普通话的边陲,完全可以罔顾所谓白话和现代汉语。他大量启用古字古词,粗粝,嶙峋,滞涩,狰狞,惊悚,硬语盘空,而又能透出个人的呼吸和血肉。如此讲究到极致,精雕细刻,穷物尽相,甚至连每个小局部都会有生动的乐感和画面感。比如"鬐甲",望之可见鬃毛;又如"翙翙",听之可闻翼声。诗人每每龙虫并雕,密不透风,疏可走马,信乎,非大手笔不能为也。字词对诗意的跟进,亦如"一百头雄牛噌噌的步武",哪里还顾得,踩出的是诗还是散文?我们已经在诗人这里看到——正如在其他大诗人那里看到——文体对于写作,从来没有禁忌。此种语言和文体上的风格——包括《过客》,包括偏嗜写梦——当是受到《野草》的影响。然则,鲁迅之所为,昌耀或有不能为,昌耀之所为,鲁迅亦有不能为。两者都能将汉语带向神鬼莫测的葳蕤,而且,"语言的怪圈正是印证了命运之怪圈"。这篇小文必将收结于不舍,对昌耀来说,无论已经提及哪些篇目,都会漏掉其他重要作品,因为他就是一个"全集诗人";正如无论怎么读解,无论怎么评说,大诗人昌耀——英雄、托钵僧、众人的父亲——都是如此难以企及。

张新泉（1941— ）

　　在批评家的工具箱里面，"先锋性"和"诚恳度"，这两个工具，很少有机会能够同时施予一身。想想，也是啊，当"修辞"——甚至"唯修辞"——披挂了某种先锋性，进而成为"生命"的分神之物，诗人往往难以在诚恳度上求得动人的饱满。此种情形并非罕见，以是故，诚恳度似乎还得求诸相对传统的作品。在这个前提下来讨论张新泉，绝对没有半点对先锋性写作的不敬，只是我们应该转而晓得，在修辞、学养和启蒙导师般的高蹈之外，尚有可能依靠生命和生活的直接性体悟，来成全一种具有很高诚恳度的新现实主义写作——此类写作看似容易，而内行则清楚，我们通常都低估了其内在的难度。张新泉做过筑路工、船夫、码头搬运工、铁匠、剧团乐手和文工团创作员，后来又做了刊物或出版社的编辑。我们着迷于诗人的经历，毋宁说，更加着迷于经历对写作的恩赐。此种经历可以写小说呢，然而偏不，他成了一个迟到的诗人：三十多岁才开始写作，四十多岁才引起关注。张新泉并非早慧的天才，是生命和生活的积累，自然而然地溢出了他的玻璃杯，他才猛地意识到，不去写作可能会是一种损失。是的，他没有写小说，然而通过诗歌，却分担了部分小说的使命：对小现场的沉浸，与对小人物的沟通。诗人并没有鸟瞰式的悲悯之眼，他就在他们中间，剥花生，喝白干，说聊斋，固守着"惯看秋月春风"的野老生涯。布衣江湖，细民市井，固然不知魏晋，却自有充实，自有喜乐，自有通透，自有超脱，反倒没有翻不过的坎，没有破不了的执。这里面自有菩提，中国古代小说多有宣扬；张新泉却用新诗，在新的语境里，重现和重申了此种萧散而轻盈的生活方式。值得注意的还有诗人的立场，因为即便在新的语境里，他也没有把写作导向火热的高度意识形态化的"群众生活"，此点已有论者谈及，可以从略，然而不可不知此乃诗人之主要价值。疏离即是价值。张新泉自言，他非鲲非鹏非鹰，乃是一只小麻雀，在低处，在民间，"向你的窗口送去一串叽喳"；我们也早已发现，他的灰色的飞翔，从低树到浅草，嵌满了从容而又夹有惊诧的小回旋。是的，他不是启蒙导师，也不是美学先锋，他和他的他们绕开了轰鸣着的巨大机器，并在某种狭缝之中求得继续生活的情趣，即便有时漏出几颗调侃，几颗忿怒，也不会伤及男中音的风度，不会伤及温柔敦厚的风旨，真所谓：袖里藏好刀，胸中有文火——《好刀》者，《文火》者，皆张新泉之诗也。诗人之善不仅及于若干小人物，近来已然及于万物，可参读《白羊渡》《七楼上的鸡》和《一只羊对记者说》。前面说到古代小说，顺嘴，可说到诗人的语言问题。诗人善用古代小说的白描技法，然而这些老针线缝合而成的，仅仅是其皮表；在诗的具体而微的展开过程中，我们很快就会遭遇年轻得让人吃惊的尖厉、顽皮、幽默和"轻摇滚"：此种皮里阳秋，让他的作品有了那么一点点复调特征。故而几代诗人都能在张新泉的作品中找到自己的兴奋点，但又总觉得剂量不够：可见兴奋点，亦是清凉油。最后还得说到，在六十六岁之年，张新泉私印《好刀》，终以六十四开一百一十八页的小情怀，示弱于这个豪华的多卷本时代。"我尽力了。我辜负了我。"诗人满头飞霜，将这句话连说了两遍。

哑默（1942— ）

无论是文化立场、诗还是生命，哑默的悲剧都在于，他已将时态错置，却没有丝毫悔改之意。他用古典的过去时态，西方的将来时态，对应了两不顾的现在进行时态：1957年和1966年的现在进行时态。一把资产阶级的小提琴，一片隐士的辋川，一本花花草草的《芥子园画谱》，被强行塞进了锣鼓喧天的工农兵的现场。哑默也带着他的眼睛、耳朵、心脏、英语和贵族般的倨傲，或者说，带着他所理解的过去和将来步入了这个现场。气度不凡，坎壈已生。很快，他就发现，孤立如此轻易地配合了被孤立。由昏暗、可疑到不正确，也只是分分钟的事情。解放牌卡车开过来，拉走了他家藏的图书、唱片、字画、古玩和细软，他的任务，就是帮大人誊写检查书、交代书、自白书、供状或交心报告。这个被抛入洪流的年轻人，如同落英，他还能剩下些什么?"重负、修途和长夜"。是的,他还剩下了笔,或者说,还剩下了诗和文学的宿命。最早的那批作品,《海鸥》《鸽子》《晨鸡》和《启明星》,都有个隐喻,都有双望眼,似乎接上了三四十年代的苦难抒情和希望抒情。至于《彗星》,则似乎只有苦难抒情,那种不祥感,虽未成谶,却压低了此后的希望抒情。从1976年到1986年,诗人完成了两部长诗——《飘散的土地》和《湮灭》,前者可以称为"民族情感史诗",后者则可以称为"个人精神史诗"。从这两部史诗来看,希望抒情的味儿已越来越淡,淡到几乎没有,苦难抒情就益发有了力量。这个力量,可以把个人悲剧,抬升,再抬升,以至成为引发共鸣的时代悲剧。既然能够做到此点,那么,旧式的言语,老派的修辞,又岂容他人指疵?比哑默小七岁的诗人——北岛——早年曾提醒前者,说他缺乏"更深沉更内在的力量"。此言自是不无道理,但是,哑默限于——也可说陷于——西南的群山,限于边陲,限于野鸭塘的农村小学校,虽然也曾读到若干"灰皮书"和"黄皮书",却并没有隔空猎获某种尖新的"现代性"。哑默只能不断往后退,退到三四十年代,退到艾青、沈从文、林语堂甚至罗曼·罗兰(Romain Rolland)。虽说不断往后退,《湮灭》在文体上仍有前瞻性的实验:他自己称为"非模式文学";到了今天,或许可以称为"跨文类写作"。说到野鸭塘,以及那所小学校,也曾给诗人带来世外温暖和"乡野的礼物"。南有野鸭塘,北有白洋淀,这两个源头性的沙龙,已然成为文化史上的传说。话说远了。且看这个坎壈而忿怒的诗人,"不肯低头事鸾鹤",却用写作见证了内在的细软和蒺藜,也见证了历史的心跳——即便是身处"文化大革命"。遗憾的是,其十数卷作品,却没有像样的发表和出版。1979年早春,油印的《哑默诗选》发布于西单民主墙——这是个事件;1987年早春,《飘散的土地》最后十一行发表于《诗刊》——这也是个事件。真是雪中之雪,道在山林。"应该有不朽的作品安慰这个世界",哑默或未写出他心中的不朽的作品,但他的诗与文学,或可与他的情志的芬芳,共同来安慰这个曾经如此苦难的世界。

食指（1948— ）

在很长时期——乃至如今——食指都是一个传奇人物。他不是大拇指，也不是中指，而是食指：时代的食指。作为一个知青，他有热血，亦有沉思，故而左也左不得，右也右不得。左和右的煎熬，让他成了一个诗人——当其时，诗人，就是私人。在一个没有私人的时代，诗人，他的喃喃，不能靠近任何一支高音喇叭。革命道路就是如此：起头有风险，后头有机遇。1968年，诗人写出《这是四点零八分的北京》和《相信未来》；1978年，又写出也许更加重要的《疯狗》。很快，这些作品就引发了大范围的传抄——最近，摇滚歌手汪峰为《相信未来》编谱，甚至又引发了大范围的传唱。此是闲话不提。口耳相传，纸笔相抄，伴随着巨大而难耐的饥饿感。传抄与传唱，几乎重现了古代经卷的传播传统——而诗人，成了先知，却又懵然不自知。更多的知青——尤其是外省知青——不能读到这些作品：他们的胃直接消化着胃。那会儿，如果真有部食指诗集，就着一瓶高粱酒，这些家伙也能连纸带墨吞个囫囵。过了二十多年，到了1998年，诗集终于印出，却没有收录《疯狗》。有张纸条，印着此诗，夹入了诗集。怎么能这样呢？怎么能以疯狗自况呢？这枚书签，有些狂癫。那会儿，我们的诗人，住在北京第四福利院。那么，是谁，别有用心？是谁，心有余悸？这些且不去管，现在，终于可以读到更多的食指诗。这位先驱性诗人——连北岛也承认——才姗然现出全豹。与北岛相异，也很奇怪，食指却喜欢格律诗。六七十年代之交，诗人写出《杨家川》《南京长江大桥》《架设兵之歌》和《红旗渠组歌》，均是格律诗；从这批平庸的作品，还可以看到一个"主流"和"正确"的诗人形象。那么，食指是响应了格律的何其芳——他的诗神——还是响应了发轫于1958年的新民歌运动呢？或许可以如是作答：他响应了已经响应了新民歌运动的何其芳。三十年代的何其芳，"虚阁悬琴"，对于食指，想来已如陌路。从早期《相信未来》，到中期《疯狗》，到后期《给北岛》，仍然不弃格律，思想却已大变。食指之确立，系于思想，非系于格律，可知也。其实，《相信未来》也罢，《这是四点零八分的北京》也罢，细读来，亦为两套美学标准提供了折中，或者说促成了和解；只有《疯狗》，在曙色显露之前，展现了一代青年的精神畸变……可谓惊心动魄。后来出版的几种食指诗集,终于放心收录此诗——痛苦的光辉,绝望的力量,如同遗物,还是来到了我们的面前。

北岛（1949— ）

如果还欲论说北岛，已经很难跳出前人轨辙。在很大程度上，我们不过是在接着话题往下说：啊，北岛，他有独立的人格，乃是一个怀疑主义者；他有超前的思想，乃是一个启蒙主义者；他有边缘化的身份，乃是一个游牧主义者；他有国际化的视野，乃是一个现代主义者。苏联文学史的一个阶段，比如解冻文学，比如叶甫图申科，通过北岛，在具有相似语境的中国实现了精致的再版。北岛的形象，已经如此清楚，如此肯定，硬邦邦，响当当，关于他已经很难说出什么新鲜的见解。所有的研究都聚焦于这个诗人与语境的冲突，至于其内在的冲突，则很少有人涉足。杰出的诗人——大诗人——从来都不能化解自身的矛盾，恰恰相反，在若干对矛盾——若干对磨盘——的长期啃啮之下，这些诗人的形象反而更加真实，更加接近人性的真相。当前的北岛研究,或可在这个向度另辟蹊径。北岛的内在的冲突——个人的矛盾——非常复杂,也非常尖锐,他通过若干作品——或一件作品——展现了犬牙交错下的精神孤旅。第一对矛盾:儿童视角与成人视角。北岛的大多数作品,尤其是中后期作品,都是成人视角——甚至思想家视角——的产物。其早期作品,每每却是儿童视角的产物,有些笨拙,有些无辜,即便与顾城相混,也没有什么大不妥。可参读《你好,百花山》《五色花》《真的》《微笑·雪花·星星》《候鸟之歌》和《小木房的歌》。第二对矛盾:纯诗与政治抒情诗。早期北岛持有纯艺术立场,"政治毕竟是过眼云烟,只有艺术才是永恒的",然而,他也同时意识到纯诗——作为非政治之艺术,亦作为藏身之所——的不可能。可参读《雨夜》。这是一件非常特殊的作品,看来是写爱情,沿着纯诗的方向滚动了两节,最后,球停向了何处?还是政治抒情诗:"即使明天早上/枪口和血淋淋的太阳/让我交出自由、青春和笔/我也决不会交出这个夜晚"写作不是孤立的事情,那个语境,会让写作飞快转弯。转弯到哪里?柏桦先生所谓"萨米兹达特式的新抒情主义"。第三对矛盾:现实与个人作为现实。作为一个批判性的诗人,北岛的锋刃指向了何处?难道仅仅是七十年代的现实?个人亦是那个年代的细胞,难道自己就是无罪的吗?对这个问题,诗人给出了耀眼的回答。可参读《触电》。诗人写到两次握手——与"无形的人"的握手,与"有形的人"握手——两次都给他带来了惨叫和烙印,可是当他"双手合什",仍然给他带来了惨叫和烙印。他的左手,已经加害了右手——反过来说也可以成立。无形的人,有形的人,他的双手:三者都是他必须面对的"共在"。第四对矛盾:生活和写作之间的训导与反训导。右边的生活,左边的写作:两者都试图说服和纠正对方。可参读《写作》《午夜歌手》《抵达》《零度以上的风景》《关键词》《新年》《安魂曲》和《变形》。他说,"是笔在绝望中开花",又说,"而诗在纠正生活"。结果怎么样呢?诗人的书写,如同鹭鸶在水上书写,他留下了——只留下了——未完成的"失败之书"。"失败之书"见于《新年》,后来又被诗人用作一部散文集的书名儿。第五对矛盾:话语风格的惯性与悬崖。北岛来自七十年代,其口吻,其腔调,染上了那个年代特有的红色釉彩。可参读《回答》《宣告》和《结局或开始》。此类作品都有大词,都有断言,都有铁肩,都有高音喇叭,乃是典型的"文化大革命"的话语风格。过了很长时间——甚至去到异国——诗人才给此种话语风格打上了一个死结。惯性,悬崖,几番交替,最后只剩下了悬崖。第六对矛盾:母语与非母语。北岛自打去国——此后漂泊在北日耳曼语系——就深陷于此种矛盾。"词的流亡开始了"。可参读两首《无题》("他睁开第三只眼睛""在母语的防线上")和更重要的《乡音》。北京的钥匙,打不开北欧。他必须适应——又必须抗拒——这片非母语的异域。母语已有一道防线,异域亦有一道防线。对于去国者来说,母语是什么?来看布罗茨基的回答:剑,盾,宇宙舱;北岛修正了他的回答:剑,盾,宇宙舱,伤口。第七对矛盾:中国语境与异国语境。两个语境各有殷望,各有禁忌,有时候,这个语境的禁忌恰是那个语境的殷望。两个语境的拔河,拽动了诗人的钢笔。来想想拔河的场面:这边一点儿,或者,那边一点儿。可参读《同谋》《四月》《夜巡》《六月》《守夜》《悼亡》和《早晨的故事》。"自由不过是/猎人与猎物之间的距离"。尤以九十年代以来的作品,每每欲言又止,欲说还休,枯瘦,晦涩,冷硬,也许不全是风格化的结果,而是拔河的结果。此点,宜于细读,宜于劈发析毫——这里却不得不受限于"篇幅"的许可度。这就是北岛面临的七对矛盾;现在,才能得暇谈及其写作的分期。北岛的写作,以去国为界,大致分为两个阶段。前期北岛显示了人性的苏醒和民本的愤怒,论者甚蕃,歧见最少,学术界已有定评。他成为一个象征——由于我们的忧患感和紧迫感,他甚至成为一个巨大的象征。他被历史挑中了——难以自辩,亦不欲自辩。大家当然更愿意讨论一个顺手的象征,而不愿意阅读一位愈来愈深奥、愈来愈考究的诗人。所以对后期北岛,并没有太多深入研究。杨小滨先生的认知——"元历史陈述的危机"——似是罕见的高论。也许可以这样说,后期北岛的主要特征——除了"老虎回头"——主要是供认了主体的焦虑。至于语言的艰险，意象的玄妙，结构的精密，无非是前期北岛熟练化程序化的结果而已。可以《旧地》为例。"死亡总是从反面／观察一幅画"，再现了典型的北岛视角：从反面看正面，从未来看现在。"此刻我从窗口／看见我年轻时的落日"，时空转换，真幻叠加，重游旧地，渐入佳境。"我急于说出真相"，最终却止步于"可在天黑前／又能说出什么"，不落言筌，无迹可寻，然而闪电已经再次划破回忆的天空。"饮过词语之杯／更让人干渴"，包含了一个流浪者与母语之间的复杂关系：若即若离，不即不离。其后，诗人趋于沉默，转而倾听并引领我们倾听"吹笛人内心的呜咽"。末节"税收的天使们"等数行，用超现实造成了篇尾突兀。《旧地》几乎集中了后期北岛所有的母题：生命之余光，故园之阴影，与乎母语之魅力。从白金般的密度，岩石般的肌理，我们听见了一个诗人——可能的大诗人——继续拔节的一片暗响。相关评论已有很多，有人说他失重，有人说他离心，有人说他没有吃到那串葡萄，有人说他手里还拿着一个红苹果。最难反驳的一种观点，说北岛的美学意义，低于其历史意义——连诗人自己也出面否定了像《回答》这样的作品。可是，如果计算出两个意义之和，恐怕北岛至今仍是一座不可逾越的北方之岛。

江河(1949—)

1976年4月5日,岁在丙辰,时当清明,为了缅怀周恩来,数以百万计的市民来到天安门广场,敬献花圈,张贴了无数的挽联和悼诗。这就是著名的"四五运动",曾被认定为反革命,后来才被重新认定为革命运动。1978年12月,相关挽联和悼诗汇编出版,是为《天安门诗抄》,所有作者都匿名,或佚名,仿佛共用了一颗心脏。笔者愿意相信,江河也共用了这颗心脏。"在英雄倒下的地方/我起来歌唱祖国"。1979年,从4月到9月,《今天》先后刊出江河的《纪念碑》《我歌颂一个人》《葬礼》《遗嘱》《祖国啊,祖国》和《没有写完的诗》。"人民""英雄"和"纪念碑",这三者,既是《天安门诗抄》——也是江河这批作品——的高频词。可是,为什么还需要一个晚到的江河?再说,政治抒情诗,不是早就有了郭小川和贺敬之吗?

从郭贺二氏到《天安门诗抄》，抒情的主体与客体，截然两分，前者（诗人）低矮而黯淡，后者（比如人民、英雄或纪念碑）伟岸而光辉。而江河，则消弭了主体与客体、叙述者与被叙述者的界隔。我就是山，就是岩洞，就是云，就是花粉和传播，"我就是纪念碑"，"中华民族有多少伤口/我就流出过多少血液"。再则，郭贺二氏的政治抒情诗，不外战歌与颂歌；江河这批作品，堪称挽歌，调子虽然起得高，每有低回，每有曲折，读之令人潸然。何以故？政治抒情诗的客体，已经由"欢乐英雄"（借用古龙先生语），转换成死而后已的悲剧英雄。"我被钉死在墙上/衣襟缓缓飘动/像一面正在升起的旗帜"。可以这样说，政治抒情诗，经由江河，出现了大变局。到了1985年，江河写出组诗《太阳和他的反光》，共有十二首，分别对十二个上古神话（原型）作了目眩神迷的重写。"把自己斟满了递给太阳"。这种神话仪式学派的做派，"点石生辉"，在传统中展现个人才能，试图在一个后英雄主义时代，求得一种古典的、禅意的、最高的和谐。此诗既出，无悲无喜，悲剧感、喜剧感和沉雄的气概都化为乌有。如果说此前的诗突现了集体意识，那么这个组诗就揭示了"集体无意识"——这个术语来自荣格（Carl Gustav Jung）。当其时，诗人江河与小说家韩少功同时出手，两相呼应，文化寻根派忽而大热。《追日》《斫木》诸篇，拟古喻今，其所呈现出来的"当代性"，竟为众人所不见。杨炼初期学江河（读其《乌篷船》

《大渡河》可知也),以至变本加厉——尾随者还有很多,石光华、海子、宋渠、宋炜均曾自称"受到江河尤其是杨炼的影响进行史诗的探索"。放眼百年文学史,同类作品,首推鲁迅的《故事新编》。所不同者,鲁迅是解构,乃是后现代派;江河是建构,近乎现代派。天生鲁迅,毕竟压了江河。不管怎么样,今天派,经由江河,也出现了大变局。政治抒情诗的大变局,北岛亦有推波助澜;到《太阳和他的反光》问世,江河去批判而求和谐,实在已与今天派大多数同仁分道扬镳。或云江河为诗,动辄国家,动辄民族,动辄历史,动辄文化,其个人之生命何在欤?对这个问题的回答,可以见出江河的丰富性。就在八十年代初期,江河曾受到奥尔森(Charles Olson)的影响,此君针对学院派的"关闭诗",独钟听觉,转而提出了"开放诗"和"投射诗"理论。江河得了启发,醉心于古典音乐,依靠直觉和潜意识,写出了一批冷调的非理性的小品,或能见出其生命内在或隐在的细小波动。这批小品未能产生更大的反响——受众的眼球,早已转向了另一群后现代主义的小老虎。1987年3月,江河的妻子——诗人蝌蚪——割断了大腿上的动脉,以最后的微笑,惜别了赶来下跪的负心郎。此后,江河搁笔,后来去了美国,再也见不到半缕踪影。亦有零星消息,来自翟永明游记《纽约,纽约以西》:"老江河甚至住在一个意大利黑手党控制的小区里,他跟我们说感觉非常安全,小偷们都不敢去那儿作案。"

芒克（1950— ）

多多对芒克的定位，"自然诗人"，当然具有很大说服力。甚而至于，在有的学者看来，连芒克的不看书也能反证多多的观点。我们来想想，当1969年，芒克坐着马车来到荒寒的白洋淀，他将要面对——或者说只能面对——什么呢？葡萄园、田野、山谷、河滩、麦田、月亮和太阳、苹果树与白杨、北方、黑夜，还有可能的爱情。"伟大的土地呵/你引起了我的激情"。最迟不晚于1971年，芒克开始写诗，他要单凭"自然"来玉成自己的天赋。《葡萄园》就是这天赋的开卷；其后短短三四年，芒克忽而写就《城市》《秋天》《献诗》《天空》和《十月的献诗》。这批作品都是短诗组，三言两语，就是一节，即兴，口占，吉光片羽，却又每每止于不能不止。肉感的青春，野性的冻土地，并没有肇成控制力的意外事故。这个美男子，年轻，孤独，迷惘，放浪形骸，却在文字里呈现为节俭的抒情。这是在野的抒情，分心的抒情，冷不防的抒情，消极主义的抒情，连接着阡陌而不是某个庙堂或某种美学规范。在那个火热的时代，此种语调，就是贺敬之的反调。好在白洋淀既非风口，亦非浪尖，芒克作为"轻派"，枯坐于乡间，并没有引起"响派"的太多的狐疑——此处借用了两个俄罗斯诗学术语。1976年，芒克离开白洋淀，但是他和他的诗从未断绝与后者的联系。此后，在很长的时间里，诗人仍然坚持了肉感和野性的抒情。来读完成于1977年的《心事》："即使你穿上天空的衣裳/我也要解开那些星星的纽扣"；再来读完成于1983年的《春天》："那些从死者骨头里伸出的枝叶/在把花的酒杯碰得丁当响"。写到星星，写到枝叶，当是自然诗人的习惯。孩子邻于自然，故而，诗人还曾不厌其烦地写到孩子——此点可作专题研究，这里不准备展开来说。可参读《给孩子们》。然而，芒克真是一个自然诗人吗？自然诗人，比如陶渊明、王维或是英国的湖畔派（Lake Poets），他们有个共同点：以自然为皈依，或者说，以自然为最后的盾牌，故而往往归于淡泊忘我。芒克却有大不同，他写自然，却每每见出某种紧张感，甚至见出其与现实的复杂关系。来读《天空》："太阳升起来/天空——这血淋淋的盾牌"太阳，天空，都是介质，都是隐喻。主体性如同东风，劲吹在字里行间，又如何能做到淡泊忘我？所以我要说，芒克骗过了多多,也骗过了顺着多多这根竹竿往下滑的若干学者。说到"太阳",这是那个时代的母题(Motif),最安全,也具有最固定的隐喻共性。在很多作品里面,芒克都有写到太阳,但是他却赋予这个母题以更加复杂——甚至自相矛盾——的语义。来读作为自况的《阳光中的向日葵》:"它把头转了过去/就好像是为了一口咬断/那套在它脖子上的/那牵在太阳手中的绳索"如果把这首诗,与此前的《太阳落了》并读,就可以发现,诗人不但解构了早期自我,也解构了"最固定的隐喻共性"。或者说,他所解构的两者,本来曾有过信誓旦旦的关联。此种关联瓦解后,诗人的安慰只能来自爱情。可参读《旧梦》——这是个组诗,共有二十七首。说到组诗,就要说到芒克的后期写作。芒克的后期写作,其主要趋势,就是组诗增多,主题也发生了显而易见的位移。从《死后也会衰老》,到《群猿》,到《没有时间的时间》,再到最近完成的《一年只有六十天》,诗人终于触及最古老的母题:时间和死亡。这些忽而抛出的作品,尤其是《没有时间的时间》,乃是爱情困局和生命危机的产物。我们终于失望地看到:这个天生的抒情诗人,可疑的自然诗人,已经变成了眼袋松弛的干巴巴的哲学诗人。

根子（1951— ）

姜世伟、栗世征和岳重，三个十三四岁的男孩，同时就读于北京第三中学初中一年级七班。那是在遥远的1964年——原子弹引爆成功，任谁也不能预知诗人的风云际会。据栗世征和姜世伟回忆，初中二年级，岳重写的作文就登上了《北京晚报》（一说某苏联刊物）。初中三年级，岳重为伟大领袖写下祝寿诗，"一八九三年，红日出韶山。春秋七十四，光焰遍人间"，堪称飒爽英姿。1969年，三个男孩共赴白洋淀插队——这意味着新诗史上的动人事件就要发生。1971年，姜世伟的诗，"那暴风雪蓝色的火焰"，瞬间就更新了岳重关于诗的所有认识。后者反复背诵着前者的金句，"像吃了什么甜东西"（栗世征语）。很快，岳重就写出了长诗《三月与末日》。栗世征大吃一惊，他认为这些长诗——"狞厉的内心"——构成了对他的冒犯，甚至，还转移了他的女朋友的青眼。不得不恨啊,于是,为了赌气和争气,他也开始写诗。就这样,白洋淀唤醒了三颗诗心。姜世伟非同等闲,栗世征更是骄傲,但是两者都承认:岳重是个"天才"。1972年,徐浩渊先生在铁道部宿舍搞沙龙,岳重甫一现身,其光辉立即笼罩了前来相聚的各路人物。徐浩渊当下断言:岳重,诗霸也!1973年,岳重的诗差点被公安局查禁,虽经文学研究所鉴定,无大害,他还是就此搁下了诗笔——他甚至不能等几年,等到《今天》的创刊。"天鹅为什么非要藏起翅膀?"——这是岳重的疑问,可以用作对他的反问。岳重写新诗,只有短短两年。其作品散佚严重,现今仅存三首:除了《三月与末日》,还有《致生活》和《白洋淀》(此诗文字似有脱讹)。《白洋淀》乃是创伤之诗,"我永远地合上了伤口一样的眼睛/伤口却像眼睛一样大睁着疼痛",风格绝类赵振开和姜世伟。诗中"红罂粟"的用法,与赵振开《走吧》相似;"系绳"和"太阳"的用法,为姜世伟《阳光中的向日葵》所袭。《致生活》乃是怀疑之诗,"那么,住口/苹果在哪里",风格绝类顾城。两者都写童话诗,但是岳重更加尖锐。至于天才的《三月与末日》,情况最是复杂。这件作品很像诗剧,设置有四个角色,并揭示了他们的多重关系:其一,"你",是春天、娼妓和大地的新娘,最终将背叛大地;其二,"他",是大地;其三,"夏天",是春天的姘夫、绿色的强盗和大火的魔王,将把大地烧成灰烬;其四,

"我",曾经忠诚于春天,十九次陪葬大地,现在终于清醒,看清了春天和夏天的真面目。除了创伤和怀疑,这件作品还囊括了其他种种颇具时代感的题旨:比如背叛、痛苦、觉悟和希望,充满了痉挛,洋溢着残酷。全诗色彩强烈,节奏急促,遣词造句如有神助,颠覆了很多意象的传统语义维度。"春天,将永远烤不熟我的心——/那石头的苹果",风格绝类栗世征。这首诗的确值得栗世征坐在马桶上看几遍,以至于,他此后的写作每每欲与岳重分个雌雄。岳重呢,他既不珍惜自己的诗才,也不爱护自己的好嗓子。1972年,他进入中央乐团,成为男低音独唱家。不知什么时候,去了纽约,当了电台播音员。每天喝酒,睡懒觉。若干年以后,岳重几次回国,与姜世伟相见,曾言及仍在写诗,写了几年只有几行(似是自嘲),又曾言及改写小说,已经得到十余万字(应该属实)。这些诗与小说,再也没有下落,正如那位曾经陪在他身边的西班牙女郎。赵振开,就是后来的北岛;姜世伟,就是后来的芒克;栗世征,就是后来的多多:他们的诗名,早已播于四海;而岳重,就是后来的根子,本名与笔名,迄今都没有几个人晓得。岳重系岳飞的第三十三代孙,长得像张艺谋,也许可以算是今天派的少先队员和隐士。不过笔者可以断言,只要汉语不死,根子的三首诗——尤其是《三月与末日》——就会流传无穷;就像唐人张若虚的两首诗——尤其是《春江花月夜》——足以"孤篇横绝,竟为大家"(清人王闿运语)。

多多（1951— ）

七十年代初期，多多年方弱冠，"是熟睡的夜和醒着的眼睛"，让他得了神力，居然同时写出了两种作品。一种，比如写于1973年的《致太阳》，乃是热血的结果。一种，比如写于1972年的《蜜周》，乃是精液的结果。两种结果呢，也可以见于同一件作品：比如写于1973年的《万象》。热血是政治的热血，精液是身体的精液。到了后来，诗人却不再喜欢前者——也许在他看来，那意味着某种余绪、暴力、左派或集体无意识。尽管多多持有此种态度，我们必须要晓得，"一个阶级的血流尽了/一个阶级的箭手仍在发射"，这恰恰是诗人——以及那一代诗人——所面临的最初和最深刻的语境。太阳、人民、北方……多多不断写到这些事物，亦可见出此种语境的力量。但是，我们终究要信任多多的态度——不仅因为《蜜周》的写作时间早于《致太阳》。在政治抒情诗的写作方面,诗人不能——也不愿——争锋于北岛。多多不是一个美学的小弟,看看吧,他拥有迥异于时人的起点:身体抒情诗,欲望抒情诗。"听凭蜂群般的句子涌来/在我青春的躯体上推敲"。这些作品,词紧跟着句,句紧跟着节,节紧跟着篇,都急着要来见证诗人的青春。那钻石,大颗,小颗,叮当作响,诗人一抓一大把。这是荷尔蒙的夜晚,这是直觉的闪电,这是诗人的泪流满面。在诗人这里,波德莱尔(Charles Pierre Baudelaire)的想象力(身体和欲望的想象力)混合着姜夔的感受力——比两者更大更不可抗拒,还混合着茨维塔耶娃的众所周知的痛苦,以及对于这种痛苦的承担力。田野是诗人的"大学",到了八十年代初期,诗人写出了一批田野抒情诗,比如《北方闲置的田野有一张犁让我疼痛》,又如《当春天的灵车穿过开采硫磺的流放地》。虽然诗人很敬慕陶渊明,这些作品却没有归于宁静,与此相反,却将诗人推向了痛苦、狂乱和死亡的预感,推向了陶渊明的反面,或者可以说,推向了辛弃疾的正面——诗人也有谈到,他要的就是辛弃疾的"壮怀激烈"。冰雪皇后来了吗?多多似乎大声喊道:我要让她们好看!不管是多多,还是北岛,都具有割喉般的烈度。北岛的烈度来自立场和思想,而多多的力度则来自色彩和情怀,来自天马行空的奔驰感。如果我们首先震惊于北岛的芒刺,那么稍晚一点儿——必定要稍晚一点儿——就会迷恋上多多的钻石、烈酒和电流。多多是头大象，每个瞎了眼的读者，都能够摸到异象。到了九十年代，多多去了异国，此后，亦不断有作品问世。《阿姆斯特丹的河流》写到孤独，《在英格兰》则写到骄傲——说到骄傲，这可是多多的一个特点，这个特点几乎可以见诸诗人的全部作品。前面说到天马行空，如果来读整个儿的多多，就会发现，真有一匹马，一匹天马，奔驰在他的很多作品里面——此类作品不会少于二十件。这是一匹嘀咕着的马，一匹吃掉一万盏灯的马，一匹用泥土堵住耳朵的马，一匹脱下马皮的马，一匹被勒紧了的马，一匹被狠踢腹部的马，一匹出棚后被人骑被人打的马，一匹从脑子里溢出蝴蝶来的马，一匹无头之马！啊，无头之马，无头之马：连柏桦先生都曾经赞个不休。这些马都是诗人——怎么说呢，也包括时人吧——的化身，尤以《马》《钟声》《五年》《从马放射着闪电的睫毛后面》和《从锁孔窥看一匹女王节的马》四件作品交代得最为明白，抒写得最为精彩。诗人向这些马——也向自我和时人——发出了质问："什么时候，在争取条件的时候／增加了你的奴性？"诗人就像一匹种马，一匹半自由的马，在跑到山巅之前，"还来得及得一次阑尾炎"。这匹马——无头之马——终于成为一代人的隐喻。在那一代人里面，多多恰是一个罕见的两全的个案：他既分担了启蒙的义务，又出色地完成了艺术的任务。

舒婷（1952— ）

有的批评家有着奇怪的逻辑，比如，当他们得知在中学生的上锁的日记本里，抄录了舒婷的诗句，就会以此来证明舒婷的失效；正如当他们得知在妓女的手袋里，发现了口红、避孕套和《文化苦旅》，就会以此来证明余秋雨的失效。他们会说，舒婷已经成为青春期的甜点，或是国家美学的下午茶。此种看法也许不无道理，可是，中学生对舒婷的选择性接受，会不会反过来纵容和放大了这些批评家的偏见呢？笔者并不相信，当代中学生，甚或大学生，真的有资格谈论舒婷。从某种意义上讲，舒婷是位具有复调（polyphony）特征的诗人——与她相比，连北岛也显得有些单调。换句话说，她有很多张面孔。1977年5月，舒婷完成了《这也是一切》，用以赠答北岛此前完成的《一切》。后者冷峻、迷惘、怀疑，弥漫着悲观主义；前者则温婉、坚定、确信，洋溢着少女般的乐观主义。后者是"最后的料峭"，前者是"碧绿的早潮"。那些批评家会说，喏，两者泾渭分明嘛。笔者却认为，这两件作品还得往细了说。《一切》乃是今日之诗，绝望之诗；《这也是一切》乃是明日之诗，希望之诗。没有绝望，何谈希望，不堪今日，且看明日。大哥哥有大哥哥的"重轭"，小妹妹有小妹妹的"花冠"，花冠是对重轭的反对呢还是安慰？笔者惊奇地发现，瑞典老汉马悦然（Goran Malmqvist）先生居然回答过这个问题，他说舒婷似乎总是在"扮演一位安慰者的角色"。当然，我们还有其他的佐证。就是在此前后，比如1973年，舒婷写出《致大海》，1980年，写出《献给我的同代人》，1981年，又写出《会唱歌的鸢尾花》，这些都是北岛式作品。笔者的斩钉截铁，消除不了他者的小声嘀咕。那就来读《献给我的同代人》："为开拓心灵的处女地/走入禁区，也许——/就在那里牺牲/留下歪歪斜斜的脚印/给后来者/签署通行证"；再来读《会唱歌的鸢尾花》："理想使痛苦光辉/这是我嘱托橄榄树/留给你的/最后一句话"。都是赴死者之诗，都是烈士之遗嘱，有何明日可言？又有何希望可言？诗人当年所面临的危险，今天中学生看来如同"虚构"；其所呈现出来的壮烈和崇高，今天中学生读来如同"伪造"。偏见由此而生；甚至有人会认为，舒婷给新诗带来的植物，橄榄树也罢，鸢尾花也罢，似乎具有阴性或右派向度上的语义引申。殊不知，这在当时,恰是对革命意象谱系的大胆更新。在笔者看来,这些植物,不是小姐,而是怒睁了双眼的豪杰。"我历来就是撞得粉碎,我所有的诗篇,都是心灵的碎银。"我们已经看到,舒婷与北岛,曾经肩并肩,面对着权力父亲;但是,有时候,她会甩开北岛,转而单独面对权力异性。当她面对权力父亲,是一位斗争的诗人;当她面对权力异性,是一位既斗争又团结的诗人。此之谓复调。1977年,舒婷写出《致橡树》,1978年,写出《思念》,1979年,写出《双桅船》,1981年,又写出《神女峰》。舒婷设计了理想化的两性关系,"仿佛永远分离/却又终生相依",这种关系和距离有利于两性——尤其是女性——在获得尊严的前提下获得爱情,甚至获得轻度的羞答答的欲望纾解。当其时,这就是抵抗。今天中学生读舒婷,不见抵抗,徒见热烈而已。其实这些作品不像爱情诗,而像单方面的含苞待放的女权主义宣言。从这个意义上引申开,与其说舒婷呈现了爱情的困境,不如说她呈现了人性的困境。"与其在悬崖上展览千年/不如在爱人肩头痛哭一晚"。今天中学生读舒婷,不见困境,徒见甜点而已。此之谓复调。不管怎么样,此类作品让诗人名声大噪。权力父亲?算了吧,还是瞄准权力异性。当权力异性的压迫——哪怕是从理论上——不复存在,慢慢地,舒婷也就只剩下了小布尔乔亚的爱情诗。"我成不了思想家,哪怕我多么愿意,我宁愿听从感情的引领而不大信任思想的加减乘除。"这些爱情诗，富氧，高糖，流通性极高，受到了空前热烈的迎迓。就这样，舒婷早期的悲剧性，被今天的读者消解；中期的悲剧性，被蜕变的自我消解——她终于成为一位倪萍姐姐般的温暖而团结的诗人。奇妙的事情发生了：今天派的支持者和反对者，通过舒婷，很快就找到了达成和解形成共识的契机。1978年12月，《今天》发表《致橡树》；次年4月，《诗刊》转载这件作品——此后，这件作品就成了保留性的晚会朗诵节目。八十年代中期以后，舒婷已然很少写诗；九十年代以后，重心转向写散文。"文学像一群不善甘休的蜜蜂，围困一棵花期已过的老山楂树。"她也曾如此自嘲：诗歌难以破镜重圆，散文也非白头偕老。从1996年到1997年，诗人应邀到柏林生活和写作，居然重启诗笔，完成了一批作品，包括长诗《最后的挽歌》。欧洲的后现代主义语境，让舒婷远离了李清照，远离了普希金，远离了泰戈尔，远离了戴望舒，远离了何其芳，远离了蔡其矫，远离了这些决定性的营养，转而开始尝试新的风格：拼盘，反讽，戏剧性，用口语记录日常。是的，诗人甚至写到了"啤酒瓶"，写到了"葱花鸡蛋汤"。对诗人来说，这已是很大的冒险。诗人也曾反复自问："也许怀个怪胎回来？"——她尚未悉知，当其时，新诗已经怀上了千百个怪胎。

胡宽（1952—1995）

从 1955 年入狱，到 1980 年昭雪，前后长达二十五年，诗人胡征一直身陷"胡风反革命集团案"。他的儿子——胡宽——在阴影和支气管哮喘中长大了。对胡征来说，新诗带来了阴影；而对胡宽来说，阴影带来了新诗。阴影与新诗，两者自有因果。1981 年，胡宽写出长诗《土拨鼠》。我们很少有人见过土拨鼠，也有可能见过，但不知道那就是土拨鼠。所以，"土拨鼠"，这是纯度很高的、中空的、可以随便填充的"能指"（Signifiant）。"土拨鼠盯着你／土拨鼠盯着你／土拨鼠目光炯炯"。诗人自作主张，给这只土拨鼠，指派了无穷的"所指"（Signifié）：一只建造原子破冰船的、贩卖蟑螂牙齿的、演奏巴赫的、捕鱼的、有军衔的、作为候补经理的、作为垃圾艺术家的、编故事的、不买票的、出着荨麻疹的、痛饮敌敌畏的、发射导弹的、收藏土豆的、观看冰球比赛的、出售假汽水的、守寡的、咬断了电缆的、同性恋的、打喷嚏的土拨鼠，一只愤怒的、狡狯的、渊博的、凶恶的、孤独的、恐惧的、古怪的、幻想的、荒淫的、温文尔雅的、吹嘘的土拨鼠，一只搞乱了 DNA 的土拨鼠，一只并非土拨鼠的土拨鼠，一只并非全是诗人的土拨鼠。"土拨鼠摸摸你/你摸摸土拨鼠/你们俩都会心地笑了"此诗长达数百行，每行，少则一二字，多则三四百字，其间穿插着数据、字母、英文单词，穿插着政治学、科学、医学或宗教术语。全诗好比一座无人涉足的丛林，长满了灌木，又长满了乔木。灌木，乔木，袋鼠般的速度，初夜般的官能快感，成全了这样一首装置的、拼贴的、混搭的、狂欢的、残酷的、机变百出的长诗。到了 1988 年，顾城写出《土拨鼠》，只有四行，"土拨鼠在挖土/有人问/土里有什么/土拨鼠说：土里有土"；翟永明也写出《土拨鼠》，长达六十八行，"一首诗加另一首诗是我的伎俩/一个人加一个动物/将造就一片快速的流浪"。顾诗短而空灵，就像小儿的恶作剧；翟诗长而繁复，乃是女人的独角戏。两位诗人给出了完全不同的"所指"，在喃喃之中，也不曾睨过一眼动物学意义上的土拨鼠。这样，从胡宽，到顾城和翟永明，还有更晚的雷平阳，就构成了新诗史上的土拨鼠家族。此是闲话不提。恰是在 1981 年前后，胡宽的神经，接通了外星和银河，得了神助，得了天授，忽而写出数十首"史前之诗""未来之诗"或

"渎神者之诗"。可参读长诗《不是题目的题目的题目》《银河界大追捕》《W乐章》（此诗似未完成）和《死城》。这批乘坐时间旅行器而来的恐龙般的作品，堪称新诗史上最早的荒诞派，自发的嚎叫派，无师自通的实验诗，来历不明和令人费解的美学金字塔。当其时，今天派诸公正致力于政治—文化批判，而胡宽呢，却醉心于社会—人性批判，两者之间似乎没有任何影响或交集。胡宽把这种注意力，把无名的后现代主义，坚持到了后现代主义的共名时代。可参读其死前六年所作长诗《鼠脑国》（此诗甚难得见）《惊厥》《黑屋》《雪花飘舞》和《受虐者》。有学者认为，胡宽乃是陕西食指。这个简单的类比，有点道理，也没啥道理。食指是源头，是起点，是今天派的长兄，而胡宽呢，是孤峰，是众人的盲点，是后现代主义的鳏夫。很多小屁孩，迄今仍在去胡宽的半途。1995年，诗人到外地去访友，支气管哮喘发作，竟然客死于浙江衢州。1996年，牛汉、徐放和胡征编出《胡宽诗集》。

周伦佑 (1952—)

周伦佑抓住他的头发,想要把自己提起来:他双眼圆睁,双手紧攥,青筋暴露,大汗淋漓,似乎马上就要蹬掉脚下这颗星球。他和蓝马参与搭建了一种反文化和反价值的语言哲学,或者说,他们绘出了一张语言乌托邦草图。在八十年代初期,他们虽然不知道巴特(Roland Barthes)乃是何方神圣,但是可能已经读到维特根斯坦(Ludwig Wittgenstein)。尽管如此,他们的语言哲学仍具有某种程度的原创性,以及当头棒的生猛和力道。然而,当周伦佑试图把此种语言哲学作为语言诗学的时候,很快就发现自己已经陷入了某种"奋不顾身的自悖"(陈超先生语)。周伦佑忽而持矛,忽而持盾,忽而赤手空拳,最后抄小路消失于追随者的视线,并让后者茫然而生惊疑之感。此故,讨论作为诗人的周伦佑,必须适当地偏离作为理论家的周伦佑:

两只乌鸦都在鸣叫,且让我们,先去逮住已经展开翅膀的那只乌鸦。周伦佑的写作,察其总体,乃是异化和异化之异化的结果。从个人生存体验里冒出来的疼痛感、饥饿感、荒谬感和被挟持感,引导了一种证词般——甚或遗著般——的写作。在暴力修辞语境下,他启用反暴力修辞,要命的是,此种反暴力修辞亦具有暴力修辞的色彩。这个亡命之徒、施虐者、受难者或犯险者,自己卡紧了自己的七寸。可参读《在刀锋上完成的句法转换》。此类作品如箭在弦,如绵裹针,如金击石,自有一种"风骨",或者用他自己的话来说,自有一种"异端之美"。除了这种傲骨嶙峋的严肃而紧张的写作范式,周伦佑还另有一副面孔,后现代主义的玩世的面孔:他熟练地使用拼贴、混搭、戏拟、反讽、杂糅等各种技法,解构了他想要解构的话语圭臬,展示出一种九头牛都拉不回的冥顽和固执。从早期的《头像(一幅画的完成)》,到中期的《谈谈革命》,等等,无不如此。如果我们到此止步,就仅仅谈论了一个掐头去尾的周伦佑,因为还有两个有价值的问题等待着我们的回答:更早的周伦佑意义何在?最近的周伦佑意义何在?二十世纪七十年代前期和中期的周伦佑,已写出《试验》和《望日》,以个人的孤勇,呼应了北京、贵阳和上海的三大诗人群,应该纳入"前朦胧诗"——姑且使用这个术语——的范畴来考察和研究。进入二十一世纪的周伦佑,已写出《后中国三部曲》,在个人、个人之中国、中国、中国之个人的矩阵之内,展开了壮士断腕般的反思,突围般的反思,如果去芜存菁,或亦有助于当代文化和思想的自省。

严力（1954— ）

从七十年代到八十年代，严力的写作都面对着双重阴影："权力和政治的副词"。这个，他还得与今天派一起面对。此种副词已经高度白人化，成为习惯和上空，当其时，严力要用个人化的习惯，碰响此种习惯，解放出字、词、句里面的"黑人性"。他与北岛，有同有异。当后者已经写出若干"政治抒情诗"，高亢，尖厉，严力也有唱和，比如写于1976年的《蘑菇》和《无题》（"黑暗中我碰碰树枝"），还有写于1977年的《歌》，以及写于1986年的名篇《还给我》。在这个唱和的过程里，诗人却慢慢放低了身段，要找回充满黑人性的"言语"。他渐渐弃去北岛式的启蒙性写作，转而，写出了很多新鲜的爱情诗。其中，写于1982年的《失约》堪称极品。他的爱情诗，大都无题，《失约》却有题。另有一首《无题》，却不是爱情诗。

为了深入分析严力的选择，这首《无题》还得引来："我一阵惭愧好像/更有了秘密"副词和副词教育用心良苦，诲人不倦，诗人难免觉得有些内疚，有些对不住；但是时代已经交来另外的指令，这个指令，就是此刻和今天的秘密，"不张扬"的秘密。诗人有首写于1983年的《薄冰》，提心吊胆，意味深长，是的，指令，是的，秘密，是的，薄冰，"先生们，女士们，请各自小心"。此其一；其二，在半人半神的幽暗的会所，诗人也有些心烦，因为他没有他们那么高尚，没有他们那么有胆量。诗人不欲当英雄，也不要象征派，不要斯大林时代那种对抗美学，他热爱积木，只想做一个非英雄（non-hero），做一个超现实主义者。所以写出很多爱情诗，很雅的爱情诗，用以瓦解——套用诗人的说法——英雄的副词。两种副词，双重阴影。"一大堆瞎了的蜡烛全部站在那里"。诗人喝下一点酒，又喝下一点酒，壮了胆，什么都不怕，就脱掉了副词的内裤，赤着身，穿上了个人化言语的牛仔服。很快，他甚至发现，雅也雅不得，于是降落——是的，降落——到日常，泅入了生活流。蘑菇的、花纽扣的、苹果的、琴弦的严力，渐转向图钉的、轮胎的、野狗的、旅游鞋的、牙齿的、盐和酱油的严力。两个严力，也有交错，慢慢地，后者就替换了前者。"我要驾着重型卡车在发软的抒情诗上加速"。就在1981年，最迟1982年，他写出了《不用站起来去看天黑了》。口语，粗话，摇滚风，黑色幽默。这是源头性作品,与王小龙参差同时,却早于伊沙,早于胡冬,亦早于于坚。所以说,严力虽然晚于北岛,却与王小龙一起,在另外的向度上成为源头性人物。这条线索上的意义——谱系学意义——还没有得到充分的评估。后来,诗人去了美国,回头,回眸,反过来认识到母语之美、母语之重、母语作为器官。与此同时,日益深刻的全球性体验,也反过来认识到人类——从中国到美国,从美国到世界——的局限性。《多面镜旋转体》,就是这样的产物。此诗的形式感——片断——来自其早年《短句》,不过,片断这次缀成了长篇。关于人类的种种,进化也罢,异化也罢,退化也罢,都有涉猎,故而,此诗堪称"痛苦管理"的全集。诗人乃是明喻的大师,"子弹一样的风骚",明喻让思想一针见血,早年《港口内部的出航者》,堪称明喻橱窗,而后期《多面镜旋转体》,已堪称明喻博物馆。明喻博物馆,亦是认识论博物馆。读者诸君不可不察也。

梁小斌（1954— ）

　　半纯洁少年梁小斌，高烧住院，遭遇了不纯洁和纯洁的争夺。病友杨叔叔，因为给他讲梦遗或手淫，挨了病友陶伯伯的批判。这个半纯洁少年，既兴奋，又羞愧，还有一点儿优越感，在资产阶级和无产阶级的对峙里乐得逍遥。这场真实的争夺发生在七十年代，在此前后，梁小斌开始写诗。陶伯伯的阳光，你懂的，肯定要先于梁小斌的高烧。这个少年，在他写出"公社开完欢迎会，一颗心飞到生产队"以前，难道就没有被彻底地翻晒过？1976年，梁小斌从生产队，进入了合肥制药厂。可怜的诗人，可怜的制药厂：前者蔑视体力劳动，后者则蔑视诗和浪漫主义。有个问题，也许两者都想不通：这个后进学徒工，生活一团糟，怎么会在诗里堆积起那么多的纯洁呢？是的，过了头的纯洁，过了头的优雅，过了头的欢畅，还有过了头的自由和节奏。可参读《金黄的草帽》《我热爱秋天的风光》《我曾向蓝色的天空开枪》《大街像自由的抒情诗一样流畅》,甚至还可参读《少女军鼓队》。过了头,就带点孩子气,带点朗诵腔,不免让人心生狐疑。诗人后来有过反思,"受到恐吓的人,/才学会了爱美"。还可以接着《少女军鼓队》往下说,这首诗,赞美着鹿群般的少女军鼓队,却滴加了个人的辛酸。"我在学习纯洁的细节时受到了压迫。"1979年,梁小斌完成了更加扣人心弦的《中国,我的钥匙丢了》和《雪白的墙》。前者传递了失落感,一代人的失落感;后者描绘了伤口与愿景,一代人的伤口与愿景。这是证词般的写作,代言性的写作,陶伯伯和杨叔叔握手言和的写作。作文课都讲,要用比喻,要以小见大,这是梁小斌——也是那个时代——的好习惯。此前,诗人已得心应手:"民族的处女",曾经关联到"祖国的手心"。现在,"墙"和"钥匙",必须关联到"中国"。有个解放军战士,急了,居然真给诗人寄来了一串钥匙。"本体"要来救"喻体"之渴,要来挠"喻体"之痒,真是纯洁到没有药。诗人曾自供,那个阶段,颇受休斯(Langston Hughes)之影响,模仿过《让美国再度成为美国》。这点就很有意思。休斯,他的自觉行动,就是偏要在白人面前炫耀自己的黑皮肤;难道,梁小斌偏要在厂长面前炫耀自己的马脚?"要找梁小斌谈谈。"1985年,某个大雪天,制药厂的工劳科长给诗人送来了除名文件。次年6月,梁小斌完成长诗《断裂》。诗人忽而"学会了恶心",然则,审丑也罢,审真也罢,哪里有审美让人受用,加上语境大变,这件作品终于未能引起较多的关注。阴影有阴影的命运,杨叔叔有杨叔叔的命运。对于梁小斌来说,疾病是营养,潦倒也是营养,"只剩下大脑"(刘让先生语),他就会发育成一个平民思想家,或者说一个野生思想家、一个地洞思想家。生活的细节化,细节的寓言化,寓言的哲学化——对,就这样,梁小斌已经写出了令人叹服的百万字随笔。"为革命,保护视力,眼保健操现在开始",除了此种生活,此种细节,梁小斌还能向自己开刀,向《中国,我的钥匙丢了》开刀。第一次,梁小斌说,这件作品不是什么抒情诗,而是"被告在说话"。第二次,梁小斌说,这件作品不是什么经典诗,而是"控诉主义骗局"和"诡计"。诗人梁小斌,当年,他背着车间工会发的西瓜,在工厂外玩到疯,却在诗里伪装成委屈的受害者。思想家梁小斌,而今,把诗人梁小斌钉上了耻辱柱。原来是这样,杨叔叔,陶伯伯,都偷了对方的脸,纯洁与不纯洁难分难解。真所谓:"心灵稍有迸散,背上就是枯骨。"

王小龙（1954— ）

　　金斯伯格（Allen Ginsberg）对中国的访问，是在 1984 年 10 月。他在北京，曾与北岛见面，在上海，曾与王小龙见面。金斯伯格可能尚未觉知，有意无意间，他已经访问了中国当代诗的两个时代：以北岛为代表的正在式微的隐喻时代，以及以王小龙为源头的正在勃起的口语时代。这个美国佬更加不会明白：两个时代具有较为复杂的依违关系。他最感兴趣的问题，是去哪里领取中国版税。王小龙对此颇有揶揄，可参读《金斯堡》——那会儿，"金斯堡"还没有通译作"金斯伯格"。却说王小龙，他从不讳言今天派带来的惊奇感，正如从不讳言摆脱此种影响的迫在眉睫。"要学会自己走路"。今天派亦有口语诗，早在 1974 年，芒克就写有《街》——此诗如果混入了于坚或李亚伟的诗集，恐怕也不会被轻易识破。芒克要去开拓他们的隐喻时代，在口语的向度上，当时并没有更多的表现。到王小龙出现，口语才作为普遍的手段，或者说，才作为方向性的美学选择。早在1981年5月，王小龙就已经写出《出租汽车总在绝望时开来》。对于这首诗，都说好，都不说好在哪里。好在哪里？口语，而能俭省；白描，而能生动；细节，而能纤毫毕现；画面，而能饱满；幽默感，而能掖着悲剧感。"出租汽车"如同怪物和猛兽，取代了今天派的"星星"、"麦穗"或"悬铃木"。恰如诗人所说：像小时候埋葬自己的乳牙。隐喻时代的紧绷和高蹈，被彻底置换为日常和市井的小滋味。小滋味，有滋有味。这真是"一个注定的时刻"。单凭此诗，王小龙已经成为口语美学的源头性人物。要到1981年或1982年，严力才写出《不用站起来去看天黑了》；1982年，韩东才写出《有关大雁塔》；1984年，于坚才写出《尚义街6号》；1984年，李亚伟才写出《中文系》；1987年，阿吾才写出《相声专场》；1988年，伊沙才写出《车过黄河》。王小龙并非孤篇传世，八十年代前几年，他迎来了写作高峰期。不是激昂的年代，而是具体的生活，比如结婚，促成了这个写作高峰期。前面提及的《出租汽车总在绝望时开来》，有时候，会被王小龙列入组诗《婚后生活》。结婚意味着什么？别扭，烦躁，争吵。舒婷的读者很失望，在王小龙这里，他们没有领到哪怕一小把水果糖。就这样，几乎每年，诗人都能拿出一点儿作品，写给——而不是献给——父亲、老婆、女儿、老孙、阿婆、老张或某个小女孩。诗人的调侃和戏谑，里三层，外三层，裹住了内心的情感。我们必得剥开层层棕叶，才能吃到深藏的芝麻、花生和核桃。来读《写给父亲》："因此我们活着不能太计较/你说对吗你怎么不说话你/这棵风中的棕榈"父亲已经去世，棕榈不能搭话，诗人的责怪如同无赖。责怪，无赖，里面却有很深的情感。诗人曾说，他的每首诗都是情歌。读者对此充满狐疑，他们会说，或许只有《爱的十四行》才算是情歌。可是，这首诗的味儿太酽。太酽，就不真实。怎么说呢，《爱的十四行》只能算是王小龙全部写作中的意外事故。想当年，王小龙与金斯伯格见面，曾专门谈到"接近真实的可能性"。金斯伯格刚刚在北京写出的《北京偶感》，既是诗，也是诗学纲领，竭力推举"呼吸""毫无顾忌""方言""新泽西俗语""折磨""染色体""惠特曼""黑人布鲁斯""披头士"和"精确的细节"，为王小龙的问题提供了一些答案。从北京来到上海，金斯伯格也才找到诗学的同志。1986年，王小龙写出《纪念航天飞机挑战者号》，颇有金斯伯格之风；2013年，又写出《年代》，亦颇有布鲁斯（Blues）之风，应该交给饶舌歌手去演唱。"走音你也走出步步天籁"。尽管如此，王小龙却愈来愈低调，愈来愈隐逸。"总之不拿自己当回事。当多大回事就出多大洋相。"这样，挺好。

于坚（1954— ）

如果说于坚是一个渎神者，可能会得到一些汉学家——比如柯雷（Maghiel van Crevel）——的认可，然则，西人恰好不会懂，事实正相反，于坚用渎神的方式靠近了神和神性。大地、日常、汉语，三者皆有神性，惜乎神性如落日，在这个化学和物理学时代，眼看种种神性就要敛起最后的余晖。于坚面对的是一个残存的世界，残存的云南高原，他的写作，就是不断后退，后退，想要恢复这余晖的大光明。天真的写作。于坚要面对什么样的大地？荒凉、黑暗、潮湿、和谐、羞涩、处女般的大地，万物有灵的大地，只服从于不为人知的律令的大地。高原、河流、怒江、苍山、滇池、无人之野，运气好能够看到成片的棕榈树。在这样的大地上，诗人遭遇了，或者说，指望遭遇到大象、豹子和老虎。不是隐喻、象征、修辞的借物，不是纸面上的叶公好龙,而是真正的、有血有肉的、饥饿而仪态万方的大象、豹子和老虎。诗人乐于与它们对视,并期待着这样的奇迹:双方可以展开一次——哪怕只有一次——咧开嘴的快乐的交谈。后来,同样在云南这块大地上,诗人雷平阳也表达过类似的意思。于坚要面对什么样的日常?琐碎、陈旧、啰唆、不绝如缕、代代相传的日常,身体性和官能化的日常,非英雄(non-hero)的日常,某种意识形态背面的日常。茶馆、电影院、酒肆、水井、菜市场、四合院、乱糟糟的卧室、风花雪月或生意快要做不下去的小作坊。道法自然,大小便无非有机肥。此种日常,低唤大地,而能与大地共生。于坚要面对什么样的汉语?古老、原在、即兴、清洁、地方性的汉语,为天地立心的汉语,无关是非、尚未完全沦为工具的汉语。母语、象形、会意、混沌,曾经写出过唐诗和宋词。此种汉语,低唤日常和大地,而能与日常和大地共生。三者皆有神性,又当何解?曰真,曰善,曰美,曰信,曰德,曰敬。奈何近现代以来,尤其是城市化和工业革命以来,科学、知识、冒险和物质主义改变了大地,意义、体制、潜规则和高悬之物改变了日常,修辞、拼音、逻辑性和翻译体改变了汉语。因而,于坚的全部写作——诗与随笔——乃是去蔽与招魂的写作,其目的,就是要将大地、日常和汉语重新置于太初之"无"。于坚之诗,乃是存在之诗、先验之诗、不变之诗、在场之诗、还乡之诗、去智之诗,乃是器

（"形而下者谓之器"）之诗、肉身之诗、信札与便条之诗，本然之诗而非使然之诗，自在之诗而非自为之诗，此岸之诗而非彼岸之诗。现在进行时态和未来主义是诗人的大敌，他没有生活在别处，却通过一意孤行的写作，惊叹和赞美的写作，想要骗过自己，退回古代，混迹于老庄李杜之间。也有骗不过的时候，这时候，诗人就会写出哀歌，《哀滇池》《0档案》和《对一只乌鸦的命名》，或可分别视为大地的哀歌、日常的哀歌或汉语的哀歌，献给空心的庞然大物。与其说，诗人已退回某种过去时态的语境，毋宁说，他试图在当代语境里，唤醒记忆，唤醒道法自然的伟大的文明。于坚所谓汉语，就是白话，他或有不知，与前述文明相表里的，非仅白话——因为白话只是残存的汉语。这样的矛盾并非罕见，比如，诗人还面临着隐喻和拒绝隐喻的矛盾，地方性与英语的矛盾，古典主义、民族主义和先锋主义的矛盾。矛盾带来难度和活力。于坚的写作，乃是一种不可能之可能，所谓个人气象，也就在——或只能在——艰难的两难里求得一片昊天。最后，如果我要说，于坚是一个抒情诗人，请不要诧异，更不要如此反问：一个抒情诗人？一个光头的抒情诗人？一个骑破车的抒情诗人？一个穿着大头皮鞋的抒情诗人？

杨炼（1955— ）

杨炼曾多次谈到，他穷其一生，不仅是在写诗，而是在做项目——"人生和思想的艺术项目"。其多卷本作品，包括诗、散文诗、散文和诗学随笔，还有对话与访谈，风狂雨骤，蔽日遮天，已然自成体系。这个体系如此庞硕，却只是个局部——相对于杨炼及其艺术项目的冰山来说。也许是火山，谁知道呢。火山也罢，冰山也罢，都没有导游，吓坏了每个还打着呵欠的观光客。他们发出惊叹，然后绕道走开——前边还有桃花岛呢。故而，就有猛人钟鸣先生的反问："要谈杨炼，舍我其谁?"笔者亲聆此问，深以为然。西学，中学，修养如钟鸣，或可游刃于其间。转而又想，复杂问题可以简单化。即以杨炼而论，气象万千，死敌一个，那就是文化虚无主义。从"新文化运动"，到"文化大革命"，草蛇灰线，就是愈演愈烈的文化虚无主义。

杨炼之所处，无非从"文革"时代到后"文革"时代。文革时代，以现实的悲剧性，激发了英雄主义的写作，比如北岛和最早期的杨炼。后文革时代，以文化的空心化，召唤了传统主义的写作，比如后来和终生的杨炼。传统何谓？杨炼会说："古典与当代作品之间的创造性联系。"还会说："一个永远的现在进行时。"从绝对的意义上讲，没有传统，只有对传统的选择和再选择。选择，再选择，当然就是现在进行时。江河与杨炼首当其冲，要"发明"自己的血缘，投身于"传统重构与个人独创性的相互引导"。传统何在？杨炼也许会说：旧籍、古物、遗址、民间与少数民族。近来流行的人类学，亦以少数民族考论上古民族；而杨炼，他要建成一座"鬼府"，他要直接与一群"幽灵"对话。1983年5月，杨炼发表组诗《诺日朗》，"高原如猛虎"，可谓得古来气韵，堆纸上云烟，新天下耳目。江湖颇有传言，其为作也，很大程度上缘于诗人的锦城艳遇。此诗可从多个角度解读，色情而外，尚有男性中心主义、藏地密码、宗教、民俗、死亡仪式或形式主义试验。单就显在意义而言，此诗当是加入传统的自觉行动。很快，我们就会绝望地发现，《诺日朗》也只是个局部——相对于《礼魂》这部大组诗来说。这部大组诗包括三部组诗——《半坡》《敦煌》和《诺日朗》——分别指向劳动与创造、文化与信仰、生命与死亡。同期完成的组诗《西藏》，指向高原与边地，即便纳入《礼魂》，似乎也没有什么大不妥。读者还没有缓过神来,喘过气来,杨炼却马不停蹄,不断加速其激情挥霍的写作。到 1985 年,完成大组诗《Yi》,篇幅倍于《礼魂》,试图还原和重现《易经》中的天人合一观。古老的启示,经由诗人,成为全新的布道。前文已经有过暗示,杨炼的传统观,相当于艾略特(Thomas Stearns Eliot)《传统与个人才能》的中国翻版;与此紧密相关的事实则是,杨炼的组诗和史诗,除了受惠于屈原和先秦散文,还曾受惠于艾略特和聂鲁达(Pablo Neruda),具有十分明显的美洲血统,此处不再絮烦,可参读台湾王颖慧女士的影响研究(influence study)成果。前述在国内完成的作品,杨炼后来统称《中国手稿》;1988 年,诗人移居澳大利亚和新西兰,其间作品——包括《大海停止之处》——后来统称《南太平洋手稿》;1994 年,诗人定居伦敦和柏林,其间作品——包括《同心圆》和《叙事诗》——后来统称《欧洲手稿》。本是巨著,统称手稿,可以见出诗人的未完成感和强烈的失落感。上述在国外完成的作品,既有中国传统,又有异国语境,并在两者乃至多者的重洋上,呈现了漂泊或流浪意义上的个我形象——奥德修斯般的形象。"从岸边眺望自己出海"。杨炼在海外的成果,有两部很特别,一部是《艳诗》,一部是《叙事诗》,前者写性爱之美,后者写家风之善,均堪称登峰造极之作。尤其是作为自传的《叙事诗》,让个人与某种大历史再次互相指证,"岂止令人喜爱？直是逼人胆寒"，乃是诗人全部作品中的重器。诗人甚至断言，《叙事诗》把此前作品都变成了"一种初稿"。哎呀，"手稿"又变成了"初稿"！从形式主义试验的角度讲，《叙事诗》亦颇有所为；事实上，自《诺日朗》至《叙事诗》，杨炼从来没有停止过形式主义试验。蜀中丧歌、佛偈、中短篇、散文、片段、六行体或十六行体、韵与无韵、大提琴组曲结构，凡此种种，都能为诗人所用，正所谓虎视鲸吞，想偷就偷想抢就抢。那就再来段闲笔，却说宋人李涂，做了部《文章精义》，曾如是谈及唐宋四家，"韩如潮，柳如泉，欧如澜，苏如海"。借来这几个妙喻，我们会说，《诺日朗》如潮，《艳诗》如泉，《Yi》如澜，《叙事诗》如海——可见杨炼或亦能兼得韩柳欧苏。杨炼手持现实、历史和文化的三棱镜，以每个字的全力以赴和绝地反击，"展示了对过去的伟大自觉"（英国《当代作家词典》），搭建了一个如塔如堡亦如城的智力空间。诗人罗列天书，陈述奥义，拔高音阶，追求深度之美，却对绝大多数受众构成了彻底拒绝。甚至连杨炼本人也不对中国读者——更不用说德国读者顾彬（Wolfgang Kubin）先生——抱有读懂的幻想，于是乎，只能立此存照，只能"在自己的国土上成了异乡人"（陈超先生语）。台湾王颖慧，北京秦晓宇，虽有卓越的细读，我们仍然期待猛人如成都钟鸣者对杨炼展开恰中肯綮的"语境批评"。

王小妮（1955— ）

对于北岛和北京诗人群，王小妮仿佛来自乡野，她以外省的平民的清癯，响应了北京的沸腾，并让《今天》获得了更加蜿蜒的地理学想象。"我走到哪儿，哪儿就成为北方"。某些今天派——如果真有这个今天派——诗人，后来加速遗民化，加速流民化，以托钵僧的妩媚，化得了外在的更为广阔的认同感。而王小妮，仍然直面"此在"——生活、命运和危机——并将写作推向了让人惊诧的境界。如果把她强行划入某个诗派，那么，她既是一位后来者，也是一位立异者、一位独在者，以至于她与这个集团似乎没有太大的关联。诗人从来不欲觅得一位或几位美学同志（或美学上级），恰恰相反，她要摆脱他们，就在他们深陷于温软回忆录之际。"磨砺使我走到今天，使我可以笑着，"诗人也曾谈到她与他们的差异，"端着茶杯和它从容对话了。"说得真好啊。今天派那么冷硬，那么迅疾，那么尖锐，何曾有过从容？我们可以看得很清楚，诗人却以从容而孤独的赶赴，以若干短诗和组诗，挽回了她和他们曾经共有的光荣——如果真有所谓"共有的光荣"。首先要提及的，乃是三个组诗——均堪称死亡组诗。《看望朋友》写到朋友的死亡。这个朋友见证过苦难和历史，见证过"零下二十度的夏天"。朋友，诗人，两者都患有"昨天综合征"。通过这个朋友的疾病和死亡，诗人触摸到了"我们共同的难度"。《和爸爸说话》写到父亲的死亡。从朋友，到父亲，诗人都不是死亡的旁观者，而是死亡的亲历者。她已经置身于——是的，置身于——死亡。"拿走了我们血的/不可能拿走我心里的结石。"这个组诗的第七首，《我不再害怕任何事情了》，既是组诗的压卷，亦堪称内心的压卷。经过大痛苦，乃有大清明。《十枝水莲》则写到水莲的死亡。诗人说，水莲，像导师，又像书童。实则，水莲，就是诗人的镜像。"我去水上取十枝暗紫的水莲/不存在的手里拿着不鲜艳。"细细读来，真是镜像。从这三个死亡组诗——以及其他作品——均可以看出，诗人从来就不是启蒙者，不是高蹈者，也不是对抗者，可以作为反证的是，其写作，曾数度呼应了大地，甚至呼应了干净而古老的农业文明。对于此外的世界，她都保持了足够的疏离感，甚或恐惧感。她的写作，文字，似乎就是为了进入一个"老鼠洞"，以便反复练习个人化的幽闭和苟全。然而,连一块布都"精通背叛",哪里还会有诗人的藏身之所?外部世界,就是惊扰。"除了人/现在我什么都想冒充。"诗人不断告别,诗句不断涌现——语言和修辞反成为末事,就像一种被捎带出来的额外之物。可参读《一块布的背叛》。同期若干作品,以及组诗《我悠悠的世界》,均堪称半个我之诗、尖叫而悠然之诗。撤退,隐居,都已不可能:你必须参加游戏,然后接受规则的羞辱。我们不难体察到诗人那看起来轻描淡写的绝望,以及,那看起来轻描淡写的愤怒。此种"轻描淡写",或会减弱作品的力度,然而力度,以及力度的减弱,均非诗人刻意所为:她就像这样一位从容的散步者,走走,看看,停停,遇到一片可以独坐的树林,没想到已接近了山顶。

翟永明（1955— ）

翟永明从未将男性作为某种革命对象，换句话说，她从未从阶级的角度，而是从两性依违的角度，来直面和反省女性的处境（包括困境）。在组诗《女人》小序里，翟永明曾有谈及"自己的深渊"，谈及"与生俱来的毁灭性预感"，似乎并没有将花枪指向权力异性。所以说，翟永明并非女权主义者，而是女性主义者，顶多算个修正女权主义者。明乎此，乃可顺藤摸瓜。1984年，诗人完成《女人》，1985年，又完成《静安庄》。《静安庄》是对杨炼式史诗的尾随，而《女人》，则是对舒婷式女性诗的突进。翟永明与舒婷有何不同？后者意在女性立场，前者意在女性体验或女性意识。独立，平等，这就是立场；可是事情哪有这么简单？对于翟永明来说，舍此而外，还有"狂喜"，还有"昏厥"，还有"疾病"和"死亡"。"橡树是什么?"翟永明此问,把舒婷及其《致橡树》都逼入了过去时态。《女人》共有二十首,作者偏爱《母亲》,读者则偏爱《独白》。"我,一个狂想,充满深渊的魅力/偶然被你诞生。泥土和天空/二者合一,你把我叫作女人/并强化了我的身体"。建筑师刘家琨先生对诗人说,"我读到了黑夜",后来诗人就把那篇小序名为《黑夜的意识》——"黑夜的意识","意识之最",这些说法由是风行诗界和学界,循此,当代女性诗很快滑入了露骨的身体叙事,反而让翟氏《年轻的褐色植物》都显得过于含蓄。对于翟永明的几乎全部作品而言,《女人》犹如定音鼓:既是主题的定音鼓,亦是风格的定音鼓。什么主题?女人。什么风格?独白,或者说自白——普拉斯(Sylvia Plath)式的自白。1996年,诗人完成《十四首素歌——致母亲》。这部长诗乃是对《母亲》的扩展性重写,一次对话,一个双重奏,叙述了两代女性在命运上的交错,情感上的对比,还有思想上的变异。无论是"我",还是"母亲",最终仍不免是难分难解的"我们":"什么样的男人是我们的将来?/什么样的男人使我们等至迟暮?/什么样的男人在我们得到时/与失去一样悲痛?"诗人的回溯并没有完结,在此前后,她还曾写下若干诗文,献给柳如是、邱砚雪("无考女诗人")、李清照、白素贞、鱼玄机、薛涛、花木兰、祝英台、苏蕙或孟姜女。诗人甚至认为,鱼玄机最有女性意识。不信吗?可参读翟永明《鱼玄机赋》、鱼玄机《游崇真观南楼睹新及第题名处》。面对秦以来的女性传统，诗人钩沉索隐，在互文性的书写中构建了一个"巨形女性"，或者说一个大历史意义上的"女性家族"。这个家族的成员还包括某个十二岁的雏妓、莉莉、琼、曲春华、田蔓莎、祖母、林徽因，以及若干当代女诗人。然而，出乎我们的意料，翟永明并非婉约派，所赖者，刀斧也，非针黹也，故而遣词造句每归于生硬和粗线条，甚至荡漾着男性或英雄主义的纹理——据说与她嗜读武侠小说有关。来读《更衣室》："在我小小的更衣室/我变换性别、骨头和发根"。这种扰乱话语性别的小动作，尤其体现于其晚近完成的长诗《随黄公望游富春山》。此诗大量摹写古代男性话语，比如"垂钓"，比如"渔樵"，比如"归隐"，比如"政权"，比如"走马苍崖"，比如"高士"，种种摹写无非戏拟，以退为进，图穷匕见，最终是要建立当代女性话语。"我可以是村妇是村姑/也可以是一个侠女我可以是/采药人也可以是一个女道士/我以女人的形象走在山水间"。从《富春山居图》，到《随黄公望游富春山》，既是从古画到新诗的转换，亦是从男性书写到女性书写的转换。翟永明的几乎全部重要作品，正如《编织和行为之歌》自供，"谈论着永无休止的女人话题/还有因她们而存在的/艺术、战争、爱情"。前述作品不是组诗，就是长诗，其长诗与组诗，恍如小说，尚有多部值得另作研究。谈到这个问题，唐晓渡先生曾经说，"有多少欲望，就有多少语言"——他是在引用巴特(Roland Barthes)的金句。然则,诗人的短篇亦颇有佳构。笔者曾就此向钟鸣先生讨教,后者独爱《土拨鼠》,亦如周瓒女史首推《潜水艇的悲伤》——此处均存而不论。翟永明的写作,有两个转折,须得交代明白。其一,九十年代初期,自白风稍歇,诗中渐有细节、场景和戏剧性对话。钟鸣先生所谓"在纽约把普拉斯还给普拉斯"是也。可参读《咖啡馆之歌》《小酒馆的现场主题》。其二,二十一世纪初期,汉风益炽,诗中渐有文言、旧体诗词和古代文化元素。《鱼玄机赋》和《随黄公望游富春山》而外,可参读《在春天想念传统》(共有三首)。最后的小结,可能就会显得比较调皮:翟永明的诗——还有美貌——互赠了光辉,让她早就得了大名,作为女性主义者,或作为修正女权主义者,我们的诗人将情何以堪呢?

顾城（1956—1993）

要读懂顾城，须引来庄子。庄子这样写道："南海之帝为儵，北海之帝为忽，中央之帝为混沌。"何谓"混沌"？自然而然也，道也，本也，真也，久也。顾城六岁写诗，十岁辍学，十三岁从城市到农村。文化也罢，城市也罢，社会也罢，还没有完成对这个少年的精雕细刻。顾城脱了虎口，直奔大自然。他就是混沌，他就是中央之帝。"我愿重做一只昆虫"。他不厌其烦地写到黑蚂蚁，写到黄鹂和小松鼠，写到甲虫、瓢虫、小麻雀、知了、野蜂、蟑螂、蟋蟀、公鸡、叩头虫或粉蝶。没有因，没有果，只有奇迹、惊喜和表象。顾城的"火道村"，相当于法布尔（Jean-Henri Fabre）的"荒石园"。面对着哪怕一只黑蚂蚁，他们都可以趴下来看上三个小时。巧啦，法布尔也是十岁辍学。法布尔用一生，写出卷帙浩繁的《昆虫记》。而顾城呢，八岁写出《杨树》，十二岁写出《星月的来由》，十五岁写出《生命幻想曲》。都是昆虫记，都是自然诗，都是天才的懵懂。来读《杨树》："我失去了一只臂膀/就睁开了一只眼睛"后来，顾城稍通人事，又将自然诗写成了寓言诗：各种昆虫登台亮相，演出了一幕幕窃喜的童话剧。法布尔，也就成了安徒生（Hans Christian Andersen）。比法布尔和顾城更清澈，安徒生呢，据说几乎没有上过学。六七岁的顾城，粗通汉语，未通古文，更不懂法语和丹麦语，但天生就是法布尔、安徒生或中央之帝。此一阶段约当1974年以前，其间所为，可以称作本我之诗。庄子接着写道："儵与忽时相与遇于混沌之地，混沌待之甚善。"何谓"儵忽"？器也，末也，伪也，暂也。也许在庄子看来，文化、城市和社会都是儵忽之物。1974年，顾城随父返京，先后干过木匠、油漆工、翻糖工、商店营业员、记者、文字编辑和美工，人事汹涌，无孔不入，他哪里还能够再藏在一个昆虫世界？可怜的顾城！可怜的单方面的善！现在，"儵忽"已是"肉逼"（这个词儿借自丰子恺先生）。来读《远和近》："你看我时很远/你看云时很近"当年很多人都闹看不懂，可是，这有什么看不懂呢？因为社会性，人与人扩大距离，因为自然性，人与人缩小距离。远是"儵忽"造成的远，近是"混沌"带来的近。再来读《一代人》："黑夜给了我黑色的眼睛/我却用它寻找光明"喻体指向自然性，指向"混沌"，本体却指向社会性，指向"儵忽"。是本体，而不是喻体，已经呼应了当时较为通行的介入立场。还可参读《眨眼》《就义》《不要说了，我不会屈服》《我是一个任性的孩子》和《案件》。顾城的烈度，批判性，远逊于今天派同侪。须知，难为他已经尽力了。此一阶段约当1974至1982年，其间所为，可以称作超我之诗。庄子接着写道："儵与忽谋报混沌之德，曰：'人皆有七窍，以视听食息，此独无有，尝试凿之。'"报答，其实是改造——这个奇怪的逻辑，今天很流行，庄子早就讲得很明白。"儵忽"决定改造"混沌"，要让后者有眼睛有耳朵有嘴有鼻孔。有眼睛有耳朵有嘴有鼻孔，"混沌"还是"混沌"吗？有了"儵忽"的智，就会有"混沌"的反智。还是回到顾城。顾城已经认识谢烨，又认识李英，她们就是他的七窍，他试着接受——又难以忍受——这逐渐凿出的七窍。顾城好读《石头记》，那就这样打个比方：贾宝玉终将离了贾府，随了那个癞和尚，随了那个跛道士。换成时髦的话来说，有文化，就有反文化。来读《布林》——此诗共有十八首——那就来读第十二首《对联》："大烟囱是小烟囱不认识的小烟囱／小烟囱是大烟囱不认识的大烟囱／象鼻虫把自己弹到空中"顾城后来也曾谈到，"布林"好比孙悟空，好比吉河德，很有趣，很喜欢逃学。从几岁到二十几岁，在脑袋里，诗人一直喂养着这个"布林"，直到拔出活塞，直到他终于写出《布林》。这件作品乃是歪打正着的荒诞派，建设变成了破坏，抒情变成了反抒情，叙事变成了反叙事。此一阶段约当1982至1986年，其间所为，可以称作非我之诗。这个非我，相对于超我，却接近了本我。庄子最后写道："日凿一窍，七日而混沌死。""混沌"不生亦不死，有七窍，就有视听食息，就有文化，也就有必死。所谓文化生而自然灭。顾城不断地迁就他的七窍：要挣钱，要养家，要出国。1987年，携谢烨赴欧洲讲学。1988年，移居新西兰。1990年，助李英移居新西兰。谢烨李英各有念头，在激流岛，不可能与诗人共筑"绝对女儿国"。到了1993年，终于发生戕妻自缢的大悲剧。其间写出很多作品，最骇人，当数四个大组诗——《颂歌世界》《水银》《鬼进城》和《城》。这批作品，可谓无悲无喜无垢无净。顾城的目的不在诗，而在解决最后的问题。最后的问题，不在"她们"，而在"我"——这才是最后最难堪的障碍物。老子说"复归于婴儿"，已不可能。东坡说"游于物之外"，亦不可能。顾城来得更痛快，他说"死了的人都漂亮"。四个大组诗，无非四个大台阶，在诗人看来，尽头就是黑甜、福禄、女儿国和混沌。生，死，杀人，自杀，在顾城，"无可无不可"。来读《水银》："凶手/爱/把鲜艳的死亡带来"再来读《鬼进城》："零点/的鬼/走路非常小心/它害怕摔跟头/变成/了人"此一阶段约当1986年以后，其间所为，可以称作无我之诗。人而无我，诗而无法，只剩下"蓝色的无限"。从本我到超我，顾城贡献了华章；从非我到无我，顾城志不在诗，已经深陷于——或者说陶醉于——荒诞主义、神秘主义和虚无主义。而我等凡夫俗子，关心的还是作为诗人而不是作为哲学家的顾城，关心的还是童心与至文，那就引来明人李贽《童心说》作结："天下之至文，未有不出于童心焉者也。"

柏桦（1956— ）

说到无匹的诗人，柏桦，有四个字——前，后，左，右——恰好派上用场。前后者，阶段之谓也。前期柏桦，是抒情诗的柏桦，是波德莱尔（Charles Pierre Baudelaire）式的柏桦；后期柏桦，则是叙事诗或史诗的柏桦，是艾略特（Thomas Stearns Eliot）或纳博科夫式的柏桦。左右者，气质或态度之谓也。左边柏桦，是白热的、尖细的、夏天的、奔临悬崖的柏桦，是重庆的柏桦；右边柏桦，则是安闲的、逸乐的、秋天的、枯坐深渊的柏桦，是南京或江南的柏桦。前后历历，左右交错。前左，前右，后左，后右：至少可以得到四个柏桦，当然，不免亦是一个柏桦。欲谈柏桦诗，对此不可不细察而深究。那么从头说起吧，诗人的母亲——他称之为"下午少女的化身"——早就给这个古怪男孩填充了过量的热血和怪癖，以至于，他后来长期蜷身于两者——下午和少女——的紧闭，并滑入了不可避免的抒情的"厄运"。1981年10月，他写出《表达》，此后，就投身于热爱、激动和怒气，就像投身于内心的革命。他的词，与他的细胞，他的诗，与他的身体，发生了革命的相拥，流出了只争朝夕的热泪。只用去不到十年，他就完成了《震颤》《海的夏天》《再见，夏天》《光荣的夏天》《悬崖》《牺牲品》《群众的夏天》《琼斯敦》和《夏天，啊，夏天》。"时间中最令我发抖的是'夏天'"，下午、少女和夏天的"俯冲"，逼出了停不下脚步的热气腾腾的抒情，"令脊椎骨颤栗"的抒情，"最后"的抒情，"充满老虎"的抒情。此类抒情诗的速度显而易见，此种速度，加速度，却无损于字句的精密度，亦无损于哪怕细部的韵律感——自有新诗以来，绝少诗人能有此等手腕，能得此种神妙。在柏桦的夏天丛书里，《夏天还很远》是个过场，美学在这里换马，诗人从左边的母亲转而投靠右边的父亲，或者说，他尾随父亲从左边来到右边：小竹楼，白衬衫，干净的布鞋。"再不了，动辄发脾气，动辄热爱"。这样，诗人就得到了迥异的抒情诗：《惟有旧日子带给我们幸福》《秋天》《民国的下午》《在秋天》《望气的人》《李后主》《在清朝》《往事》和《苏州记事一年》。这批作品交错于前面提及的那批作品，让我们晓得，诗人在自己的涡旋里，还能够间或归于叶芝（William Butler Yeats）所谓"相反的自我"。诗人这个"相反的自我",闲来无事,却让"自我"——不断沦陷和反复的"自我"——得以安度到今天,并让诗人的"逸乐美学"逐步显现。这就是前期柏桦:一个罕见的抒情诗人,甚至不妨说,一个最好的抒情诗人——即便放在整个新诗史上来看亦是如此。此后,诗人罢笔十五年。前期柏桦除了露出逸乐美学的先兆,亦已伸出互文性写作的根须——比如《望气的人》之于任继愈《中国佛学史》,又如《在清朝》之于费正清《美国与中国》——此二者,经过放大,成全了后期柏桦。到2007年,柏桦重启诗笔,完成了长篇叙事诗——姑且这么贴个标签——《水绘仙侣》,加附长注若干,成为诗和文相交织、正文和更多注释相交织的奇书,其潜文本,除了清人冒辟疆的《影梅庵忆语》,还有李孝悌先生的《恋恋红尘:中国的城市、欲望和生活》。冒氏和董小宛的美化生活,既是写境,亦是造境:生活,写作,柏桦从此处去往彼处,亦从彼处来到此处。文字更是不消说,化古,化欧,化日本学了胡兰成,几欲胜似胡兰成——虽然诗人反而说,"学张爱玲生,学胡兰成死"。从形式或仪式的角度来看,《水绘仙侣》乃是注释之书,亦即克里斯蒂娃(Julia Kristeva)所谈到的"镶嵌品之书"。诗人却不欲就此作罢,他要将互文性写作推向极致,那就是本雅明(Walter Benjamin)所谈到的"引文之书"。诗人已完成两部《史记》,将晚清以来之史料——野史、札记、日记、标语、新闻或时文——直接分行成诗,让潜文本升为"全部"的显文本,而诗人意图,却退变为潜文本,甚至退变为无字,蜕变为笑指庭前柏。最后的解构由受众来完成,经由受众,诗人用"无字"揶揄了引文,用"缺席"搅乱了在场,用隐身的主体性击败了不断君临的他者的主体性。诗人通过解构、戏说和反讽还原出真正的历史,我们才在他者的脊背,再次发现久违的左边形象,只不过,已然是反抒情主义的左边形象——此点必要注意才是。可参读《抄仓山旧主〈酒话〉十四条》《季羡林〈清华园日记〉一则》《周佛海在法庭诡辩》《侯宝林的话或诗》《顺德人入人民公社提出五不带》和《红旗人民公社的食堂制度》。仓山旧主等人的原文,本是妙文,经柏桦排列成诗,更成了妙文的平方,既让人喷饭,又让人瞬间无语,很快就陷入了对某些历史的惊讶和蔑视。今日之柏桦,为学日益,已然沉浸于"狂欢式的互文性写作"(柏桦弟子周东升先生语),他将左与右的交错,心与脑的交错,带入了更加开阔的个人与他者的交错。考量才、情、学诸端,前后柏桦似乎各有偏嗜,各有擅场,不管怎么样,作为一个诗人、一个论者,甚至一个随笔作家,柏桦都已经给出了个人化的语调、身段和文体,对于他来说,这甚至比给出个人化的思想还重要。以其能如此,除了是最好的抒情诗人,柏桦还是一个身怀致幻术的罕见的文体家。

夏宇（1956— ）

　　世人但知李格弟和童大龙，不知夏宇。李格弟和童大龙乃是台湾词坛高手，所作堪称"纯金打造"，每为李丽芬、王祖贤、张艾嘉、薛岳、庾澄庆、赵传、陈珊妮、齐氏姐弟、苏打绿、王菲、蔡依林、萧敬腾等艺人传唱。实则，词人李格弟，词人童大龙，都是女诗人夏宇。有点吃惊吧？夏宇的诗，从初稿，到改稿，从发生，到传播，充满了行为和装置的花样。诗作为行为和装置，已经过程化，动态化，也就是说，汉字、数字、外文，字体、字号，不断组合、推倒和重写，或能临时落脚于一个剪贴本，一本毛边书，要裁开才能读，而读到的不过是正在成形的意义或无意义漩涡——天知道这个漩涡当何去何从？她常把一首诗改成另外一首诗，还能把志在悲伤的诗——比如《乘喷射机离去》——改成身首异处的好玩的诗。这样，诗已经成为动态艺术,两者共有的抛物线,陌生,另类,童心未泯,充满兴奋感,出乎我们的意料,每每也出乎她自己的意料。她会说:这就对了。诗人的另外一个习惯,则是可以同时写多首诗,其目的,是为了求得"此首"和"他首"的相异,甚至,求得初衷之外的"他他首"。诗就是亡羊补牢,诗人却很糊涂,因为她不晓得,诗是羊,还是牢。单从发生学和传播学的角度来看,夏宇试图——并且已经——求得了自己的特征,这个特征,开了风气,将诗人显著地区别于此前几代台湾诗人。她的《也是情妇》,是对郑愁予《情妇》的"parody"——这个术语,大陆通译为"戏拟",台湾常译为"嘲弄模拟"。很多诗人都干过这种事,比如,韩东《有关大雁塔》之于杨炼《大雁塔》。戏拟也罢,嘲弄模拟也罢,并非故意,而是因为新的态度——主要是生活态度——诚然已经出现。郑愁予的爱情,也许在夏宇看来,唯美到作伪,古典到忍俊不禁,所以她愿意把"情"藏得更深,而示人以调皮,示人以捣蛋,示人以假不正经。戏拟诗都是后设诗,加上游戏诗,各种花样,就有人说她是后现代主义。彼时,她就笑了,说,不能苛求批评家,只能苛求自己的写作。其实,后设诗她写得少,名作《疲于抒情后的抒情方式》《鱼罐头》《开瓶器》和《腹语术》,也能假冷,也能假不正经,却都不是后设诗,至少,都不是明显的后设诗。诗人也能严肃:《甜蜜的复仇》,失恋诗,严肃到令人心酸;

《野餐》,祭父诗,严肃到令人心痛。夏宇敏感于女性的角色局限,其多数作品,都持有或隐或显的女性中心论,她甚至不平于没有女性"专用"的脏话。此种女性中心论的热辣,并非来自短兵相接,而是来自揶揄,对父权传统和男性中心论的揶揄。可参读《一般见识》。夏宇的诗乃是直觉的产物,灵感的产物,孤傲,冷凝,机智,伪甜蜜,电光石火,具有奇妙的速冻性,又能冒出"暗示的轻烟"。她毕业于艺专影剧科,为诗每有戏剧性场景,好用对白与独白,又颇能切断词法及句法之显在逻辑,求得字与字的额外的相撞。她称之为"以暴制暴"。诗人曾有忆及,在遛狗时,她捡到一个小盒子,装槟榔的,"觉得冶艳极,而又亡命感",不免心有戚戚,实则,她的诗,正是如此这般的"红唇槟榔"。

蓝马(1956—)

蓝马早就离开了诗歌的社交中心,索居于市井和光明——不为众人所见的光明。他的作品,亦是不为众人所读的作品。很多堪称专业的读者,包括学者,也只知道小半个蓝马,亦即"非非蓝马"。这个蓝马觉察到了文化对世界的遮蔽,试图通过语言学手段,剔除此种遮蔽,从而"把诗人卷入哲学的使命"——这种"前文化理论"对周伦佑先生也产生过决定性的影响,需要专文研究,这里姑且从略。文化,抒情传统,诗人并非两者的"直接后果",也不是两者的——来到此时此刻的——"生物性替身"。蓝马抖落了满身的形容词,清爽得不行,眼看就要脱离自为世界,乘坐名词和动词的飞行器,抵达那个"可以然而然"的自在世界。蓝马的诗,不愿是花朵的语言,而愿是语言的花朵,其芬芳,必定来自语言,而非来自花朵。践行此种主张的作品，诗人后来弃去不少，保留的、值得注意的作品，或为《凸与凹》，还有《世的界》。在这两件作品里边，传统止步，文化遁形，万径人踪灭，只剩下清凉而狂欢的"能指"（Signifiant）。"我们来了/我们埃斯/就这样，这样/对，就这样"。然而，这个"埃斯"，真是"纯能指"吗？那也不见得，或许，这个符号就是"S"？蓝马定然如此认为，字母、阿拉伯数字、英语单词或彝文，与汉字相比，更少捎带文化的气韵，所以，他会插用这些"能指度"更高的符号。"能指度"越高，交流面越窄。诗人也懂这个道理，为了迁就读者，有时候他会加个脚注，说明这个彝文的"所指"（Signifié）。悖论出现了：因为按照前文化理论，"所指"即文化，"所指"即传统，"所指"就是臃肿的积淀物。我们已经可以清楚地看到，蓝马把自己的头，放进了一个越收越紧的紧箍咒。"但是哲学家看见的/猫头鹰看不见"——蓝马的诗歌，气喘吁吁，面露难色，显然跟不上他的语言学，更何况，还是一手持矛一手持盾的语言学。幸而，写作不会永久听命于外在的指令，蓝马也会翻过院墙，远走高飞——从他的振振有词的前文化理论。写作不再是身在曹营的服从，而是偏离和驳难，对前文化理论的偏离和驳难。理论之外，必有五彩。罕见的时刻来啦，蓝马，忽而成为抒情诗人，迷人的抒情诗人。可参读《秋天的真理》《养育》《可能的果园》和《高原》。《秋天的真理》，后来改为《秋思》——再没有比这个更文化更传统的诗题。抒情诗的写作，只是躲开——而没有打破——诗人的矛盾。他不能用语言来反对文化，因为语言即文化，于是，只得慢慢归于沉默。循着这条路，诗人终于看见了佛陀。法，非法，非非法，如是而已，有何矛盾？说即不说，不说即说。诗人自己也讲，他的前文化理论，并非新事，佛陀早已讲过。佛陀的降临，不但解开了诗人的紧箍咒，还直接把他放进了一个自在世界。后来，他写出长诗《需要我为你安眠时》。他发现了花瓣的最鲜艳的杀机，"它跳不出最后的结果，也不能为自己的美貌/追加任何一份原因"，有因有果，无因无果，飞矢不死，花蕾永新，诗人藉此解开了因果。再后来，诗人写出更长的长诗《竹林恩歌》。这是一部赞美诗，献给主——也献给佛陀？诗人赞美着大地、故乡、女人、宝石、自我和万物，而这一切，都连接着真理。前述《秋天的真理》，亦不妨视为这部长诗的一个局部。在这部长诗里面，"梵"与"我"，已经分不出彼此：两者交换了——交换着——芬芳、幸福、安宁、天真、感激和畅饮。"请允许我在自己的微弱中，慢慢地/终于看见你的伟大"。《竹林恩歌》乃是当代诗的重要收获，必将穿过受众的无睹，把这个蓝马——而不是"小半个蓝马"——领进诗和宗教的大光明神殿。从诗学，到诗，蓝马都堪称非非诗派的祭酒式人物——借用尚仲敏先生的话来说，蓝马才是非非诗派的"灵魂"。

欧阳江河(1956—)

　　修辞学的老狐狸——欧阳江河——似乎没有写作的见习期。他的初心就包含了雄心,"我认为除了伟大他别无选择"。过度的自信,来自博学,亦来自智力。博学和智力的双重优越感,将诗人领进了玄学的歧路、书卷的迷宫——也让他逐渐远离了生命的现场。从1983年到1984年,诗人完成长诗《悬棺》,就已经显露种种端倪。《悬棺》之于欧阳江河,如同《中国画》之于王家新、《静安庄》之于翟永明。说明这代诗人的起步,深受江河和杨炼之影响——他们都卷入了史诗或文化史诗的共同书写。从此种共同书写,欧阳江河既能脱颖,亦能脱身——他很快就脱身,写出了迥异于前人和时人的作品。来读《手枪》:"一个人朝东方开枪/另一个人在西方倒下"。此种悖论修辞,后来成为诗人的一个习惯,甚而至于,一个坏习惯。到了最近,他还在长诗《凤凰》里面写到，"一分钟的凤凰，有两分钟是恐龙"。也许在他看来，牛角尖，才是智力的用武之地。如果说《手枪》是诗人的修辞的早操，那么，《汉英之间》就是关于语言立场——也包括文化立场——的自习课。"我独自一人在汉语中幽居/与众多纸人对话，空想着英语。"读到此处，感觉有些别扭。这是欧阳江河吗？为何这么讲？早年的欧阳江河，非常西化，到了晚近才开始回眸传统。亦可参读《凤凰》。或可如此解释：《汉英之间》预告了《凤凰》，诗人预告了相反的自己。两个自己，相隔二十余年。《手枪》和《汉英之间》，两件作品相加，可能都没有《肖斯塔科维奇：等待枪杀》来得重要。德国军队包围了莫斯科，而肖斯塔科维奇，却仍然指挥了一场交响乐音乐会。"一次枪杀永远等待他/他在我们之外无止境的死去/成为我们的替身"。肖斯塔科维奇是我们的替身，而我们，也是肖斯塔科维奇的替身。都是历史，都是现实，那就不再展开说。进入九十年代以后，诗人写出了更重要的作品，比如《傍晚穿过广场》，"在百万个钻石中总结我们"，限于"篇幅"的许可，也就不再展开说。有梅子，有杏子，无妨先来吃杏子。从阐释的时机来看，倒是《计划经济时代的爱情》，或《关于市场经济的虚构笔记》，抓住了一个多方共有的关键词，"经济"，可以另外展开一番细读，看看经济如何改变了我们的生活。到了2012年，诗人完成《凤凰》，呼应了徐冰先生的同名艺术装置。在工业时代，物质主义时代，这是"铁了心的飞翔"。诗人的滑翔器——凤凰——穿过了生活、文化、传统和政治的多重性，获得了"把寸心放在天文的测度里去飞/或不飞的广阔性"。就在写作《凤凰》之前四年，以及之后六年，诗人还曾分别完成长诗《泰姬陵之泪》和《宿墨与量子男孩》。诗人故意冒犯着自恋、抒情性、轻盈、唾手可得的好诗、反智主义和语言上的共名时代，要将写作从"一"导向"十""百""千""万"，导向鲁迅先生在《故事新编》中曾有谈及的"煮牛的大金鼎"：三颗头颅都在里面追逐、撕咬，呻吟，哪里分得清谁是"眉间尺"，谁是"王"，谁是"黑衣人"？"只能将三个头骨都和王的身体放在金棺里落葬"。鲁迅用小说，调侃了"一元"的恶习，欧阳江河则用新诗，重申了"多义"的凤愿。科学与玄学之头，政治之头，历史之头，宗教之头，现实之头，都将加入某种共有的"沸涌"。既是"三头六臂"的写作，也是"杂于一"的写作。诗人所追求的这种"总括的形态"，恰如乔伊斯（James Joyce），自《都柏林人》，而《尤利西斯》，终于抵达《芬尼根守灵夜》——非个人化的伊厄威克之梦！当我们面对欧阳江河的诗，无法挪动任何一个词；就像面对一座金城，无法挪动任何一块条石。条石与词，它们的位置和冷傲都不容置疑——这让他的诗，有时候，不免露出一丁点儿匠气。也有件行云流水般的作品——《一夜肖邦》——可能不会遭到吹毛求疵。这件作品无涉色情，无涉文化，无涉政治，每个字，每个词，都簇拥着肖邦。听听这个伟大的钢琴家吧：他似乎从来没有弹过钢琴，似乎没有弹对，似乎没有自我，又似乎根本没有在弹，到最后，连手指与耳朵都成为一种赘物。这是在写音乐吗？这仅仅是在写音乐吗？或许可以如是理解：诗人也写到了诗歌或心灵的某种至高境界？似乎是为了帮助我们理解这件作品，诗人在一篇随笔里写道："我承认我一直在努力寻找一个弹错的和弦，寻找海底怪兽般耸动的快速密集的经过句中隐约浮现的第十一根手指。……书写和弹奏是一道乘法，在等号后面，是飞来飞去的慢动作蝴蝶。"从这个角度讲，《一夜肖邦》既是一次诗学的阐发，也是一次诗学的实践，它所带来的，不是诗学的平畴，而是诗学的梯田，当我们的头越仰越高，这梯田，连同"慢动作蝴蝶"，就慢慢地接近了云端。

刘以林 (1956—)

　　刘以林为诗,起步很晚,却颇具强度、亮度和烈度。仿佛不如此,就不能将自己推向一个醒目的开端——不是个人写作的开端,而是新诗或当代诗的一个开端。他关于新诗发展各阶段的分析和认知,让他自揽了非凡的使命:要以个人之诗,以及个人之诗学,孤独而明朗的"新自由体",来引导和践行一个新诗断代。可参读《鹰之不朽》和《蟋蟀》。此种文学史自觉,或云新诗史自觉,首先将诗人推向了语言的炼丹炉。文言之文,白话之白,口语的"随意性":三者都让诗人心存狐疑。也许,可以这样打个比方:诗人背上三个装满水的皮囊,孤身进入了一片狭长的沙漠,不自取喝,却听从了骄傲的干渴,要去找到从未被人照影的甘泉。刘以林认为这不但是新诗——还应该是汉语——的方向。如此这般,两者才有可能走向"苏醒"。"我向自己献上自己的剑，在危险的荒原只追最黑的野兽。"追吧，追吧，甘泉，野兽，两者都在天涯。诗人为此研究了语言动力学，他在驱散一群脱毛骆驼的同时，可能已经找到了一辆沙漠越野车。他获得了速度、单句、应接不暇的物质主义。值得称庆的是，此种明确的语言策略，并未将写作拐向一个密闭的语言实验室。无论是作为真正意义上——还是写作意义上——的旅行家，他的步履都印满了历史与现实、乡村与城市、物质与精神。举凡金钱、汽车、美女、强者、黑道、白道，如此种种，无不可入诗，无不可成诗，真有草莽遮天、蒺藜满地之感。刘以林凭借巨大的肺活量，无比饥饿的胃，消化了"无与伦比的材料"——此语出自爱默生（Ralph Waldo Emerson）。他以自己的新自由体，与这个魔法时代，构成了宽阔的让人眼花缭乱的对称。单就材料的丰富性而言，就笔者视野所及，同代诗人定然无出其右——且不论拔山扛鼎的霸王般的气概。刘以林的诗拥有足够长的海岸线，如同他从来就拥有推波助澜的生命——他当过农民、教师、官员和商人，现在则是行者、隐士、艺术家和静悄悄的佛教徒。他已经给我们带来了琳琅的盛宴：无边的现实主义，汪洋的想象力，强烈的色差，重金属的乐感，武断的陌生化，挥霍的大词，泥石流般的冲击力，以及偶尔出现的羞涩的小桥流水。有的学者甚至认为，新诗有刘以林，正如先秦散文有庄子。庄子？不如说孟子吧？昔日刘以林，每每以鹰自居,以狼自居,以大匠自居,以王自居,迩来识得"夫唯不争",愿如大河,独自入海,愿如大虫,独自入林。2013年,刘以林隐居北京以北的莲花山,神与物游,气息从容,诗与艺术都得到了大的进阶。来读《山居境界》:"森林中没有更早或更迟/每只鸟就是及时的/就像一棵树/它的小和它的大同样领导着树根"真所谓"乌鸦既美何物不美"。平静,领悟,自由,清净心,原来唾手可得。无论对刘以林的诗,还是艺术,这都是最珍贵最重要的保证。

王家新（1957— ）

　　王家新的作品，从早前的《中国画》，到中期的《田园诗》，再到晚近的《在韩国安东乡间》，亦颇有传统气韵。即便如《加里·斯奈德》，去美国转个弯，结果却是，斯奈德（Gary Snyder，现在通译为"施耐德"）拉着诗人一块儿返回到汉语——甚至古典诗——的高妙之境。《中国画》写到木杖化为疏林，袭用自江河《追日》，江河则袭用自古代神话。夸父逐日，"未至，道渴而死，弃其杖，化为邓林"——后来却成为一代人的隐喻。此是闲话，姑且按下不表。那么，王家新的传统气韵，是如何被反复打断的呢？诗人并非斯奈德这样的隐士，在大地的伦理之外，他还死守着种种也许更为艰难的伦理。当很多诗人醉心于个人化的怪癖，他反而更加明确地将写作置于某种"无穷"，置于个人与时代的——欲罢不能的——交错、争吵与两相分辨。"我怎能/撇开这一切谈论我自己?"到1990年,诗人写出《转变》,"是到了在风中坚持/或彻底放弃的时候了",在此前后,他的写作发生了断崖般的转变——所谓传统气韵、局外感、"坐忘于山林",已经显得如此疲软而冷酷。就在紧相接踵的两个冬天,诗人终于写出《瓦雷金诺叙事曲》和《帕斯捷尔纳克》。正如《加里·斯奈德》与斯奈德的作品——比如《松树的树冠》——构成了互文,这两件作品,与帕斯捷尔纳克的小说和诗——比如《日瓦戈医生》《二月》和《冬天的夜晚》——构成了更加强烈而缤纷的互文。伟大的帕斯捷尔纳克,用自己的语境,预演了王家新的语境,两种语境交换了痛苦、力量和俄罗斯式对抗美学。"终于能按照自己的内心写作了/却不能按一个人的内心生活/这是我们共同的悲剧"此种互文写作,"心灵长在肉体之外",故而,要读懂此时此地的肉体,必须借助俄罗斯的心灵——帕斯捷尔纳克的心灵,以及茨维塔耶娃、曼杰斯塔姆、布罗茨基或纳博科夫的心灵。诗人还远赴欧洲,用自己的异国生活,摹写了这些人物的他乡命运。此种生活和写作的互文,被视为自况,后来让诗人颇受指诉:"这难道不是在表演么?"或许可以这么理解,前述俄罗斯作家,只是诗人借来的镜子,他一借再借,晚近又从德国借来策兰(Paul Celan),从所有镜子,他都照出了自己的蒙霜的面孔。此种互文写作,当是诗人的选择性阅读——"死者围拢而来""死者在词语间挪动"——所致,更加重要的,是否还可以理解为一种迂回的策略性的勇敢?诗人自己的回应——"从文学中才能产生文学,从诗中才能产生诗"——却算不得勇敢,亦算不得高明,甚至还把指诘者引向了另外的次要的歧途。《帕斯捷尔纳克》之后,无论是在北京的写作,还是在英国或比利时的写作,无论是《反向》《临海孤独的房子》《词语》《另一种风景》,还是《游动悬崖》,诗人反复写到冬天、雪、孤独、北京甚至祖国。"而当中国北方大自然景观和它的政治、文化、历史相互作用于我们,在写作中就开始了一种雪",由外而内的雪,内心的雪,精神的雪——如此干,如此冷,如此明亮,以至于诗人不得不把自己的词语调得更加昏暗和沙哑。北京和北方的严寒,与此相映的内心生活,收缴了楚地固有的奇瑰,让诗人——本是楚人——很难分心于修辞的骡栝,似乎从来都听任一种朴实、简洁、迟疑而大巧若拙的语言,此种语言,也匹配出一个有些吃力的介入者和承担者形象。从绝对的意义上讲,诗人的全部写作——诗、译诗、诗论和诗性随笔——未必实现了酣畅的完成,其中的障碍,既来自写作的难度,也来自某个庞然大物。王家新并非才子型的诗人,而是壮士般的诗人,他以游牧主义的、去中心的、未完成的写作,仍然展现和坚持了萨义德(Edward Wadie Said)所谓公共知识分子精神。

马莉（1959— ）

马莉的词根，主要有两个：南方，童年。这两个词根，或为空间，或为时间，或为经度，或为纬度，织出了诗人的小词典：季风、夏天、海洋、蝙蝠、花园、幽灵、蜘蛛、热带鸟、柚子花、巨型蘑菇、吸纳了风暴的苹果。无垠的大词典让人生疑；而马莉的小词典，狭窄，专注，紧扣，则恰恰可以见出她的来处，见出她的心之初夜。她就是那个林中少女，至今，她仍是那个林中少女：直觉，感性，热爱幻象，永远面对着自己的昆虫记，面对着自己的湿漉漉的南方。甚而至于，"南方"这个词，对她来说，也显得大了些，因为她的心和眼睛，只为了秋毫，以及秋毫般的小事物。要在沙里，看到世界，要从花里，看到如来。故而马莉前期作品，如同海底针，能细，能尖，亦能深，有时候还归于拒绝性的幽闭。如果她不欲见人，就会藏身于手镯、纽扣、椅子,或是诸如此类的事物。椅子,空椅子,乃是诗人常常写及的具象。这个具象让人念及梵高(Van Gogh),他画的《高更的椅子》,也是空椅子,上面随便放着两本书、一支点燃的蜡烛。马莉也有这个本事,她交出一把空椅子,却能让受众找回跑掉的高更(Paul Gauguin)。此外,还有一条值得说来,冷冰冰的玄学,暧昧的女性主义,让诗人看上去颇有些心机;而在技艺方面,看上去亦颇有些设计感。比如,她在信手信腕之际,能无中生有,能忙里偷闲,能似是而非,能明知故问,能化夷为险,能举轻若重,看上去少不了"花招"。伪叙事也罢,冷抒情也罢,非理性也罢,超现实也罢,似乎都能用来对她展开一番评说。然而,马莉并没有这么"复杂"。其作品的"复杂",也许来自林中少女的调皮,以及,在面对万物时产生的巨大的惊奇感。到大组诗《金色十四行》出来,诗人在银里面加了金,在童年里面加了成年,色调趋暖,节奏趋缓,题旨更宽,境界更远,"在有限的空间里迅速弹跳并且飞翔",似乎已经可以作为其后期作品的代表。马莉的十四行诗(Sonnet),虽然不用韵,却保留了"我—你"的对话式结构,这也是 Sonnet 的古老传统——莎士比亚(William Shakespeare)如此,勃朗宁夫人(Elizabeth Barrett Browning)和林子女士亦如此。

吕德安（1960— ）

　　马尾镇，曼凯托，五里溪，这三处风水，对诗人吕德安颇有化育之功。先说马尾镇。马尾镇，诗人的故乡，乃是福建省东部的港口。那时候，大海，就是诗人的必修课；民间小曲儿，单相思，就是诗人的选修课。大海，民间小曲儿，单相思，三者本无瓜葛，却在 1978 年，共同拧开了少年吕德安的银嗓子。可参读《沃角的夜和女人》《驳船谣》《告诉你一位好姑娘》《献诗》和《吉他曲》。当其时，文学解冻，新诗自揽重轭，北方有了大的动静。北方疼痛，南方旖旎，北方皱紧了眉头，南方即兴发挥就地歌唱。西风才压住了东风，南派就推开了北派。吕德安并非北方式的悲剧英雄，他不管天下事，但扫门前雪，只欲呈现——并赞美——市井中的一份明朗、一份幽欣、一份闲来无事和自作多情。诗人重启了"复沓"，或者说，试行了

"改良版复沓"。这门古老的技艺,给诗装上了铃铛,镶上了花边或圆领。句法上都有什么效果?有时候像箭,前后相追,有时候像蛇,首尾相衔,很像是音乐中的对位法。吕德安的拟民谣,不板,不匠,偏能求得错落的风韵、行云流水的节奏。字里行间,有天赋,也有来路。来路主要有两条,除了《诗经》,就是《深歌》。深歌是洛尔迦(Federico Garcia Lorca)——经戴望舒妙译——带给吕德安的礼物。安达露西亚的民间小曲儿,营养了马尾镇的游吟诗人。所谓游吟诗人,往往既能唱,又能说,既是民间的音乐家,又是无师自通的故事控。抒情性,叙事性,在别人,乃是两种工具,在吕德安,已经变成一种工具。抒情的叙事性,或者说,叙事的抒情性,乃是吕德安的辩证法。自从写出《父亲和我》,此种辩证法,就几乎成了诗人的习惯或潜意识。"是的,事件,是的,细节,是的,一点点酒精……"——吕德安砌着墙,挖着井,劈着柴,如此这般自个儿嘀咕。再说曼凯托。曼凯托,诗人的异乡,乃是明尼苏达州南部的小城。1991年,诗人初去美国,落脚曼凯托,度过寒冬,后来才迁居并常住纽约。在纽约,诗人写出《曼凯托》。这件作品,乃是"在场"与"不在场"的双簧。"曼凯托"在场,"马尾镇"不在场,"教堂"在场,"红色寺庙"不在场,"酒吧"在场,"搓衣石板"不在场,"雪"在场,"海"不在场,"我"在场,"母亲""父亲"和"孙泰"不在场。"孙泰"是诗人表哥,早就已经丧身海难。在场的不在场,或者说,不在场的在场,亦是吕德安的辩证法。这个辩证法,既是超光速飞行器,又是缩地术,打通了两组乃至多组时空。从马尾镇,到曼凯托,诗人失去了"大海",得到了最是难挨的复习课。故而《曼凯托》三十篇,都是末日之诗、尽头之诗、漂泊和孤独之诗。参差同时的其他作品,就主题而言,或应视为《曼凯托》的前传或续集。可参读《纽约今夜有雪》和《曼哈顿》。最后说五里溪。五里溪,诗人的原乡,乃是福州北峰的山谷。1994年,诗人回到福州,筑房五里溪,践行简朴生活,间亦去往纽约或北京。主要是在五里溪,诗人写出《适得其所》。与《曼凯托》相似,《适得其所》亦是双行体长诗。那么现在呢,"五里溪"在场,"伊甸园"不在场,"我""你"和"陶弟"在场,"蛇"不在场。"蛇"在寻找被砍断的尾巴,而"我",也在寻找弄丢了的半颗心。诗人怎么说来着?"尾巴就是心灵"。长着柚子脑袋蜂窝脸的农民孔陶弟,还有猎人阿虎、木匠依贵、看房子的依岁和哑巴石匠,以及曾在其他作品中出现过的泥瓦匠或棺材店老板,对诗人来说,就都是"仍旧活着的尾巴"。"蛇",还有"石头",同为诗人的自况。可参读《纸蛇》《解冻》和《冒犯》。从曼凯托,到五里溪,诗人得到了"创世般的寂静",迎来了只羡鸳鸯不羡仙的自习课。故而《适得其所》四章七十八篇,都是劳动者之诗、隐士之诗、自然和爱情之诗。吕德安是诗人，亦是画家，他可能会喜欢后印象派的高更（Paul Gauguin）。五里溪之于吕德安，正如塔希提岛之于高更。可参读毛姆（William Somerset Maugham）的小说《月亮和六便士》。吕德安在五里溪的居所，乃是开放式的土木结构，下临两块巨石，紧挨小溪和水塘，周围长满了银杏、梅树、山茶、黄杨、樱花和竹林。在山居无为的间隙，诗人有可能突然起身，带上锯子，前去处理某棵紫荆根部的白蚁洞。如果没有这样的生活和心境，诗，就像乌贼，肯定会逃走——"利用灵魂的浑浊"逃走。吕德安堪称"当代陶渊明"，或"中国弗罗斯特（Robert Frost）"——这是某些读者或学者的说法，事实上，诗人确实呈现了笨拙的缓慢、充实的安静、朴素的和睦，并加入了卑微者行列，教诲我们如何把土豆当作金币，教诲我们如何去爱如何去感恩。

莫非(1960—)

就像梭罗(Henry David Thoreau)拿着一柄斧头,跑进瓦尔登湖周边的无人区,后来完成了如此简单、馥郁而又晦涩的散文——《瓦尔登湖》,莫非拿着一把剪刀,跑进清凉的花园和草野,完成了如此简单、馥郁而又晦涩的大组诗——《词与物》和《苏拨》。这两部组诗,轻装,迂回,淋漓,欲说还休,欲罢不能,让莫非此前的组诗,比如《精神史》,或是《传灯录》,显得更像是某种意义上的"早期作品"——这样的早期作品,留有若干前人的鸿爪,通常乃是学习或练习的成果。到《词与物》出来,鸿爪已然寸断,诗人的书写对象也从"人"转向"物",他不厌其烦地写到积雪、雨水、石头、青草、灌木、鸟群或巨雷,并且不时抓到跳上自己脚背的草蜢:是的,我说的正是"虚无"和"死亡"。作为一个真正的园丁,莫非清除着杂物，"还一座花园的本来面貌"；作为一个诗人，一个怀有禅宗和哲学兴味的诗人，他又恍惚晓得，"最完整的园子还在后面"。除了虚无与死亡，《词与物》还触及一个维特根斯坦（Ludwig Wittgenstein）式的诗学命题：词与物的对称和不对称，以及由此导致的言说的可能和不可能——如果翻开莫非的《精神史》，维特根斯坦赫然在焉，列于被同时写到的若干文学、哲学、史学和语言学巨匠之林。诗人试图用"词"来呈现和挽留"物"，然而呈现的不过是背影，挽留的不过是残骸，世界已然变得更加遥迢、闪转和难以把捉。"也许你完全明白的世界/有赖于更深一层的表达"。表达的结果就是话语、文字和书籍。诗人对"表达"起了疑心，转而，也就对"书籍"有了弃意。组诗甚少使用生硬的非自然意象，然而，你得看仔细，在一堆可人的自然意象之间，"书籍"出现了，已然倒塌，"书架"也出现了，将要反扣于地板。有了此番深究，就可以看出：这部组诗，允称元诗（metapoem）。到《苏拨》出来，诗人已然更加放松。他为此前那个人迹罕至的植物世界，邀来一个仙侣——"苏拨"——这是个超自然的交谈对象，超自然的倾诉对象，将诗人带向了一个朴素、松弛、温暖而又活泼泼的原在之乡。诗人，苏拨，都如初民，只剩下快乐和敬畏，再也不絮絮于虚无和死亡。不必问"苏拨"是谁，正如，不必问"吉特力治"是谁：莫非不会回答，正如，陆忆敏也不会回答。从《词与物》

到《苏拨》,就是从"自为"到"自在",故而,草树先生将《苏拨》誉为"当代文学一个小小的奇迹"。这两部组诗卷帙甚繁,均有三百篇之多,不可能不是"反复书写"的产物:这首诗或是那首诗的前奏,那首诗或是这首诗的余音。因为写得太多,有时候也不免"空转着轮子"。除了这两部组诗,莫非还完成了大量的短诗、长诗和小组诗。他娴熟地运用口语、断句、歧义词、矛盾话和刀切斧断般的节奏,接近了"对汉语的赞美"的境界,并通过虔敬地求和于植物、动物和大自然,加入了超验主义的小分队——在这个小分队里面,除了梭罗,还应该有爱默生、普里什文、法布尔、王维、陶渊明和李聃。

骆一禾 (1961—1989)

绕开海子，径谈骆一禾，几乎就是不可能。两者的生活——还有写作——构成了互文，就像一组骈句或一副对联。两者乃是密友，如切如磋，如兄如弟。两者都是朝霞诗人，都是浪漫主义的变种，都着迷于集体祭司时代的巨型文学，都试图"处罚"现代主义或后现代主义的碎片和小聪明。两者都不厌其烦地写到太阳、朝霞、河流、白虎、麦地、斧子、金头和断头，都不厌其烦地写到大海，都献诗给但丁（Dante Alighieri）和梵高（Van Gogh）。两者都奋不顾身，都短命，都死于同样的关头和年头。"鹿茸因为没有长成/而闪耀着金光"。很多人都认为，相对于海子，骆一禾就是一个副本、一个替身、一个影子或一个回声。海子是歌唱，骆一禾就是倾听。海子有多少光芒，骆一禾就有多少阴影。实则如果要深究，这组骈句谁是起句，这副对联谁是上联,恐怕还不好回答。有时候,骆一禾是起句和上联。比如,从1983年至1984年,骆一禾完成《河的传说》;从1984年至1985年,海子才完成《河流》《传说》和《但是水、水》。有时候,说不清楚。比如,1987年,骆一禾《黄河》写道,"我走到了文明的尽头";从1985年至1988年,海子《太阳·诗剧》则写道,"我走到了人类的尽头"。有时候,骆一禾是结句和下联。比如,1986年,海子《抱着白虎走过海洋》写道,"左边的侍女是生命/右边的侍女是死亡";1987年,骆一禾《麦地》则写道,"左边的红晕是新日/右边的红晕是死亡"。这两位诗人的双向影响,堪称投桃报李;他们的竞技写作,也是争先恐后。那么,两者的差异何在?西川先生受海子《黎明》的启发,曾说,"《新约》是思想而《旧约》是行动,《新约》是脑袋而《旧约》是无头英雄,《新约》是爱,是水,属母性,而《旧约》是暴力,是火,属父性。"如果说,海子是从《新约》奔向《旧约》,那么,骆一禾就是从《旧约》返回《新约》。西渡先生曾有专书论及,这里不再絮烦。骆一禾的意义,来自"非海子"的断层。或许可以说,骆一禾乃是一位弘毅者,一位负重者,一位被推选出来的先锋和代表。来读《修远》:"是这样的道路是道路/使血流充沛了万马倾注在一人内部"来读《漫游时代》:"祝我成为那与我无关的人、那赤子/使无人更显得华丽"来读《黑豹》:"天空是一座苦役场/四个方向/里，我撞入雷霆"这首《黑豹》，后来成为长诗《大海》的配件。这个现象，值得注意。非仅《黑豹》，骆一禾很多短诗，都是某种芽片、毛坯或备料——相对于两部长诗《世界的血》和《大海》。《世界的血》是对博大生命的吁请，而《大海》，则是对完美英雄的吁请。在这两部长诗脱稿以后，诗人才写出具有更高自足性的短诗。那年5月13日，骆一禾陷入昏迷，同月31日，撒手人寰。就在昏迷前几天，诗人凛然写出《灿烂平息》《白虎》《壮烈风景》《巴赫的十二圣咏》和《五月的鲜花》。这五首短诗，就是谶言，就是遗嘱，就是绝唱……可谓惊心动魄。来读《灿烂平息》："这一年春天的雷暴/不会将我们轻轻放过"来读《壮烈风景》："最后来临的晨曦让我们看不见了/让我们进入滚滚的火海"海子的"我"，换成了骆一禾的"我们"——这就是两者的最大差异。还可以继续往细了说：海子紧闭，骆一禾开阔；海子鲁莽，骆一禾沉毅；海子偏执，骆一禾正大；海子断肠天涯，骆一禾危坐；海子是疾病，骆一禾是健康；海子是烈火，骆一禾是青铜；海子是血涌，骆一禾是音乐般的控制；海子不计后果，骆一禾自揽义务；海子是孤胆，骆一禾是慈航；海子是单数，骆一禾是复数；海子是小乘，骆一禾是大乘；在内心，海子愀然成王，在滚滚红尘，骆一禾廓然成圣。海子孤独、酸楚而疯狂，骆一禾则念念在兹：仁，义，勇，爱，"与一切而至万灵"。可见，海子不是烈士，骆一禾才是烈士。骆一禾重现了某种风骨,故而,西渡先生认为:骆一禾之于新诗,相当于陈子昂之于唐诗。说到唐诗,难免谈及两者的传统观。海子曾自称"泰西王子",除了屈原,很烦中国传统呢。而骆一禾,受教于昌耀,每每借来古字,自造生词,打乱语法,欲给海子式的泰西风格织入较大剂量的别扭感和陡峭感。《修远》而外,可参读《危蹑》和《为美而想》。语言与生命,互为表里,语言现出异象,最终还是生命使然。新诗有海子,亦有骆一禾,我们应该为此庆幸:这哥俩,合则为《圣书》,分则为如此耀眼的双子星座。

吉狄马加（1961— ）

全球化规划席卷着整个世界，非唯政治、经济，甚或文化、艺术和语言，也都染上了这个规划的猩红热。首批配套工程，怎么讲呢，当然包括重建巴别塔。显而易见，边缘的、弱势的、逐渐漫漶的民族首当其冲。她们将得到邀请，去参加其他民族和语种的假面舞会。为了提高关注度和分辨率，她们带去的面具、英语或普通话，迎合了异己的神话，或者说，迎合了异己的文化。要避免冷遇和歧视，似乎就得丢掉代代相传的身份。无数神话、史诗、经卷和民间故事就这样慢慢失传，就像雪豹在高寒之处消失了爪痕。可参读《我，雪豹……》。英雄支格阿鲁——鹰之子——的后裔，吉狄马加，对此忧心如焚。如同桑戈尔（Léopold Sédar Senghor）——作为诗人而非总统——提出"黑人性"问题，他也试图通过有立场的写作，来将"彝人性"

问题上升到人类的某个海拔。来读《自画像》:"啊,世界,请听我回答/我——是——彝——人"吉狄马加写到土地、河流、森林、群山、动物和植物、女人和男人,特别写到火和鹰,并强烈地感受到以之作为母体的"诺苏文化"正在趋于流逝,因而其全部作品都弥漫着"惜别"的氛围,还有"挽回"的氛围。可参读《彝人谈火》《鹰的葬礼》和《猎人岩》。他不断寻找那些被埋葬的词:口弦、毕摩、头巾、马布、火塘、苦荞麦、小裤脚、依玛尔博与阿呷查莫鸟,在时间的深渊里打捞和抢救着属于自己的古老文明。可参读《被埋葬的词》。在这个古老文明的余晖中,吉狄马加发现了完全可以与之争辉的易碎的天真,温润的人性,当然还有民族和心灵的史诗。来读《支格阿鲁》:"在我的背后不是一个人,而是你/全部的子孙,尽管我如此地卑微"吉狄马加用汉语来写作,但这是充分彝化的汉语,或者说,充分汉化的彝语,具有醒目的民族学和民俗学特征,并获得了从部落故传韵律中蝶变出来的抒情性。汉语并未给诗人带来不便,外国文学亦然——两者都跟上了诗人之心。两个语种在这里实现了欢媾,此外还得到了其他语种的花粉,这也让前述抒情性遭遇了愉快的搅拌:这种搅拌来自外国文学——还有汉文学——缓慢结晶出来的美学现代性。语种的交织,某种程度,也促成了文学形态的交织。如前所述,吉狄马加喜欢使用小词;但是他近来也颇喜欢使用大词:比如"民族"、"大河"、

"国家"或"世界"。值得注意的是，这些大词只不过是前述小词的引申和发挥，几乎从未指向城市和工业向度上的现代性。可见或有两个吉狄马加：一个是寸土必争的死守的彝人，一个是双手高举的热情的公民——有人也称之为"世界公民"。布拖，大凉山，在诗人这里，从容而简练地旋向世界。所以说吉狄马加的写作，既是追求大地认知的写作，亦是追求身份认同的写作，还是捍卫人类差异性的写作。可参读《我们的父亲——献给纳尔逊·曼德拉》《致马雅可夫斯基》《刺穿的心脏——写给吉茨安·尤斯金诺维奇·塔比泽》和《致叶夫图申科》。通过这样的真诚而富有成效的写作，诗人试图走出并引领族人走出"部落"或"土著"的精神困境；不仅如此，诗人还在更大的范围里，响应了黑人文学、拉美现代派、印第安传统、安达卢西亚民歌、犹太文化和其他区域性作家，并以"弱者"的身份参与重建着人类文明共同体。

崔健（1961— ）

在谈到崔健之前，有必要谈到李皖先生。这是个值得注意的评论家，他关于民谣、摇滚和非主流音乐——及其独立作词人——的研究，可以视为新诗研究的一个极为重要的分支。在谈到李皖之后，有必要谈到迪伦（Bob Dylan）——这样，我们就慢慢靠近了朝鲜族青年崔健。迪伦，崔健，都是歌手，或者说，都是具有诗人气质的歌手，或者说，都是具有思想家气质的诗人。李皖认为，迪伦和崔健，他们的演唱会——音乐会——"属于一代人的聚会"。至于崔健，李皖则以目击者的身份一口咬定，"演唱会最深刻的瞬间，总会出现在《一块红布》开始的时刻"。先天的红布，宿命的红布，既是襁褓，亦是五花大绑。你看，崔健扯出这块红布，蒙住了自己的眼睛，亢奋的场面立即变得静悄悄。十万只痛快的耳朵，连成了一只独立的大耳朵。听众如长城,等着一颗针,掉落自崔健的喉咙——虽然他老是说"我只代表我自己",但是他的喉咙,的确是所有听众共用的喉咙。破皮,扎肉,锥心,又算得了什么:为了那痛定思痛。听听吧,"那天是你用一块红布/蒙住我双眼也蒙住了天/你问我看见了什么/我说我看见了幸福",听听吧,"我不能走我也不能哭/因为我身体已经干枯/我要永远这样陪伴你/因为我最知道你的痛苦"。"你"——"你"是谁啊——有心带"我"——"我"是谁啊——同上天堂,最后却一起误入地狱:"我"能把"你"怎么样?似乎既没有怀疑,也没有愤怒,更没有反对;只有回头无岸,只有错走到天黑。这样,在引导者与被引导者之间,建立起了复杂而怪异的纽带:既有幸福的纽带,亦有苦难的纽带。而我们的诗人,崔健,既是一个启蒙者,亦是一个绝望者,两者互赠了真相和热泪。崔健,及其听众,他们已经蒙上红布,他们就要摘下红布,摘下,又蒙上,蒙上,又摘下,他们不能摆脱这样的反复。反反复复,反反复复,就消解了神话。除了《一块红布》,还有《一无所有》《假行僧》《不是我不明白》《快让我在这雪地上撒点儿野》《新长征路上的摇滚》《解决》《红旗下的蛋》和《无能的力量》。作为诗和歌,作为诗和歌的合奏,无论是抒情还是反抒情,无论是歌唱还是说唱,无论是严肃还是嘻哈(Hip Hop),无论是灵魂还是身体,无论是高蹈还是草根,无论是喑哑还是喋喋不休,无论是明白还是装作不明白，都已经成为一代人——又一代人——的圣经。每当我们丧失了耳朵，丧失了眼睛，丧失了最后一根神经末梢，崔健就会发出噪音，撕心裂肺，让我们摸一摸裤兜里的橡皮和匕首。作为独立作词人——"一个写字的"，可参读《蓝色骨头》——崔健显得有点儿单调和粗糙，然而，他给文字匹配了音乐意义上的缭乱的修辞：旋律（后来他又几乎废黜了旋律）、节奏、和声、黄金喉咙、贝司、吉他、键盘、鼓、萨克斯管，有时候还有小号、古筝和唢呐。崔健是中国摇滚音乐——甚至先锋音乐和实验音乐——的教父，亦是新诗的重镇——后面这个意义还没有得到充分的估量。崔健，北岛，都是那个时代的理想主义者——可惜两者并没有互动；来想想，假如诗人金斯伯格（Allen Ginsberg）没有参加过迪伦或列侬（John Lennon）的演唱会，是不是有点儿遗憾呢？但是，更年轻的诗人，比如江熙，比如伊沙，他们却不断承认，对其写作，崔健的影响超过了北岛。伊沙甚至说，是的，他甚至说："第八个铜像是崔健。"

陈东东（1961— ）

　　陈东东面对着两个海，与此同时，也面对着两个上海。两个海怎么讲？东海也，爱琴海也。"要让纸鹤们认清海流"。可参读《纸鹤》。陈东东这首《纸鹤》，堪比陆忆敏那首《墨马》。墨马者，诗也，纸鹤者，亦诗也。却说东海，汹涌着个人、汉语或传统；爱琴海呢，则汹涌着埃利蒂斯（Odysseus Elytis）或欧洲。两个海都是诗人的心脏，换句话说，他有两颗心脏。一颗心脏，引导诗人经两宋回到六朝。可参读《旅途寂寞里读几首宋诗》和《买回一本有关六朝文人的书》。另一颗心脏，引导诗人从中国去往欧洲。可参读《从十一中学到南京路，想起一个希腊诗人》和《诗人普宁在巴黎过冬》。东海，只有龙王；爱琴海，才有海神。当诗人写出《海神的一夜》，写到海神的蓝色裸体、三叉戟和他的夜生活，我们应当晓得，西风已经压倒了东风。有的读者——比如柏桦先生——可能会提出不同的看法,并举出《独坐载酒亭。我们该怎样去读古诗》。这首诗,诚然,曾经唤醒柏桦的古典之心。陈东东的本意,却恰好相反:山高,月小,苏轼有苏轼的诗句,我有我的眼睛——当然还会借用埃利蒂斯的眼睛。埃利蒂斯——通过李野光先生译出的《俊杰》——给诗人带来了什么礼物?神话,还有超现实主义。超现实主义各要素,比如幻觉依赖,比如呓语,比如潜意识和自动写作,在陈东东这里,都有不同程度的表现。"将近结束的时候,写作才变得明确、坚定,并且成形了。它对于开始会是个惊奇,运气好的话,则会是惊喜。"陈东东与柏桦的分野,至此豁然开朗,后者醉心于"汉语",前者则痴人说梦般地锻铸着"现代汉语"。然而,不是超现实主义,而是埃利蒂斯,给了诗人"几乎是一辈子花不尽的银子"。陈东东可以超现实,可以超验,可以唯美,也可以形式主义。"想象力的重要性永远要大于思想、主题、情感、经验、洞察力、分寸感、创新意识或革命性。"可参读《雨中的马》《远离》和《形式主义者爱箫》。可见对诗人来说,种种主义,都是色彩,种种色彩,皆非图画。这是两个海;两个上海怎么讲?眼前之上海也,心中之上海也。前者乃是现代的、肉体的、空间的上海,医院、工商银行、游泳池、玻璃或运水卡车的上海;后者则是前现代的、灵魂的、时间的上海,旧梦、逸闻、寓言、传奇、幻想、春风沉醉或作为某种遗址的上海。1986年，诗人离开十一中学，调入工商联，就从现代的上海转移到了前现代的上海。是的，他的复古的办公楼，既有柱廊，亦有回字楼，位于黄浦江和苏州河之间，怎么说呢，往往也位于现实、历史和隐喻之间。钟鸣先生曾造访这栋办公楼，并写出《走廊》："如果有什么使别人坐立不安，那肯定是他的枯坐。"陈东东也写出《回字楼》："内阴茎广场的大理石覆盖着地下金库，那里面贮满了金条、银圆、英镑和鸦片。"诗人已经恍惚，钟鸣则觑破了他的孤闷与深心。是的，陈东东的写作，就是要用"传奇"敲碎那无穷而锃亮的"玻璃"。两个上海吵起来啦，诗人手无寸铁，却平静地退入了那个眼看就要输掉的阴影浓重的上海。可参读《时代广场》。钟鸣称陈东东为"都市形式主义诗人"，实则呢，当诗人面对两个上海，其"形式主义"，反而被"都市"冲缺了堤岸——这倒是值得尤其注意的现象。是时候了，借助两个海，两个上海，我们已经可以辨认出陈东东的矛盾：一方面，他借埃利蒂斯校对了古典；另一方面，又凭前现代反对了现代。说矛盾，也不矛盾，诗人就需要这样的相互勒紧的辔头。前文提及的诗，都是短诗。短诗而外，陈东东还写有组诗和长诗，比如《夏之书》和《解禁书》；以及散文或短篇系列，比如《词·名词》和《地址素描或戏仿》；还有诗与散文的长篇变奏，比如他自己甚为看重的《流水》。前文所引《回字楼》，就出自《地址素描或戏仿》。这些文字，将个人化写作，逐渐导向了戏拟和杜撰的非个人化写作，个人的私生活和倩影逐渐让位于某种文化整体。或许在陈东东看来，他从短诗到组诗和长诗，从诗到跨文体，从音乐性到枯涩而险怪的叙事性，从写作到"写作之写作"，从诗人到"小说家诗人"，类似于屈原从《橘颂》到《天问》，但丁（Dante Alighieri）从《新生》到《神曲》。陈东东也自知其难，故而，他多次叹着气说："我偏爱短诗，因为说到底，短诗……才是诗。"这里的省略号，有可能，就省略了一万字。

孟浪（1961— ）

从寸头的丛林，从光头的丛林，出来了，你看，这是长发的孟浪，这是短髭的孟浪。如同他的形体，他的名字，这似乎还是一个孟浪的孟浪。我们曾经猜想过他的嬉皮士主义，学生新左派思想，红脸，龅牙，以及熬夜的眼睛。但是，并非全部如此。他没有追随八十年代中后期的美学狂欢——反文化的狂欢，反崇高的狂欢。他早就离开了那片美学丛林，离开了篝火、烈酒和狼藉。看看吧，这个不合群的诗人，他怀抱巨石，独沉深海，通过颇有法度的写作，奇妙地体现为对今天派的接续和补充。他不是一个嬉皮士，而是一个角斗士，一个把短刀藏在衣袖里的"危险人物"。在当年群起摘除北岛"父荫"的热浪里，他却以他的短刀，他的天涯，他的明月，在某些向度上，几乎代北岛完成了远游和梦游。如果说今天派尚有青春期特征，那么，反倒是这个孟浪，积淀出一种如此肯定、顽固而又迂回的中年写作。孟浪并非替身，相较北岛，他具有更加隐晦的锋锐，更加艺术化的桀骜。他的"小心思"，虽九死其犹未悔，总是潜伏于一个隐喻的深海。什么样的隐喻呢？教育隐喻。学校、老师、课本、黑板、学生、铅笔、橡皮，七者构成了诗人的编码系统：前四者负责传授，后三者负责接受；"橡皮"则有两可的机会，既可擦掉他者，亦可修改自我。孟浪一点儿也不孟浪，他完美地匿身于后三者，与前四者貌合神离，随时都可以开小差，随时都可以说小话，随时都可以逃课和旷课。杨小滨先生曾经强调此种隐喻主要指向中学和小学，可谓深得醯醯之味。小学生，中学生，纯洁而空白，接受起来更快，几乎不会存有什么主体上的障碍——而诗人的担忧却更甚。来读《无题》："哦，教员们在降临／一个孩子在天上用双手紧紧按住永恒：／一个错误的词。"很显然，"教员"来自天空，意味着降临、施加和影响；而"孩子"，与孟浪诗歌中经常出现的"学生"一样，则意味着朝向既定秩序的被动的学习、练习和不同意见。总是有好学生，总是有坏学生，总是有被断送的学生。孩子全力保护的"永恒"，在教员的价值判断体系中可能就是个"错误"。男孩当然还可以换成女孩。来读《她迅速奔回了少女时代》："一群学生的心啊，正痛悼未来／一首诗，敢于把整个时代的杀气冻结。"两首诗，以及更多的诗，链成了孟浪的教育诗系列。

这已不是随机而信手的快餐式隐喻,对于孟浪而言,这是诗之心,诗之轴,并藉此转动了鬼火冒的字、词、句,将其几乎全部写作——救赎性写作——指向了关于"训导—反训导"的思考和质问。坏孩子孟浪,如此僭越,如此顽劣,如此叵测,对他的无知,或将影响到我们关于当代诗——还有其他方面——的清醒判断。

韩东（1961— ）

谈论作为诗人的韩东，定然绕不开作为小说家的韩东。反之亦然。韩东的诗和小说，都用"克制叙事"，具有相似的调性。不仅如此，其诗与小说，还具有高度的互文性。诗上了小说的贼船，小说则扒下了诗的内裤。韩东的小说《西安叙事》，曾提及他的诗《有关大雁塔》，自曝此诗原稿也曾着意强化某种历史感，后来定稿，却删掉了有关段落。这是个动人的时刻，因为韩东所删掉的，恰是伪饰和杨炼式唯文化写作的阴影。1981 年，杨炼写出《大雁塔》；1983 年，韩东就写出《有关大雁塔》。前者乃是英雄叙事，后者急转弯，乃是无依靠的审美，乃是非英雄或反英雄叙事。"有关大雁塔/我们又能知道些什么/我们爬上去/看看四周的风景/然后再下来"这个急转弯，好险，好炫。《有关大雁塔》拆解了《大雁塔》的深度，降落到波澜不惊的零度。零度写作，或平面写作，绝类法国新小说——难怪新小说，又被称为反小说。韩东同期写出的作品，还有《你见过大海》，预言般地提前拆解了杨炼几年后才会写出的作品，比如《大海停止之处》。来想想这样一个戏剧性的场景：杨炼又出场了，甩着长发，开始激情演讲，"你是奥德修斯，就注定得漂流，甚至为自己创造一个大海"；韩东早离场了，趿着拖鞋，发出懒洋洋的嘟哝："可你不是／一个水手"韩东离场，正是出场，他已经另外生起一堆篝火。诗人早就打定主意：写作而已，语言而已，不当卷入政治、道德、文化或历史的使命。"诗到语言为止"，韩东这句话，引来很多的同道，也引来无穷的误解。回过头来再说《有关大雁塔》，不可否认，两首诗都是后设性的作品，给作者带来的意义也只是某种相对的意义。韩东自然不会满足于某种相对的意义，很快，他就将零度或平面写作导向了对日常的呈现：自行车、图钉、厨房、街头、铁匠、漆匠或强奸犯，没有正在或将要发生大事的任何迹象。必须在这里提及的作品，首推《甲乙》，此诗以冰镇过的字词，叙述了甲乙二人下床和系鞋带的过程。场景极其寻常，细节极其琐碎，氛围极其平淡。读到最后，"当乙系好鞋带起立，流下了本属于甲的精液"，我们才会恍然发现甲乙刚刚完成了性交——对，不是"做爱"，而是生理学或现象学意义上的"性交"。作者在叙述的过程中，强行挽住读者，这样作者和读者共同构成了叙述者。

"只是把乙忽略得太久了。这是我们V(首先是我们)与甲一起犯下的错误"这是奇妙的小说叙述学,作者和读者,一对同犯,都成了甲乙的窥视者。新小说巨匠格里耶(Alain Robbe-Grillet)恰好有部小说,就叫作《窥视者》,写了于连窥视马弟雅思奸杀雅克莲的故事。《甲乙》可以视为《窥视者》的简编版,其作者和读者——"我们"——就是于连,甲就是马弟雅思,乙就是雅克莲,可能只差一点点,甲就要把乙丢入大海去喂鱼。然则,我们要问,"头向左移了五厘米,或向前/也移了五厘米,或向左的同时也向前/移了五厘米,总之是为了看得更多/更多的树枝,更少的空白",此种现象学写作难耶易耶?可以这样来回答,韩东既知其易亦知其难,其追随者大都徒得其易不得其难。故而,一路寻常,一路琐碎,一路平淡,韩东却能以末行或末两行救活全诗,忽而带来让人拍案的惊奇感。《甲乙》如此,《烧肥肠》《二月一日》和《吉祥的老虎》亦如此。其追随者大都没有此等手腕,不免加快了此派——姑且称为他们派——的式微。韩东创建了一种全新的写作范式,当其追随者株守着此种范式,他却不时远游,要去其他的丛林捕获狡兔——据说他已经捕获两千多只狡兔。日常吗?平面吗?零度吗?不,诗人也能玩一把超验,也能玩一把立体,在亲人死亡后,也会让冰镇过的字词融为眼角的泪珠。可参读《一种黑暗》《三月的书》《爸爸在天上看我》和《写给亡母》。

张枣（1962—2010）

如果张枣没有识得柏桦，很有可能，他们都难以熬过各自的危机：写作——也许还有生活——的危机。这两位天才，身怀绝技，英气勃勃，迫切需要劲吹和相互赞美。那是1983年，如果张枣没有考入四川外语学院，如果柏桦没有调入西南农业大学，如果两者没有见面，他们很有可能下定就地平庸的决心。正如我们所知，此前，整个儿长沙，整个儿株洲，有谁能识得少年郎张枣？诗神终将在重庆显灵。"我相信我们每次都要说好几吨话，随风漂浮；"这是张枣在追忆重庆，追忆他与柏桦的无数次谈话，"我记得我们每次见面都不敢超过三天，否则会因交谈而休克、发疯或行凶。"当时，柏桦在北碚，张枣在歌乐山，相隔三四十公里，这个距离可谓难以忍耐而又恰到好处。张枣后来把他们的嘴称为"词语织布机"，把他们的碰撞称为"谈话节"——读者可以参读其为柏桦《左边》所作短序《销魂》。何谓销魂?可以解释为极苦,居然呢,也可以解释为极乐——钱钟书先生曾经谈到过这种"背出分训"的现象。这次呢,极苦输给了极乐。两颗雾里明星,互赠风光,自然鼓荡着极乐。1984年深秋或初冬,张枣年方弱冠,忽而写出《镜中》和《何人斯》——后者袭用了《诗经·小雅·节南山之什》中的同题诗。《何人斯》,两首,隔了两千多年,却民主得相安无事,没有谁对谁的屈从,也没有谁对谁的归附。《镜中》其情其景,更是精微,更是圆润,更是流转。这两件作品让柏桦立马就看了个清楚:张枣一蹴而就,已然臻于运用之妙。既有对元典的运用之妙,亦有对汉语的运用之妙,其结果,是从"旧"里挤出了锱铢必较的"真先锋"。"任何方式的进入和接近传统,都会使我们变得成熟、正派和大度。"如果说《何人斯》背后还有个旧瓶,那么《镜中》已是清水出芙蓉——虽然这清水里还泡着个不垢不净的"皇帝"。当其时,张枣颇为自珍《何人斯》,柏桦则更加偏爱《镜中》。柏桦的预言早已过量地兑现,看今日,大江南北,长城内外,倚窗长吟此诗者何可胜数?"只要想起一生中后悔的事/梅花便落满了南山":这两行诗,雪泥鸿爪,自"有我"滑向"无我",端赖古典诗的看家本领。钱起《省试湘灵鼓瑟》落句,"曲终人不见,江上数峰青",就正有这种好处——唐人最懂这种好处。《何人斯》借来元典,《镜中》却偷到金针,故而以后者为更妙(短诗《木兰树》也很妙,由于较晚,反而不为人知)。这两件作品,还有更大更重要的意义,比如感官对思想的替换,甜对苦的替换,燕语呢喃对刀剑的替换,旖旎对英雄主义的替换,无用对用的替换,南方对北方的替换。柏桦比张枣大六岁,体内尚有怒气和斗争的细胞,而张枣已然从头新到脚。后来,也是在重庆,张枣见到北方来的北岛,当面就对后者的英雄主义发表了微词:"你继续向左,我呢,蹀躞向右。"且按下这段闲话,让我们续说张枣与柏桦的佳话。在他们的谈话节上,柏桦曾讲到某个灯芯绒少女,大约到了1988年,张枣就写出《灯芯绒幸福的舞蹈》。当然,张枣也为柏桦的两首诗——《名字》和《白头巾》——贡献过结句或标题。《白头巾》这个标题,比鬼还可怕,笔者每次读到,念到,背心都会生出寒意来。在重庆钢铁工业学校的白墙上,甚至当他们看到标语——"注意关灯,节约用电"——张枣也会邀约柏桦联袂赋诗。张枣与柏桦的知音故事,曾经见于李白和杜甫,还将见于海子、西川和骆一禾。知音故事都是酩酊故事,都是谈话节故事,都是连夜坐火车出门鉴诗的故事,都是奇迹,都是仙境。1985年,张枣写出《秋天的戏剧》,将第六节献给柏桦:"你又带了什么消息,我和谐的伴侣/急躁的性格,像今天傍晚的西风"后来,钟鸣先生有篇文论,有部书,标题都借自此诗;张枣也干过这种事,其《春秋来信》,赠给臧棣先生,标题却借自赵野先生。那可真是一个伟大的小集体主义时代,饥饿,还得醉氧,如果没有授受,如果没有谈话节,大家都会承载更大的负担和骄傲。张枣,柏桦,就这样双向卧底。谈话节玉成了张枣的生活,也玉成了他的写作。比如《何人斯》,乃是"我"与"你"的谈话;《镜中》,乃是"我"与"她"的谈话,还有"皇帝"的插话;《灯芯绒幸福的舞蹈》,乃是"舞者"与"观者"的谈话,为了过瘾,两个角色还在兴致中交换了人称;《秋天的戏剧》,乃是"我"与"他们""你""柏桦"的谈话。不断举行的谈话节,治疗了诗人的孤独,也抚慰了他的罕见的才华。但是,重庆很快成为刻骨往事。1986年夏天,张枣娶了达玛,这对伉俪很快移居德国。去国不久,又借来元典,写出《刺客之歌》,乃是"我"与"太子"的谈话。"那太子是我少年的朋友/他躬身问我是否同意",说的似是柏桦,一个送行者;"那凶器藏到了地图的末端/我遽将热酒一口饮尽",说的正是自己,一个远行者,一个"亡命之徒"(张枣致钟鸣信如是自称),一个语言学意义上的荆轲——他试图找到汉语的边界,汉语的未来,在异域,试图发明钟鸣先生后来所说的汉语的"非汉语性"。孰料张枣与达玛劳燕分飞,在无边的德国,张枣很快就只剩下了枯坐、孤闷、"补饮"和种种惨烈。先是痛失故国，再是痛失故人，再是痛失新妇，生活中已无谈话节可言，张枣只剩下了纸上的谈话节——重写或虚构的谈话节。诗人有的是时间，有的是元典，改写，虚构，可以多用些笔墨，可以多借些格律（比如 sonnet），短诗而外，写出了为数不少的长诗和组诗。诗人将自己代入了各种历史性的"能指"（Signifiant），换句话说，他寻得了很多面具，比如罗密欧面具、吴刚面具、德国间谍面具、卡夫卡面具或魔王面具，在不同的作品里举办了并非来自生活的双角色或多角色谈话节。可参读《历史与欲望》《在夜莺婉转的英格兰一个德国间谍的爱与死》《卡夫卡致菲丽丝》《空白练习曲》《海底被囚的魔王》《跟茨维塔伊娃的对话》，还有《云》和《大地之歌》。我们已经可以看出，谈话，"轻细的对话"，乃是张枣的核电站。来读诗人的《断章》："是呀，宝贝，诗歌并非——//来自哪个幽闭，而是/诞生于某种关系中"来听诗人对南德电台主持人的回答："我相信对话是一个神话，它比流亡、政治、性别等词儿更有益于我们时代的诗学认知。"2005年，张枣回国，2010年，肺癌不治，年仅四十八岁。对于死，张枣向来揶揄。在《德国士兵雪曼斯基的死刑》，在《死囚与道路》里，诗人都有写到，"我死掉了死"。在最后未完成的《鹤君》里，诗人又写到，"别怕，学会躲到自己的死亡里去/在西边的西南角，靠右边一点儿……"西边，西南角，靠右，难道是成都？当时，柏桦已经定居成都。张枣生前自称"大诗人"，柏桦也说他是"大诗人"。然而，他的奥义如此嵯峨，又有几人能够得睹绝顶美景？真应了张枣给茨维塔伊娃的耳语："楼顶的同行，事后报火，他们/跛足来贺，来尝尝你死的闭门羹。"

王寅（1962— ）

诗人王寅的写作，约可划分为两个阶段，1988年之前，是谓前期，1990年之后，是谓后期。某年则没有作品。如果未经深入读解，或会以为，此种划分没有什么意义。事实却并非如此。前期王寅，对日常，对异域，都能半推半就。以是故，日常能迷离，而异域能亲切。前者毋庸多说，后者亦有诗为证：《想起一部捷克电影但想不起片名》《英国人》《华尔特·惠特曼》和《与诗人勃莱一夕谈》。就在半推半就之间，"从冰山里向外看世界"，产生了冷俏而轻盈的诗意。这也许恰是上海的气韵：见得多了，不再有什么惊奇感。惠特曼（Walt Whitman）也罢，勃莱（Robert Bly）也罢，亦似来了外滩，就住在诗人的隔壁，巧了，他们居然也写诗。日常没有带来单车，异域也没有带来飞毯，也许相反，异域带来了单车，而日常则带来了飞毯。诗人自有俯仰，自有趋避，偏能从异域，也能从日常，求得迷人的出尘感。美男子王寅，长发飘飘，"言必称希腊"。他的作品，有些西洋味，细读来，才能发现瓢子里的江南和古典。有情，有才，能收，能敛：诗人当然懂得细致和克制。"思想远甚于氛围，但说破就是失败。"说到惠特曼，他每次写诗都用尽了气力。勃莱则有余有剩，这是因为，他到底学过几天陶渊明。勃莱，王寅，都懂得高妙的克制。王寅曾说过，在彼得拉克（Francesco Petrarca）那里，可以见到庞德（Ezra Pound）的手指。那么王寅的手指，既见于勃莱，还见于何处？答曰：意大利隐逸派，尤其是蒙塔莱（Eugenio Montale）。可以这样说，前期王寅乃是一个隐逸诗人、自然诗人、低语诗人、唯美诗人，当然也是一个独善的诗人、一个飞临半空的诗人。他看护着天性，把优雅和傲慢视为当然。从前期，到后期，有个中断。在某些方面，后期王寅已然大变。我们已经看到，更多地，诗人写到了恐惧、悲伤、疲倦，还有苟活。恐惧，见于《送斧子的人来了》，亦见于《炎热的冬天》；悲伤，见于《悲伤太多了》；疲倦，见于《疲倦的白银》；苟活，见于《最近七年》。这几件作品，都有佳句，都是佳篇，读之令人动容，思之令人惊心。诗人顾不得优雅，顾不得傲慢，急了啊，他加快了速度，提高了嗓音，"就如一匹烈马奔腾而出"。从哪里奔腾而出？白银。闲情日减，激情日增，充满了痛和尖刺。明明从前期来到后期，偏偏从中年回到青年。"血已经准备好了"，诗人非年轻一把不可，是啊，非年轻一把不可。终不免仍是"泪水的同志"。而从字词来看，又归于直接和朴素——"多余的花枝不复存在"。这是繁花落尽的字词，老年的字词。看看吧，看看吧，青年的激情，中年的理性，老年的文风，三者同时撞向了一个肉身。奇迹发生了。且让我们试着接受这样的王寅：入世，唯真，高唱入云，或欲兼济而不能。前期王寅，我们或更喜欢，后期王寅，我们或更需要：这个话题，渐渐地，从诗，说到了诗外。那么就此打住吧。

丁当（1962— ）

1982年，西安，丁当见到韩东。前者后来坦言：见到韩东，如同找到组织，读到韩东，如同读到《共产主义宣言》。韩东及其1985年在南京创办的《他们》，唤醒了某种自觉，很多人忽而觉得，不是英雄，也可以写作。"为《他们》写作吧"，丁当——作为行吟诗人——决定暂时集中心神。出乎所有人的预料，丁当固有韩东风，却呈现出更多的来历不明的斑斓。在丁当作响的玻璃杯里，诗人加入几勺多多、几勺柏桦或是几勺吕德安，加入几勺享乐主义、几勺虚无主义或是几勺超现实主义，他还做不到——或者说来不及——将这些各自散步的大象统筹为无象。看看吧，丁当已匆匆备好了自制鸡尾酒，向某个小范围发出了邀请：老友们，新欢们，请饮下这杯抒情诗，还有这杯叙事诗，请饮下这杯妙喻诗，还有这杯口语诗，请饮下这杯荒诞诗，还有这杯摇滚诗，如果心情不算差，请饮下这杯恍惚的幻觉之诗，还有这杯精确的日常之诗，请饮下一对对矛盾，饮下东边的榔头和西边的棒子。可分别参读《献给少女方薇》《爱情夜话》《读过的小说》《李潮的错误》《饭店抒情诗》《星期天》《经过想象的一个姑娘》和《收到一位朋友的信怀旧又感伤》。既然提及《经过想象的一个姑娘》，那就顺势往前说，丁当很多作品是为女人而写。什么样的女人？假想的、陌生的、对面阳台的、偶遇的、挥手永别的女人。"她们像一伙白痴，还不知道/已残酷地侵犯了我的生活"——真是气急败坏。丁当诗境之妙，妙在有真气，妙在有节奏。借用韩东先生的话来说，这是一种递进式的、碾压的、装着履带的、烟尘滚滚的节奏。可参读《学校》和《房子》——两者皆是当世名篇，出自诗人所说的"上帝之手"。可堪痛惜的是，丁当花心，而不专心，以诗为余事，而非以诗为正事，每有作，似乎都未能做到全力以赴，真所谓先天有余而后天不足。丁当的自制鸡尾酒，大都很可口，偶尔也伤胃，他的自辩也就是狡辩："我认为完美会导致生命力的终止。"三十岁以后，丁当几乎不再写诗，留下的不到八十件作品已成绝响。丁当的自弃，可以媲美那两位蜀中隐逸诗人，是的，丁当、马松和宋炜，三者的自弃都是凤凰和麒麟的自弃。"我多么希望在世上一事无成/这才是真正的挥霍——诗人又算什么"韩东，还有吉木狼格，对此大为惋惜。据云吉木狼格曾对丁当郑重许诺：如果你再写一首诗，我就宰一头牛，再写两首诗，我就宰两头牛。彝族的最高礼节也唤不回丁当的诗心，这位金融学奇才，要去精雕他的企业，要去开悟他的两万名员工——按照韩东的理解，此种选择亦缘于其虚无主义立场。从今而后，要靠什么来转移恐惧，靠什么来飞离尘世？据说诗人已经置好一部《二十四史》。

普珉（1962— ）

字和词的长幼，胖瘦，美丑，从来都不需要一架定音鼓。由于反复在某种语境中出现，有的字词，就会长出新的枝杈。字词如根，意义分蘖。枝杈勒索着根，"所指"（Signifié）勒索着"能指"（Signifiant）：无休止和无限的气球。试问，"白色"的反义词，是"黑色"还是"红色"？可能稍微有点狐疑，我们仍会如此作答："红色"。为什么是这个？定然关乎民国以来的政治话语。置于此种历史语境，"白色"，其指向为何？象牙塔、百褶裙、资产阶级、雅集、恐怖或国统区，还有家国虚无之感。普珉的努力，就是要把"白色"打捞上岸，从一条已经泛滥成灾的"语晕"之河。他的作品，《对白色的歌唱》，开篇就写到，"从白色到白色并不是从虚无到虚无"。诗人想要拆掉近来的语境，把"白色"塞回前文化时代——至少是前民国时代。吹大了的气球,要放气,还要换气。看看吧,"白色"开始刹车,急转弯,然后指向了白纸、纸上美好的事物、被歌声迷住了的白云、被美色禁锢的灵魂和长途跋涉后银子般的睡眠。关于"白色"的语义学——或语源学——研究,还曾在另外两个组诗中得以开展。一个组诗是《黑暗中的花朵》,"白色"指向了白雪、白狐、刃口、阳光、水银和花朵。一个组诗是《银子》——也许在诗人看来,"银子"乃是白色经典,故而将"银子"指向了一个完美女性,指向了他与她的绝望的爱情。《银子》,就是诗人的《神女赋》。上述若干作品——也许还有更多作品——已经构成了一套白色丛书。白色丛书,心意相通,当然不是无端端。诗人来了个——又来了个——鹞子大翻身,"白色"就抖掉了历史和政治的颜料。"白色"被松了绑,落笔羊皮纸,要从头起草"意义"的创世纪。诗境不隔,道术未裂:这片有着前文化色彩的羽毛,隔着围墙,响应了非非派的诗学庭院。普珉的写作,当然并非零度以下的语言学实验,我们完全可以把这套白色丛书——也许还应该包括另一个组诗《诗人的背篓》——解读为怀旧丛书,解读为伤心丛书:"我所需要的白银生涯,/如今只是灰烬和云烟。"这里只论及了诗人九十年代的写作,而没有论及其八十年代的写作:按照诗人的说法,后者乃是"艺术的事业",前者却是"生活的余绪"。艺术的事业?这个显得尤为可疑;我们更愿意信任生活的余绪。如果只有理想，没有伤心怀抱，断乎难以成全一个诗人。在《诗人的背篓》里面，诗人至少三次以骚人宋玉自况。唐人杜甫诗云："摇落深知宋玉悲。"既如此，普珉与宋玉都交换了什么？辞章，寒微，"颠倒失据"，多舛而多悲。

虹影（1962— ）

虹影的自传体小说《饥饿的女儿》为我们端出来一大盘残酷的真，佐以一小碟艰难的善，一小碟恍惚的美，供认了一个六十年代生人的复合型饥饿：肠胃的饥饿，欲望的饥饿，加上精神的饥饿。可以这样说，恰是生活本身，教会作者接受了——而不是创造出——这样一种小说的语言、故事和结构，让那些在课堂和书斋里悟得的"技巧"显得如此黯然。命运远比小说更为险峻、错综、荒诞而辛辣，其匠心，总是让任何小说家望尘莫及。生活与命运也成全了虹影这部小说。作者自称此书乃是"一个诗人的成长史"，写的全是真人真事。比如，她曾提及《今天》，提及遇罗克及其妹妹，还曾提及与此种先驱性光辉构成呼应的一个现实人物——"历史老师"——这个人物无疑是个悲剧：如果他早生数年，会以异端思想获罪；晚生数年，会以先锋写作得名；偏偏他的出现"不到时候"，所以不得不自戕以求死。"瀑布一直在那里，无人知悉，直到河流把它显示出来"。这些隐秘的光源构成了对诗人虹影的照耀，给她的心下了蛊，给她的血管置入了搅拌机。此后，就来到八十年代中期，"南方各城市冒出成批的黑道诗人画家小说家，南来北往到处窜，我也在里面胡混。"在这种放肆而不顾的氛围里，一个饥饿的女儿，迅速开放成妖娆而张扬的大朵朵花。作为小说家的虹影，已然由重庆，而上海，而英国，而世界，得了大名声；现在，我们终于要来谈论作为诗人的虹影，免不了也会面对其转换不定的身份：一个女儿，一个女人，一个母亲，抑或一个世界公民？我们当然愿意暂时丢开《九城记》，而将注意力转向像《琴声》这样的作品。"是你教会我成为一个最坏的女人／你说女人就得这样"：这样的虹影，这样的女人，似乎是被男人"生育"出来的！全诗充满了情爱之后的狂乱、狂乱之后的绝望、绝望之后的彻悟、彻悟之后的无不可，其体验之复杂、情感之微妙、口气之真率、语言之淋漓，均足以使之成为当代女性诗经典。在更多的作品里，诗人表现为热爱一切易变之物、可疑之物、美而暂之物，拥抱他们，蔑视他们，扇他们耳光，最后在巨大的伤害和绝望之余，展现出辣极了的妩媚、痛极了的疯癫、狠极了的解放。她动了道德和男性中心主义的奶酪，更新了女性的生活方式，也可以说，她试图在更加开阔的地带重订女性之礼——非礼之礼。你看,她就穿着丝袜,踩着红地毯,手里提着高跟鞋,大笑着穿行在峨冠博带之间。她写出了什么样的诗?反问的诗,负气的诗,带菌的诗,含毒的诗,"争分夺秒的诗"。尽管有一根灼烧的迫不及待的鞭子在驱赶着诗人的写作,奇怪的是,其作品几乎都不是率尔操觚的结果,也没有那种不可收拾的酣畅感——可以为之作证的是,她的很多作品都以半截话作为结尾:一种节制的开放式的结尾。不仅如此,她还能将对异域诗学的敏感,与对个人处境的敏感,交错出一种有速度的精致、一种有难度的极致。然而,哪怕是在最晦涩、最诡异的作品里,她也可以在肉体和超现实主义的虚晃之间,让你觉察到情感的力量,且尽欢的理想,以及私生活的种种繁缛。这就是作为诗人的虹影,细读来,应该比作为小说家的虹影更妙。然则,世俗之读者往往虚高了虹影之小说,闲置了虹影之诗,此种迥然际遇,当有待时间和文学史来个翻转。

麦城（1962— ）

有的诗，句句难懂，通篇易解。有的诗，句句好懂，通篇难解。前者乃是奇语出常境，后者却是常语出奇境。前者只须粗读，细读则由深入浅；后者却须细读，粗读则买椟还珠。麦城的作品就是如此：口语，白描，拉起了家常，又不断分心和走神，屡将读者携至空间和时间的恍惚之境。镜中耶，镜外耶，难以看个分明：两个空间不是彼此映照，而是彼此错综。过去时态耶，现在时态耶，将来时态耶，难以分得清楚：三种时间不是相互独立，而是相互缠绕，相互挟持，相互惊扰。生者，死者，虚构人物，非虚构人物，在麦城自设的古怪平台上不断打着照面，现实已经半醉，跟跄而趔趄，眼看就要摔出那原形。可参读《历史的下颚》——这件作品，就是钥匙。除了时间和空间，诗人还擅长在我与物、实与虚、小与巨、色与空之间来回切换：他只需要一个跟斗，就从眼前翻去到天外。然而在作者和读者之间建立起情感或经验共鸣，却并未付之阙如，两者的欢会恰在那水天之间。慧眼读者终将一拍大腿，这下逮住了，受了多少唠叨都值啊。是的，麦城就是一个讲故事的诗人，他甚至能够在一件作品里，比如《对一面镜子的追问》，又如《用第一人称哭下去》，穷尽叙事学的种种幽微，最后却总是在全篇收束之际，看到"自己家的门牌号码"。所以说，他讲的故事，都是"故事里的故事"。《南方木匠的北方经历》也同样堪称妙手偶得之作：南方木匠一生只打了四件家具：雕花的门、红松木大床、衣橱和椅子。爱情就在这四件家具上被臆造出来，臆造出来的红颜慢慢变成了一个老太太，最后连老太太的身影也停止了晃动，虚构的幸福就这样被冻结在具体的北方。"这以后，南方木匠/再没打过一件家具/开始时，是他陪着椅子/到后来，是椅子陪着他/就那么一直站着，在北方"孤独至此，让人泪崩。全诗的高妙之处在于将口语的明晰与意象的峭拔相结合，将皮表的喜乐与骨髓的悲凉相结合，将小说的线形叙事与戏剧的块状叙事相结合，种种结合的有机性已经臻于让人惊讶的境界。关于门，关于木匠，还有一件作品——《制度》——亦能臻于此种境界。不多说了——麦城就这样胜走麦城。诗人在"叙事性"方面已经提供了堪称典范的技术参照：老虎是内旨，狐狸是意象，森林是外景，透过左遮右挡的枝叶,上蹿下跳的狐狸,也许只能看见缓慢移动的一小段斑斓,然而,威力已经足够——我们并不需要一只完全的老虎。

车前子（1963— ）

魔术师从兜里拿出一条手绢，晃了晃，变出一根手杖，又晃了晃，变出一只扑腾的白鸽子：谁也不敢断言他接下来不会变出一辆卡车。魔术师，诗人，都爱否定之否定。车前子亦能如此，他引导着近视的读者，让他们得出结论，很快，又让他们在相反的方向得出更多的结论。结论淹没了结论，车前子淹没了读者。这个诗人，他生来就是为了否定和开玩笑——既向他者也向昔我——这样说来有点不敬，然而，他似乎很受用，估摸还拍了一下大腿。比如，我们或可举出诗人二十岁时发表的作品，《城市雕塑》《以后的事》《三原色》和《井圈》，探其内在之独立思想，把他当作今天派的一个尾声——可是这个尾声有些调皮，有些随意，还夹带着一丝荒诞感，似乎又与今天派大不相类。后来，就有论者出来，独拈出《三原色》，视为第三代诗歌的起源，并将今天派往远处推，直到推成"大宋宣和遗事"。《三原色》，很多人喊不懂，其实也没有什么玄虚。儿童，大人，小矛盾，小对峙。两个人当然都可以放大，放大成前文化状态与文化状态，未命名世界与命名世界；两个人的关系，则放大成前者对后者的罔顾，此种罔顾，可以上升为异议、纠正和救护。放大后，想想，确有些蓝马的味道，难怪被人视为起源。此后，车前子迎来《纸梯》时代，江南物象，个人玄想，成全了一种旧式的才子诗，高度趣味化的文人诗。野鸽子、木船、河流、小小的果园、朱栏、杏花、白狐、雨花石、草蒲团、酒旗、琵琶声、鱼干、古老的木椅、红戏院，诸如此类，给八十年代酿就了几坛花雕。且把宣和遗事，换了浅斟低唱。作品有好些，比如《藤花》《蒲团》《木雕》和《墨葡萄》，都有光，都有影，都是那么空灵倩巧。最难忘《一颗葡萄》，偏能流泻如丝绸，活泼如走珠。看来，诗人拴好马，就要在这个驿站——我指的当然是"第三代"——住下来，喝喝花雕，睡睡懒觉。到天亮的时候，那些醉醒的人才发现，诗人已走啦，云深不知处呢。在八十年代就要收尾的时候，车前子结识周亚平（故事马）、黄梵和路东（一村），他们以"反抗第三代诗作为起点"，热衷于对"文字主义"的讨论，后来组建了"南京大学形式主义诗歌小组"。九十年代初，可能受到法国同名杂志《原样》（Tel Quel）的启发，他们创办了同名杂志，连续印行了两期。车前子拿出《东方乡村目录》《简谱》《椅子片断》《庄园》和《工程广场字M》,后来又拿出《传抄纸本》。这批作品,有片断,有拼贴,有脱落,似乎全是无意义,全是"能指"(Signifiant)游戏,全是语言上的无政府主义。"诗人作品中的自我,仅仅是一件艺术品。"车前子甚至如是渴望,由受众来参与和完成这个艺术品,以至于,连写作也蘸上了行为主义的油漆。墙内开花墙外香。不久,特威切尔(Jeff Twitcher)就专门写出《中国后现代主义诗歌》,把"原样诗派"介绍到美国。剑桥大学的北极星——更加有名的蒲龄恩(Jeremy Prynne)——则将《原样》翻译到英国,名之《原样:中国语言诗派》。中国语言诗,与乎美国语言诗,两者参差同时,前者并非后者的摹本,谢里(James Sherry)亦并非车前子的导师。想来也是,汉语,英语,哪个更适合语言诗的写作呢?当然还是汉语。车前子后来就回忆说,当时的内驱力,居然来自现代书法。现代书法,其大端,其要旨,还是文字主义吧。取道于此,车前子通向了哪里?妙境和困境。困境亦无妨,只要有趣味。无论如何,诗歌史必须补记几笔,为车前子,为《原样》,为中国语言诗。写到这里,还有两个问题让人搔首:"能指魔术师",会不会是车前子扮演的最后一个角色呢?他的水墨,他的书法,会不会也是"诗歌作为行动"?

西川（1963— ）

　　西川后来发现，其早年作品，可能存有某种不道德。诗人得到大名，端赖早年作品，比如《在哈尔盖仰望星空》《起风》和《十二只天鹅》。来读让人过目难忘的《十二只天鹅》："那闪耀于湖面的十二只天鹅/没有阴影//那互相依恋的十二只天鹅/难于接近"这几件作品，抒情，超验，西化而无痕，早已成为名篇，何以作者反独惴惴？最初，诗人的美学理想，象征主义也罢，超现实主义也罢，都不免还是图书馆理想。"现实世界仿佛成了书本世界的衍生物"，单凭书本——而不是生活和现实——就可以分蘖出炫目的文化想象力，成全一种"句句真理的写作"。"一个时代退避一旁，连同它的/讥诮"——稍后，会有个大反转。诗人二十六岁那年，两位密友天亡，在此前后，种种现实，忽然把他塞入了——或者说拽回了——如此具体可感的语境。时代,命运,甚或历史,不断发出反问和追问,诗人哪里能够扭头不答。问与答,两难,"狠狠地纠正了我"。诗人从来没有如此清楚地意识到,抒情已如作伪,超验亦如闭关,两者都难逃"不道德"的自我指控。于是下了决心,必须忘招,必须退回到业余,必须把"诗"写成"非诗":只有"非诗"才有资格指认"非诗意"。勇气,智力,将诗人带至1992年:他开始写作组诗《致敬》。此后六七年,诗人还陆续启动和完成了多个组诗,包括《近景和远景》《芳名》《厄运》和《鹰的话语》。这是瀑布般的写作,行和节,简直不够用,必须用上句群和句群之群。"黑旋风也做不到"。这么大的嘴巴,这么大的肚子,能装,也能反刍。人物、事件、场景和名词解释,成就了一种前所未有的无垠感。诗人带来一片盐碱地,看看吧,他还带来了攒动的狂欢:面具与面孔的双人舞,死亡与生存的双人舞,文化与政治的双人舞,现实与历史的双人舞,水分和废话的双人舞,经和伪经的双人舞,理性、假理性和非理性的三人舞,以及"偷听者""告密者"和"磨刀霍霍之辈"的多人舞。文本的特征,精神的处境,现实的面容,三者互为因果,到最后,已然辨不清何者为因,何者为果。徒剩尴尬而已,徒剩斑驳而已。西川,这个抒情诗人,放逐了内心的神秘感,转眼就变成了一个喜剧诗人、一个反讽诗人、一个毒舌诗人,甚至一个荒诞派诗人。"自己被自己的写作变成了陌生人":写作就是我和我的合金，以及我和我的辩论赛。真个是：原想入圣，如今成精。诗人早就跑远啦，杳无人影啦，他的读者，却还在小女友面前，拿腔拿调地朗诵《十二只天鹅》。其实呢，与其朗诵《十二只天鹅》，不如朗诵《献给玛丽莲·梦露的五行诗》。这个建议有点不厚道，嘿嘿，那就打住了。近些年，诗人再次启动了"黑中五色"的跨文体写作，他完成了——或完成着——更为庞杂的《鉴史》和《词语层》。历史，揭穿了现实；词语，揭穿了语境。连一条内裤也不剩。诗人对词——比如"同志"或"小姐"——的训诂学研究，剥开的不是意义，而是一重又一重的语境。每个词都有蜿蜒的"语义曲线"，充满了趔趄、黑色幽默、否定之否定，让人忍俊不禁拍案称奇。如果说，《词语层》乃是语义考古学，那么，《鉴史四十章》就是心灵考古学，诗人借此讲述了"此在"，讲述了"此我"。比如《题范宽巨障山水〈溪山行旅图〉》《再题范宽〈溪山行旅图〉》和《题范宽巨障山水〈雪景寒林图〉》，谈及范氏所画山体，难道，诗人就没有同时谈及自己的画、自己的诗，或自己内心所认可的某种嵯峨之诗："这令飞鸟敬畏，令虎豹沉默或说话时压低嗓门，令攀登者不敢擅自方便。于是无人。无人放胆攀登。"

李亚伟（1963— ）

我们还能够怎样描绘李亚伟？继续把他描绘成一个坏学生、小青年、恶棍、酒鬼或口语的打手？一个莽汉？《中文系》？一个学院里的反学院派？南充、重庆或成都街头的柯尔索（Gregory Corso）？我们这样做已经很多年，如此顺手，无可厚非。但是我已经感到某种不安，因为前述种种色厉，不过是一个诗人的叛逆期表现：面对着教育、社会、传统和道德的单方面约定，执白还是执黑，取决于前者，他其实根本就没得选。是的，只剩下对着干。那就执黑。所以他不断强化此种色厉，永远是轻狂的、幻想的、冒失的、过激的、恶作剧的、不问青红皂白的，永远是睥视的、挑衅的、色眯眯的、惹是生非的、狂饮的、不节制的，永远是小老虎和初生牛犊般的——相对于某个不苟言笑的秩序。两者呢，都有了紧张感。诗人觉得才华亦是赘物,必须把它藏起来,或者浪费掉,以免此种才华昂然成为某种被关注的把柄。所以,他和他的朋友们,生活而不写作,写作而不发表。到了现在,两者终于实现同构:怎么写作,就怎么生活。旷课,找茬,打架,好色,醉酒,写诗,"谈龙"与"谈虎"(周作人先生语,内藏奥秘,请参读其《谈龙集》与《谈虎集》),构成了他们生活中的各省,没有哪个省比另外哪个省更重要。此处当然只能说诗。想当年,李亚伟"带着百多斤情诗冲来了",夹杂着恶狠狠的黑话,汁液横流的方言,混合着芥末、辣椒和砒霜,的确为我们带来了一种酣畅的青春打击乐。甚至连那些文质彬彬的校长、教授和绅士,后来也能够一边跟上节拍,一边像威廉斯(William Carlos Williams)那样给出提醒:"女士们,提紧你们的裙子,我们就要穿行地狱了。"地狱吗?没这么严重,无非性情而已、荒唐而已、空虚而已、孤独而已、愤怒而已、相对性而已、荷尔蒙而已。这些曾经写在香烟盒、课本或信笺上的诗篇,有散佚,有存留。存留者似乎带有偶然性;但是肯定亦有必然性,因为这些诗篇已经在更大的范围唤起了语言、思想和行动的痛快感。这就是整个儿的李亚伟吗?不,我们能够用上考古学,从豪猪的坏笑的废墟,发掘出被他深深掩埋的金声玉振:他的古雅、他的羞涩、他的真诚,还有他的道义感。这个色厉内"仁"的家伙,为了不让自己混同于伪装的文明人,混同于小手小脚无病呻吟的抒情诗人，他启用了一种凶狠的温柔、一种反方向的超脱、一种赌气的自我践踏，最后化身为一个倒挂的文明人、一个反抒情的抒情诗人。诗人自称害群之马，矛头直指害马之群，两者的原形都已经可以看个分明。最后还要回头说到柯尔索，他的名字，也很有意思，据说可以解释为：警醒、信使、道路……

马松（1963— ）

　　马松把诗写在哪儿的呢？墙面，还是水面？香烟盒，还是芭蕉叶？这个醉醺醺的天才，就快要睡着，他还没弄清他的使命——也许是神赋的使命。对于他来说，喝酒，永远是来得更要紧的正事儿。词不过是诗余，诗不过是酒余。如是而已。酒罢，玉山倾倒，诗稿凌乱，马松两不顾。当他在大街上睡醒，就会翻身上马，嘚，嘚，嘚，一口气跑回了唐朝。他是这个时代的过客，甚至，也是这个人间的过客。他散发出某种气韵，比如说，谪仙人气韵。到了今天，要读到他的诗，哪怕卅首、廿首、十首，都显得如此困难，就像要找回被他拔剑击碎的那个梅瓶。但是，哪怕只读到一首，他的想象力已经扑面。这是青春的想象力、乱劈柴的想象力、好玩的想象力、充满病句和官能之美的想象力。植物是他的岳父，花朵是他的思妇。他的

《情歌》,"我要带你到床上和天边",献给花朵,献给情人,也可说,献给他的想象力。是的,他的想象力,在床上和天边之间来回,就如同在啤酒和白酒之间来回。一点也不费劲儿。说到美酒,牵出美人儿。梦露(Marilyn Monroe)是个美人儿吧?梦露定要捂住她的公主裙,而马松呢,定要捂住他的想象力——否则,他就只能去做一个诗人。他害怕那样,害怕全心全意,害怕决心,害怕夹道,害怕只有一棵树。他会说:不要那样搞我!然而,也由不得他,有时候,诗或诗句也会抖落出来。他写出了什么样的诗呢?春天之诗、花朵之诗、流浪之诗、空虚之诗、灿烂之诗、将进酒之诗、且尽欢之诗、如花似玉之诗、活色生香之诗、翻云覆雨之诗、只应天上有之诗。只应天上有之诗?是的,这个尤为显赫。前面已经有所暗示,从有限的诗来看,这个诗人,很多时候都在天上和天边,当他兴起,才来到地上,才来到花朵和植物的身旁。"我把我在地上打发给你"——"打发",蜀语,或可解释为"许配"。从这样的诗句,可以看出他的通常的口吻:请假的口吻,逃课的口吻,私奔的口吻,摆脱的、降临的、占有的、且居此地的口吻。没有这个认识,马松的诗,就殊不可解。法国亦有一个马松,亦即安德烈·马松(Andre Masson),他固守着抽象的超现实的悲观主义;而诗人马松呢,快活得有余,享受得过分,似乎是被谁派遣,专门来针对这个愁眉苦脸的大画家。这个醉醺醺的马松,

"曾经与花平分秋色",后来却很少写诗,真是大无可奈何之事。据说,他耳背,偏去做了歌厅的校音师;色盲,偏去做了彩印厂的老板。又据说,某次,他扬言要为一个女孩当众写首诗,说罢只管喝酒,未能践诺,乃不得不为这个女孩写下一张欠条。其实,他应该交给这个世界一把欠条,甚至,他已经——或永远——欠下了一部《李太白集》。后来,马松亦有复出,忽然拿出组诗《无常之美》,共有二十四首,分咏二十四节气,都是在"身体里发芽的天籁",不免勾起我们对那部《李太白集》的再度奢望。

郑单衣 (1963—)

对于抒情诗人郑单衣,笔者已经多次产生错觉。比如,曾经无端端认定他来自江南。当笔者后来得知他来自蜀山釜溪,来自龙和盐的故乡,不免大惊:龙和盐都同时失传了吗?无端端从来就不会无端端,是什么东西暗里引导了笔者的认知?或许,可以这样解释,在郑单衣的字里行间,的确存有种种可以指向江南的风物——草药、雨水、栏杆、芬芳、灵魂的宝石——更为重要的是,这些风物也的确都在郑单衣这里获得了江南的气氛和调式。如果顺着这个思路,说郑单衣是川南的另类——朝向江南的另类——恐怕已经不是什么太为难的事情。然而,不,不能这样。郑单衣曾经谈到,一首诗往往要求着它的"一个以上的作者"。那么,除了看似江南的郑单衣,还有什么样的郑单衣呢?其实呢,地域、命运和时代(这个很重要,好比"如来神掌"），已经设定了一个或多个早就按捺不住的郑单衣。就像"硫磺"，等待着一个字，一个词，一行诗，或是一首诗，来担任危险的引线。的确，很多时候，郑单衣的风暴会把江南吹得没有一点儿影踪，他迅即转变成一个被挤压、被挫败的诗人，一个内出血的诗人，一个被群蜂乱舞的想象力无情驱赶的诗人，一个焦灼的、过敏的、渴望的、迁徙的、找麻烦的、迎头挨了闷棍的、就要离弦而破空的诗人。在这个诗人的精致而神经质的储物间，我们就会领取到那内在之疡、内在之烈、内在之毁灭、内在之尖叫、内在之加速度、内在之哀鸿、内在之兵荒马乱。我们终于看到血管里的龙，还有，伤口上的盐。值得推荐的作品很多，比如《青春》，又比如《春天》。郑单衣浪迹天涯，对季节的变换自是格外敏感。春天、夏天或秋天，引导和成全了不少作品。这次，数个春天后的春天，敌人竟然变成了温柔的花园；昔日的刀剑可能变成了草药、雨水和清脆的栏杆；而暗中破裂的血管也可能变成了火红的花瓣……冬天终于过去，诗人却更加紧张。花木皆兵，大地皆兵。即便是春天终于来到，对于诗人来说，也不过是一种伪装性很强的侵犯和洗掠。让我们低声诵读此诗的结句，再一次对往事和时间俯首称臣，"在这注定崩溃的/肉体的堤岸上，大地布置着，吞食着/又一个春天"这是《春天》；而《青春》，则充满更多的"死亡之汁"，如欲细论，已是于心不忍了。灵魂的宝石已经损坏了郑单衣的健康,他的担忧,已经变成了我们对他的担忧:他真的会变成自己的牺牲品吗?或许,某种娴雅的江南终将给他带来肉身的拯救?

黄灿然（1963— ）

　　黄灿然，诗人也，亦翻译家也。随着黄灿然翻译的诗与诗学随笔，逐步成为汉诗和汉语的重要营养，其诗人之名，渐为翻译家之名所掩。不可否认，黄灿然的诗，确曾受过外国诗——尤其是英诗——的影响。自维多利亚时代以来的英诗，其克制而精确的叙事传统，从哈代（Thomas Hardy），到奥登（Wystan Hugh Auden），到拉金（Philip Larkin），都是黄灿然的美学上游。这并非意味着，诗，就是翻译的副产品。在黄灿然这里，诗与翻译，两者的互赠分不清轩轾。换言之，作为诗人，黄灿然亦是颇为自足的小宇宙。诗人曾引来《五灯会元》所载惟信禅师语录，"看山是山"，云云，将他的诗划分为三个阶段。"看山是山"，或即原我阶段。"看山不是山"，或即超我阶段。"看山又是山"，或即真我或无我阶段。黄灿然的三阶段，堪比王国维先生的三境界——这里却不能展开来说。而其灵魂之路，由肯定而否定，而否定之否定，历历见于很多作品。可参读《我的灵魂》。也许对诗人黄灿然来说，最迷人的，还是超我阶段。这个阶段，既意味着对原我的擢拔，又意味着对真我或无我的瞻眺。虽然还来不及顿悟，却让诗领取到了左右为难的可信的丰富性。来读长诗《游泳池畔的冥想》："我把可能的委屈/反刍到胃里，因为我深知草儿的价值。"将"委屈"转换成"草儿"，将"我"转换成"牛"，这就是所谓"看山不是山"。这个阶段的作品，谨慎，迂回，曲折，炫耀，具有刻意求得的深度。"而我有一颗/螺旋式的心，它的尖端钻入/深处，周遭喷出暴风雨式的碎屑。"这种步步为营的写作，应了惟信禅师语录，"及至后来，亲见知识，有个入处"。上文已经有所暗示，这首长诗，乃是一个过门，连接了两个阶段。何以见得？这首长诗清楚地显示了抚慰的可能性、慢的可能性、水乳交融的可能性、破执的可能性、委曲求全的可能性、平静与喜悦的可能性。从2006年，到2009年，诗人得诗二百余首，写成《奇迹集》，终于步入了真我或无我阶段。"以前是我在写诗，现在是诗在写我。"诗人不再有委屈，不再有悲伤、痛苦和孤独。昨日和明日，远方和乌托邦，都是摘不到的苹果，都是水月，都是镜花，好吧，诗人不再有空劳牵挂。就是在此刻，就是在此处，念兹在兹，诗人所见皆是奇迹，所得皆是暗爽，所写皆是爱经和赞美诗。来读《慈悲经》:"啊,忍耐、无过错、忍耐的约翰,/忍耐、无过错、忍耐的屠夫,/忍耐、无过错、忍耐的羔羊!"还可参读《全是世界,全是物质》《小未来》《真理》《消逝》《果实》和《母女图》。诗人曾有自供,"身在基督心在佛",《奇迹集》里面果然亦有佛之光明。这种步步生莲花的写作,又应了惟信禅师语录,"而今得个休歇处"。这且按下不表;最后,要谈及黄灿然的汉语。应该锻造出什么样的汉语?诗人曾经颇有远志,"一种想起来/就令人饥渴,读起来双唇就沾满/白色乳汁的汉语"。到了《奇迹集》时期,乳汁,忽而变成了即兴的白开水。田家语而已,家常话而已,小儿女的天然而已,老和尚的憨态而已。"它恰恰是不要完美了。"破执,破执,最终破的却是文字之执——这是诗的遗憾,却是心的圆满。2014年,黄灿然从香港迁居深圳东郊洞背村,其间就更趋平易,不问人事,徒见白云、静水和落叶,迎来了幸福满满的《发现集》和《洞背集》时期。也许,继客观之诗,戏剧之诗,黄灿然最终将要写出他的教谕之诗?

杨子（1963— ）

对于很多读者来说，在读到《胭脂》之前，杨子的身份乃是曼德尔施塔姆的汉译者，当然也是佩索阿（Fernando Pessoa）的汉译者。这两位巨匠——前者是受难者而后者是隐身人——会不会就像里尔克（Rainer Maria Rilke）引导了冯至那样，在杨子这里也唤起了一种酷肖的写作，或者说，杨子以其写作追随了他所译介的某些杰构？诗人与诗人之间的秘传往往难以辨认，但是在杨子的字里行间，并无两位巨匠的阴影，则大体上可以看个分明。也许，杨子的理想，另外指向了杰弗斯（Robinson Jeffers）？他非常期待能够像后者一样，写出"具有青铜和花岗岩的质地的诗歌"，甚至另外写出像爵士乐一般的"高度即兴的诗歌"。可是，不，杨子并未藏身于任何一种他所倾慕的既有风格。这可能是因为，他不得不藏身于个人的岩体，以及他所置身的某个矩阵的岩体——后者无往而不在,不可替换,不可规避,必要来孵化他的诗歌之卵。我们很快就会发现,杨子是如此不合时宜,因为就在百兽呈祥、千鸟献瑞之际,他非兽非鸟,在当风的枯枝上倒挂成一只冷面灰蝙蝠。在他的内部,似乎居住着一个恶鬼,说着刺耳的真话,让他不得安宁,诗歌就是与之游戏、与之争执、与之谈判的结果。一个变徵。这个恶鬼断送了一个可能的农耕时代的抒情诗人,却培养了一个迅速成形的"发达资本主义时代的抒情诗人",前者给了后者一匹瘦马、一柄长矛,把他派往工业文明与农业文明的交嵌地带,最后还给了他以密密麻麻的黑色的风车。他冲过去了,就像火焰之鸟冲向千里冰原:要么击碎它们,要么吞咽它们。除了黑色的风车,就是挖掘机、卡车、轰响的大街、高楼和广场,以及化了妆的城市:这几者又有什么区别?是的,它们都"惊吓了夜鸟和游鱼"。在这个胭脂世界里,诗人没有改天换地的渴望,也没有战天斗地的豪情,他只剩下一根小指头,试图戳破那层胭脂,换句话说,他只剩下了愤怒、悲哀和无可奈何,只剩下了一颗濒危者之心、一颗天地之心:诗歌乃不得不为天地立言。"在幽暗的光线中/搜集着痛苦的言辞,/诗人,/他要造出一件武器,/去守卫他的无能,/他黯淡的沉沦的时日。"我们同时还可以看到,这个情感本体论的诗人,他甚至放缓了对技艺的追求,却悄然积攒着能够让岩体和石块飞散的力量——

他显然已经知道,当岩体和石块飞散而去,所谓"技艺",自然就会喷溅而出。技艺于他,不过是偶然的必然、必然的偶然。

海子（1964—1989）

"瘦哥哥梵高，梵高啊，"海子呼叫着，呼叫着，好像梵高（Van Gogh）已经借用了他的肉体。在海子看来，梵高，还有荷尔德林、雪莱、韩波和叶赛宁，当然还有他自己，都属于同一个序列。这个序列可称为朝霞序列、深渊圣徒序列、王子或太阳神之子序列、半神序列。这个序列的诗人，都纯洁，都孤独，都痛楚，天才与短命互为表里，"是同一个王子的不同化身、不同肉体、不同文字的呈现。"既然如此，海子也就是梵高。还有更高的序列，可称为王序列或太阳神序列，由但丁、歌德和莎士比亚来构成。还有最高的序列，可称为总集序列或众神序列，由荷马、蚁垤、毗耶娑、《旧约》和《古兰经》（或许还有菲尔多西）来构成。从半神，到神，到众神，这就是道路，这就是修远。1888年，梵高去往法国的南方，去往阿尔，被乡下的夏天惊呆了。他写信给弟弟提奥（Theo van Gogh），倾吐着狂喜，"地平线上是低矮的成熟麦田，上面则是金黄的天空和金黄的太阳。"梵高呼太阳为"王"，巧啦，海子也呼太阳为"王"。在太阳和麦田之间，梵高支起了画架，海子拿起了诗笔，诗与画，散发出一阵阵热浪。梵高，海子，就要分头展开八十次初恋啦。梵高有幅画，《麦田里的收割者》（Wheatfield with a Reaper），在太阳和麦田之间，他说他画了一个收割和挣扎的身影，一个"近乎微笑"的"死亡形象"——用海子的说法，就是"微笑的火焰"。所以说这个身影，这个形象，是梵高，也是海子。看看吧，就像海子不断写到麦田，梵高不知疲倦地画到麦田，他要画出麦田的绿色、金绿色、紫铜色、红色、古金色、红金色、赭黄带着胭脂红、金黄色、蛋黄色和急促的黄色，要画出麦田的痉挛——为了和朝向太阳的痉挛。接着来读《阿尔的太阳》："从地下强劲喷出的/火山一样不计后果的/是丝杉和麦田/还有你自己/喷出多余的活命时间"还可参读《熟了麦子》《麦地》《麦地与诗人》和《五月的麦地》。梵高就是丝杉，就是麦子，海子也是丝杉，也是麦子。他们都不计后果，摘去帽子，光着脑袋，哪怕瞎了眼，也要直视和进入太阳。"光着脑袋"，是个典故，既见于梵高的信，亦见于海子的佚诗和名文——佚诗是《光着头的哥哥噢哥哥》，名文则是《我热爱的诗人》。梵高绘画，海子写诗，一场大火，争分夺秒——剩给他们的活命时间都不会太多。一个只剩下两年,一个只剩下五年。这五年,如有神助。海子忽而写出两百多首短诗和抒情诗,油墨还没干,就成了中国文学的经典。比如《亚洲铜》《九月》《在昌平的孤独》《日记》《面朝大海,春暖花开》和《四姐妹》,这些诗就是海子的《星夜》(Starry Night)。海子用半神之诗,正如梵高用半神之画,狠狠地报复了他们的形而下困境。梵高写信给弟弟妹妹,给朋友,反复谈着他的画:那些乡下的画、小地方的画、无礼的画、刺眼的画、艰难而粗犷的画、夸张的画、色彩炸开的画、趁热打铁的画、令人不安惹人生厌的画、颜料撞击帆布的画、着了魔的画、收割后的画、悲伤和刻骨铭心的画。与此同时,难道梵高不是在谈着海子的诗?——这是多么奇妙的事情啊。"所有人都会觉得我画得太快了",这是梵高的急流,还是海子的加速度?"我都已经疯了所以干脆很享受",这是梵高的破摔,还是海子的不回头?"我就是想通过这些迥异的色彩去传达一种绝对的休息意识",这是梵高的孤行,还是海子的静悄悄的决心?海子把《光着头的哥哥噢哥哥》《阿尔的太阳》和《死亡之诗(之二)》献给梵高;而梵高呢,也曾向自己的偶像致敬,他临摹过米勒、德拉克罗瓦和伦勃朗,并半开玩笑地把摹本称为"翻译作品"。海子也有摹本,也有"翻译作品"。可参读《不幸——给荷尔德林》《献给韩波》和《诗人叶赛宁》。真是双骑连辔啊。据燎原先生研究,海子此类作品都是长诗《太阳·语言》的片段,而《太阳·语言》不过是戏剧诗和史诗《太阳》的片段。海子后来认为,伟大的作品不是感性,不是抒情诗,不是片段,而是"主体人类在原始力量中的一次性诗歌行动"。这种原始力量不讲道理,不懂客套,不担心海子的瘦小身体,不容分说,要将诗人从太阳神之子序列强行推向太阳神序列。原始力量在召唤,元素在召唤,海子迫不得已,身不由己,要去角逐那比远方更远的王座。海子心知肚明,他不是但丁,也不是歌德,《太阳》就是他的不归路!这个傻弟弟!"和所有以梦为马的诗人一样/最后我被黄昏的众神抬入不朽的太阳"。梵高写信给弟弟,谈到他和海子的最后处境:"我被太阳和完成大幅油画的压力折磨得快筋疲力尽了。"海子最终没有完成《太阳》,现存局部或残稿,他都写了什么?除了微笑,就是死亡。义无反顾的微笑,给太阳;设计好的死亡,给自己。《自杀者之歌》写到宝石对半分裂,《太阳》多次呼应此诗,《太阳·弥赛亚》写到内脏一劈为二,《太阳·诗剧》则写到头部一劈为二,甚至还选定了死亡地段——"太阳神之车在地上的道"。1989年3月26日,海子躺上了铁轨。就在百年以前,1889年12月下旬,梵高吞下了颜料。颜料未能致死,次年又开枪自杀——这个说法近来受到了怀疑。丰子恺先生在《谷诃生活》中写到,"其精神与肉体常常不绝地抗争,以致内外两力失却均衡,招致了破灭的危机"——他把"梵高",译为

"谷词"。梵高生前很是推崇"共同生活"和"共同制作",他心中的人选,当有密友高更(Paul Gauguin)和伯纳德(Émile Bernard)。海子也是如此,他认为个人巨匠已经过时,戏剧诗和史诗也已经过时,应该重回"集体创造"或"集体回忆和造型",他心中的人选,当有密友骆一禾和西川。骆一禾、西川和海子,一个小集体,曾计划共同书写一部《伪经》。荷马也罢,蚁垤也罢,毗耶娑也罢,甚至菲尔多西也罢,更不要说《旧约》和《古兰经》的作者,想来都不是一个人,而是一个集体。到了今天,总集,众神,"伟大的集体的诗",已是云端之梦想。连戏剧诗和史诗,亦是眼前之险隘——对写作如此,对阅读亦如此。从目前的阅读来看,似乎仍然聚焦于海子的短诗和抒情诗。太阳,星夜,海子——有些事物永难理解。不管阅读哪个海子,请相信,笔者的如下建议洵属良言:欲对海子有所认知,必须先做的功课,乃是认真拜读梵高,拜读他的画,他的信札,拜读他的传记。

臧棣（1964— ）

诗人而亦批评家，两种天赋，同时绽放，放眼新诗史，可谓鲜矣哉。屈指数数，臧棣当为一时之选。大诗人，大批评家，两者皆有可能。或缘于骄傲，或归于专注，臧棣似乎只在意兑现作为大诗人的可能。臧棣所作元诗（metapoem），或谓论诗诗，数量质量却都很可观，既扩大了诗人的半径，又挽回了批评家的当年勇。说到臧棣所作元诗，不能不提《新诗的百年孤独》。"新诗"何所指？总集，还是别集？现货，还是期货？臧棣的指望，或在现在进行时态的新诗，某种程度上，这种新诗以"孤独"为勇气并以"个我"为信心支撑？为了间接回答上述问题，并直接切入本文主题，笔者将陆续引来此诗的第四行、第十二行和第二十四行。首先引来第四行："它绕开了遗传这一关。"旧诗与古典性，从胡适，到臧棣，均被视若关口或虎口。

为庆祝新诗脱险于"遗传",此语洋溢着显而易见的窃喜。胡适推行白话诗运动,到今天,或以为过激,或以为未竟,前者已有反省,后者则吃了秤砣铁了心。臧棣当属后者无疑。在他看来,新诗与旧诗,现代性与古典性,一刀两断,没有采补、商量或交通的余地。臧棣的诗学律师——西渡先生——出于此种立场,就曾微词过蒋浩之以古字入诗。臧棣,西渡,他们都认为:新诗必须以自身为起点,以自身为传统。来读《新诗协会》:"除了它自身的重量外,它身上/还有一种无法称量的重量"来读《新诗学丛书》:"你看到过的每一只天鹅里/你都不曾错过你自己""无法称量的重量","天鹅",都是现在进行时态。新诗与现代性,经由臧棣,真应了帕斯(Octavio Paz)那句老话:"和最近的过去发生决裂"。来读《未名湖》:"我猜想,在我之前/或许没有谁曾把这小湖/看成是一个小火车站"胡适,臧棣,包括西渡,都出自北京大学。北大乃是白话诗运动的重镇,亦是启蒙运动的前沿,而未名湖,恰如北大的蓝色心脏——臧棣反复吟哦,已写出数百首《未名湖》。可见北大学统,堪称草蛇灰线。现在引来第十二行:"它暴露了不可能。"也许在臧棣看来,新诗之所以令人销魂,恰在于索取某种"不可能"——非唯"意义不可能",还有"修辞不可能"。既要盾坚,又要矛利,既要绞绳,又要活口。比如,既要索取抽象,更要索取具象的抽象,既要索取理性,更要索取感性的理性。

舍此而外，臧棣还欲在我中索取非我，在无知中索取知，在语言中索取想象力和好奇心，在词中索取物，在"能指"（Signifiant）滑动中索取逻辑上的致幻术，在奇喻和训诂学中索取重新认识世界的种种小角度，在晦涩、虚构和游弋中索取几乎不差分毫的命中率，在叙事中索取反叙事，在饶舌和节外生枝中索取直线，在步步经营和褶皱中索取滑翔，在精确中索取神秘主义，在个人经验中索取集体无意识，在抑郁症中索取英国式幽默，在多声部中索取"耳光响亮"，在菠菜、黄瓜和官能快感中索取微观政治学，在修辞的享乐主义中索取五十吨的载重，在细小切口中索取万象，在不自然中索取自然，甚而至于，在诗中索取散文、小说或奥尼尔（Eugene O'Neill）的冰块。面对互否的两者，臧棣总是能搭起一根游丝。这种技艺的冒险主义和平衡术，惊险，卓越，极富观赏性，鲜有机会让诗人得到坏诗。带着一点儿夸张，笔者会说，臧棣只有好诗——哪怕是聪明得过了头的好诗。可参读《说明书》《个人书信史话》《液体弹簧》《菠菜》《全体起立》《抒情诗》《月亮》《蝶恋花》和《细浪》，还有《小挽歌丛书》《黄瓜协会》和《最简单的人类动作入门》——这份名单，一定漏掉了更多更重要的作品。协会诗系列，丛书诗系列，入门诗系列，臧棣已各得数百首，对作者来说，对新诗来说，都是三个年轻而高大的山系。没有臧棣，新诗，还有汉语，将会损失难以计量的精妙。然则，坊间亦颇有烦言，或以为，其诗堆积了过量的技艺的脂肪。比如写到摁开关，诗人的运思就曲尽了幽微：开关上有什么？尘土。尘土在干什么？酣睡。什么在摁开关？右手食指。结果是什么？尘土换了小床。旧的小床是什么？开关。新的小床是什么？右手食指。可参读《在楼梯上》。可见杀鸡也罢，宰苍蝇也罢，臧棣都会用上很多把牛刀——他就是牛刀发明家，不用牛刀，又怎么办呢？但是，臧棣从未暂停过对"个我"的狐疑。来读《未名湖》："你。你！你？"——堪称步步金莲。"你"就是"我"。肯定，赞叹，狐疑，全是眼观鼻，全是鼻观心。"我必须发明出好几样东西来推迟或分解某种正在成形的东西。"最后引来第二十四行："它是生活中的生活。"这个短语，"生活的生活"，该怎样来理解？生活的平方？生活和生活逼出来的某种语言生活？来读《纪念艾青丛书》："诗本身就是一种生活，/但是诗不是全部的生活。别着急，/我的意思是，全部的生活反而要小于诗。"对此，读者——包括学者——每每难以共喻，于是斥为形式主义、游戏或语言决定论。难道臧棣的"智力优游"，真没有加强与"处境"的联系？不，菠菜，黄瓜，轶事，都可以抱头痛哭，都可以成全所谓"个人的历史化"——上文对此已有暗示。来读《唯有燕子为我们援引宪法丛书》："唯有燕子为我们援引宪法，/就仿佛我没有别的遗产，/这么多年过去，街头依然是我的遗产。"还可以参读《谢谢你，酒杯》《岸边》《燕》《转折》和《抵抗诗学丛书》——这些作品大都完成于"那么多年以前"。街头历史如云如烟,除了诗人,哪里还有司马迁?臧棣为云烟立传,除了晦涩,哪里还有安全帽?——这些问题,要从容讨论,只能留待他日。在某个时段内,某个范围内,臧棣已经成为源头、中心和范例。他的写作、酬赠和交游,已经引导并巩固了一个半公开的精神社区。将来的新诗史,也许会这样谋篇:"臧棣,以及燕园诗群"。相关人物甚多,西渡和蒋浩而外,这里至少还要提及清平、蔡恒平、戈麦、桑克、麦芒、王敖、姜涛、胡续冬、冷霜、马雁和熊挺。其中个别人物,并非出自北大,故而亦可称为"泛燕园诗群"。

尚仲敏（1964— ）

海子背着他的万行史诗，来到成都，落脚于尚仲敏的单身宿舍。后者厮混于成都水力发电学校，为了与前者谈诗，每天都去买回一瓶沱牌曲酒。这样过了六七天。海子离蜀后，尚仲敏写了首《告别》。那是1988年。告别？什么样的告别？既是形而下的告别，比如两只牛犊的掉头；亦是形而上的告别，比如两种美学的擦肩。早在1985年，尚仲敏创办《大学生诗报》，就倡导"去形容词"，意在对今天派的"毁灭性突破"，确实已崭现出嫩绿的代际特征。海子言必称史诗，言必称玄学，反复布道，在尚仲敏看来无异于自囚。尚仲敏很快写出系列文论，合称《内心的言辞》，反对现代派，反对学院派，反对比喻和象征主义。从"去形容词"，到"去比喻"。比喻勿如惊叫，象征主义勿如口语。诗始于何处？也许今天派和海子都会说，"意图";尚仲敏则会说,"口语"。史诗也罢,玄学也罢,道德、政治和历史感也罢,甚至连文学史和思想史上的巨匠,都是意图,都有可能让我们失去"真诚"。成都水力发电学校位于送仙桥,邻于杜甫草堂。杜甫,屈原,也许还有卡夫卡(Franz Kafka),"对他们我更多的是抱怨"。可参读《杜甫》《写作》和《候机》。口语清澈,里面没有大鱼——当然,尚仲敏会说:除了博尔赫斯(Jorges Luis Borges)。口语和意图,就像大象和松鼠,分踞于跷跷板的两端。当松鼠跳上高枝,大象心甘情愿跌倒在地。尚仲敏先后写出若干论诗诗,反复重申其诗学立场。可参读《苦衷》《写诗能不能不用比喻》《虚惊一场》和《诗是什么》。在这些作品——也在其他作品——里面,尚仲敏反复写到"外省",偶尔也写到"北京",好像这些地方都遍布比喻的沼泽,正在或已经成为新诗的乌托邦。"外省诗人",尚仲敏也曾这样称呼过海子,"在各种比喻中抑郁而终。"是的,尚仲敏不要沼泽,只要滑雪场。口语的滑雪板,小回转,大回转,给诗人带来了各种惊叫和惊险。他玩的就是心跳。诗是什么?"你喜欢一个美女/就对她说/有什么事/我们躺下再说"没有书本,没有使命,只有隔壁、斗室和寸心。"内心的真实,永远是最高的真实。"秉持此种诗学立场,尚仲敏的作品——以及思想——至少出现了三种值得重视的倾向:至人亦是常人,大我勿如小我,现实方为真实。至人亦是常人,可参读《桥牌名将邓小平》

《卡尔·马克思》。大我勿如小我，可参读《祖国》《今天，致王琪博》。现实才是真实，可参读《风》《冬至》。口语每每指向现实，尚仲敏绝非孤例。海子自杀后不久，尚仲敏歇笔二十余载，当他再次动笔，已更为关注书本和使命以外的现实。诗人写到了刘某、申某某、只某、王某、高某某或令某某。最后还要回到海子。尚仲敏自己也承认，海子者，天才也，密友也，亦死敌也——当然是美学意义上的死敌。故而，尚仲敏对海子的告别，可以视为对某个诗歌史阶段的告别。尚仲敏的先行者有王小龙、韩东和于坚，同行者则有伊沙。1987年，尚仲敏写下《诗人》；1990年，伊沙写出《饿死诗人》：两件作品前仆后继，异曲同工，都诅咒了某种类型的"诗人"。至于尚仲敏当年创建大学生诗派，登高而振臂，实在已与兰州张书绅先生互为犄角。正如我们所知，在1981年，张书绅就已经在《飞天》辟出"大学生诗苑"，而且这个栏目数十年来奇迹般地坚持不辍。

草树（1964— ）

草树的遭遇如此丰富，丰富到罕见，更罕见的则是，此种丰富的遭遇，却没有让这个诗人四散于野。遭遇，生活，现实，并非诗人的分神之物，与此相反，还促成了诗人在美学上的断腕。当草树坐在"失控的电梯"坠向地狱——亦是炼狱——他从来没有如此清楚地晓得，个人的象牙塔已经冰裂，玉碎，他与这个世界，必将不可避免地走向"白沙在涅"（荀子语）的交错——也是"词"（word）与"世界"（world）的交错。真是躲不开的刺猬，拔不出的疼痛。此后，草树开始反省此前的写作，《勺子塘》甫出版，就被他断然否定——此种反省与否定，当然来自诗外的更加开阔而严峻的反省与否定。昔我的紧闭而自恋的现代性，不过是西来的干花，影子的影子，以及唯修辞写作的羊肠。昔我不彰，异质乃显。诗人干脆冲出了象牙塔，在"个人性"之外,将现代性理想同时导向了"当下性"和"本土性",曾经如此单调的写作,也被导向了如此陆离的"此时此地"。不再是精致的纤弱,而是铁锹、硬土层、活生生的土豆。这些土豆的名字叫作赵作海、钟如九、安元鼎、谢朝平、王占有、韩进或龙马壮,都是真实人物,他们将被草树一点点去蔽,还原出他们的命运,也还原出历史的真相。在此类作品中,《户口簿》最为笔者惜重,现撮述这个故事如下:王占有,北京人,生于1954年,其父非议大跃进,被批斗,旋自杀;其姊被强奸,其母前去说理,被打,复被批斗致死;其于1969年,被污从十至十五岁,强奸四至十三岁幼女二十一名,服刑八年,出狱数年后获准回北京,没有户口,摆地摊卖菜,支撑五口之家,求上户口,被告知需提供释放证明,辗转监狱和农场,被告知从未有过此物,为求此物,乃打伤他人再入监狱,四年后终获释放证明,求上户口,被告知已婚则不可,起诉,终上户口,被注明未婚,又起诉,被注明昨日已婚而今日未婚,于是再起诉……笔者不惮絮叨,意在说明,王占有什么也不能占有,他已经深陷于悖论和两难的连环套,深陷于第二十二条军规(Catch—22)。海勒(Joseph Heller),草树,已经与王占有一起,进入了皮亚诺萨岛。他们要去见丹尼卡医生,这位医生自有规矩:疯子可以停飞,但要提出申请,能提出申请,就不能认定为疯子。他们又去见梅杰上校,这位上校亦有规矩:

只有当他不在屋里的时候，才可以进屋去见他。——无处不在的"椭圆形的精确"。由此可以看出，草树已经将写作卷入了良知的实践，卷入了某种历史性的质疑，此种孤勇，为流行成弊的唯修辞写作豁开了一个缺口。同类作品尚有《赵作海》《时事四题》和《钉子》，以及用力甚大的《长寿碑》。这些作品混合了闹剧、悲剧和荒诞剧，羼入了黑色幽默，与前述《户口簿》，堪称新现实主义的典范。作者草树，亦堪称当代诗史。

荣荣（1964— ）

当代女性诗夺人耳目，缘于忽如而来的女权主义（Feminism）。此种女权主义，如春风，如草莓，如针尖，伴随着挑衅式的身体叙事。女权之心不能全部交给身体，那么，就先交给文字，先交给身体叙事。到了后来，身体叙事过激了，过剩了，女权主义反而成为一个自慰器、一个乌托邦。在此种语境下，女性诗，不免都是"观念"的产物，白得刺眼，灰得伤心，充满了奋不顾身的遐想。宣言喊累了，这些女诗人就会慢慢返回：从书卷中的女权主义，返回到女权主义的现实处境。这是个拉锯的处境。吾往矣的女性诗，慢慢地，也就从"观念"，返回到刻骨的"体验"。没有主义，唯有深渊。荣荣正是如此：她面对着自己的深渊，以及，异性的深渊。她的几乎全部作品，都在不断新写——或重写——古老的互文，或者说，古老的骈句。骈句，互文，她和他，男左女右。她和他的互文，亦是乌托邦。且看诗人如何写来——"相互的绿和花开"，可参读《爱相随》；"互为花朵"，可参读《仪式》；"花与蜜的互置"，可参读《好人》。若干年前的《致橡树》，在诗人这里，简直余音绕梁。荣荣不是舒婷，她愿意相信乌托邦，却不得不更加相信来到面前的蒺藜。于是，慢慢地就只剩下了骈句。"他是她来来往往的小宝／她是他朝朝暮暮的寂寞"，可参读《心神不定》。有恨，有爱，无赖，无奈。此种骈句，两行，短兵相接，每每玉石交焚。上联是亮，下联是暗，上联是变质，下联是虚设，上联是伤口，下联是身心分裂。可参读《谁沾上了爱情》《安良》和《两极》。前面已说到小宝，这个家伙，背着喷雾器，他的面孔——他有很多张面孔——在所有骈文里隐现。他自幼熟读兵书，精通分寸，能近能远，可重可轻，亦真亦假，话里开出一架火车，心里没有半滴汽油。他就是个局外人，却说，他得故意伪装成局外人。可见互文也罢，骈句也罢，最后都不过是飞鸟各投林。千古之局，千古之结局：她一个人面临着两个深渊。故而，体内，心内，有"烈马"，有"火"，有"闪电"，有"鼠族"，有"蟒"，有"一只老虎"。可参读《诉求》《过错》《绣像》《场景》《又一个》和《越来越》。小宝啊小宝，你犹灿烂，我已荒芜，天不遂人愿，"独自奔向老年"。诗人告诉我们——通过她的作品——爱试探了人性，成全了写作，写作就是对爱和人性的研究。此种研究让人迷醉，以至于，很多时候，她不能太分心于修辞的斗险。荣荣的全部作品，见证了人性的明暗，既是爱的小悲剧，亦是爱的大哲学，堪称两性问题研究丛书——消化不良的女权主义者，还有拜物教、洛丽塔以及爱情乌托邦主义者，都严禁入内。

田禾（1964— ）

我们的写作夹带了太多的装饰性元素——修辞的、知识的、姿态的、道德或宗教的元素——已经把新诗镶嵌成了真正意义上的镶嵌品。高手本来亦无不可，如若力有不逮偏又取道于斯，到最后，往往就只剩下了几层甲胄、几根野鸡翎而已。有没有一种写作，可以脱尽此种装饰性元素呢？田禾或能如此。这个诗人本名吴灯旺，既非文章家，亦非学问家，更非思想家，他如泥如土，如草如木，只要张开喉咙，就可以加入到土豆、小河、树林和山坡的合唱团——如同一个土豆，加入到一堆土豆。泥土，草木，诗人，互换了魂魄，分不开彼此。田禾还写到很多农村小人物，比如木和二大爷、满意三哥、村长杨金锁、二贵、仕和大伯、窑工王腊明、黑皮媳妇、骆驼坳的表姐、白玉兰、翠姐和老船工，亦不过就是一个小人物在讲述其他小人物的故事。他们坚韧，祥和，与世无争，知足常乐，把苦难都磨成了"热豆浆"，装在安全帽里带回家的"两斤红苹果"就可以化开种种哀愁。除了万仞上的神灵，他们不埋怨任何八米外的事物。皂吏，外部世界，都如同虚设。所以田禾的作品，每每述而不评，哀而不伤，怨而不恨，其尤为难能可贵者，在于都没有一种驾驶于疾苦之上的"我对你"的文人视角。没有俯瞰，也没有悲悯。吴灯旺亦不过就是黑皮媳妇，就是自己的上下左右，他发出潮湿、孤单而贫穷的呢喃，却不愿意追随任何文人和士大夫的响哨。但是田禾却没有自甘于野，自甘于乡村的与世隔绝，他也懂得卑微和沉默的力量，你看，他从棉袄破洞里舀出来了"一瓢瓢黄河"。田禾用白描，只用白描，就完成了一个当代细民图系列。我愿意推开学院派的七手八脚，冒一点点风险，承认《黑土》《亲戚》《矿难》《泥瓦匠》《夕阳》《四阿婆死了》和《老木匠》是真正的好诗。可以这样说，这些作品让许多小布尔乔亚风格的作品立马失去重量。当然，田禾的质朴到实憨，他的无技巧，他的非诗特征，他的重复，他的臧克家式的现实主义，在求得某种独树的同时，也颇引来一些诟病——这也不是什么事，因为我们必定还会感受到充塞其间的先天之气，乡村之寒，以及他的看似意尽偏能无穷。

阿吾（1965— ）

那是1985年，阿吾从北京大学地理系考入中国社科院，转而攻读哲学。地理学，哲学，与诗歌有什么关联？从地理学转向哲学，对诗歌有什么影响？这两个问题要派给阿吾来回答。地理的存在无疑早于人类，金也罢，玉也罢，石也罢，具有同等的身份；如果以人类之眼来看，情况就会完全不同，甚至会赋予石头以某种形秽。我们让石头变了形，也在相反的向度，让金玉变了形——它们在人类的文化里得到了判若云泥的身份。可见人类的文化，不过是万物的变形记。诗人阿吾的努力，就是要摘除这人类之眼，将对这个世界的叙述，拽回到一个尽可能的前文化时代，或者说，一个极致的表象主义时代。如是，这个世界忽然就从修辞、隐喻和实用主义的缠绕里冲决而出，以清澈无比的面目，重新出现在我们的面前。金玉与石，各自妖娆。这就是阿吾与另一个诗人——斯人——共同的诗学实践。必须提及的作品,除了《对一个物体的描述》,还有《相声专场》。前者完全从物理学——这门学科与地理学紧密相连,甚至交叉于地球物理学——的角度,比如产地、保管地、长、宽、厚、形状、光泽、大开口和小开口、速度、声波,等等,来记录"阿吾"这个"物体"。这是一个物理学的阿吾,生物学的阿吾,碳水化合物的阿吾,从任何文化积垢里剥离出来的干干净净的阿吾。《相声专场》写双口、单口、群口,也能如此。已经高度符号化的、具有明确意义指向的人类动作——"鼓掌"——被诗人表述为"用右手打左手"。读者眼看就要去关注,这双手疼不疼呢,而不再深究这双手是在表达"欢迎"、"认可"或是"鼓励"。世界以其本来面目出现在我们面前,却显得如此陌生,如此新奇,可见人类为文化所化,已经达到何其深重的程度。两件作品推己及人,由我及物,为汉诗增添了别无分店的叙事美学。即便只有这两件作品,阿吾亦必将在新诗史上留下声名。况乎,阿吾之诗写,与其哲学研究,还展开了清晰的互动。他所拈出的"角度哲学",恰为破解角度陷阱;而其诗写,首先破除了文化意义上的角度陷阱,并在来去无牵挂的表象之上,恢复了非文化的角度哲学。

杜马兰（1965— ）

杜马兰是个偶然的小说家，偶然的广告人，甚至，还是个偶然的新闻学教授。这些身份，都如面具。真正的杜马兰，隐居于另外的身份。他是个诗人，在南京大学泡茶馆，却在中山陵写诗。他几乎不读别人的诗；自己的诗，"有诗无类"，似乎也无关于现成的结了冰的诗学。杜马兰罕有发表，作为诗人，他已彻底隐居于此种"孤立写作"——很少有人能够找到他。也许他在想，这就对了嘛。为什么？自由了嘛。在杜马兰看来，分裂，就是愉悦，就是团圆，所以他可以同时写不同的诗——这可是个了不得的本事。他的抒情诗，粗略来看，可能有——至少有——三张面孔：挤眉弄眼的抒情诗，伤心的抒情诗，以及任逍遥的抒情诗。先说挤眉弄眼的抒情诗。此种抒情诗，亦是叙事诗。诗人写到若干小人物——比如女同志、红小兵、张营长——的命运,此种命运,借用一个散文家的话来说,就是"组织后的命运"。来读《合唱团》,菊怎么讲来着?"能进合唱团真好啊"。这是末行,收尾;诗人却站在末行之末,收尾之尾,是的,他在挤眉弄眼。不过,菊已看不到,诗也写不到。半明,半昧,如是而已。在组织和个人之间,诗人只求一个立锥。那么,《鬼脸世家》呢?也有两方:一方是鬼脸,一方是真面。在鬼脸和真面之间,诗人只求一个立锥。立锥未稳,就要摇摆,就要挤眉弄眼。至于《鬼女生》和《金枝》,均有深意,亦有反讽。读者若有心,自去取读——我却不能在此细说。再说伤心的抒情诗。诗人松开了时代的语境;他骑着车,要返回童年乌托邦——再没有任何阴影,这次,只剩下村庄、少女、夭亡、葵花、狮子、珍珠和铁。如此种种,反复写及,不厌其烦。诗人脸色发白,浑身发抖,为美,咬破了嘴唇。乌托邦,翻个面,就是丧失感。击鼓传花,击鼓传花,这花,真能从童年传到成年?每每如此,诗人只剩下"忍受",只剩下"反复长大"——可参读《击鼓传花》《青梅竹马》和《半人半神》。这是伤心的抒情诗,流着鼻血,大梦初醒。再说任逍遥的抒情诗。时代,童年,亦可两不顾。诗人得了两只草垫,既能享用日常,亦能坐忘山水。日常,山水,《任逍遥》。诗人闲来无事,反复写到林下友情,写到韩东、小海、李冯、刘立杆、朱文、吴晨骏或毛焰。想想当年,唐人李白也是这样写到汪伦、刘十六以及斛斯山人。说到李白,他的日常,自是充分诗化的日常。杜马兰亦能如此;但是,当他混迹于山水,就会稍稍离开李白,悄悄靠近王维。《高山》和《流水》,以物观物,不惊不怖。任逍遥的抒情诗,多用三言、五言或七言,单以节奏论,似乎也回到了汉语,唐朝,甚至魏晋。杜马兰诗风清简,癯而能腴,可写可不写,或已接近了他所向往的境界:世上本无诗,有诗本无句;有句本无体,有体本无意。

树才（1965— ）

可能还不仅是因为读到和译出勒韦尔迪（Pierre Reverdy），而首先是死亡，导致和强化了树才的写作。从四岁，到二十四岁，到三十四岁，树才先后经历了三次刻骨的死亡事件。母亲，海子，苇岸。死亡是这样一个课堂：他学习了无限，又领教了无常。他先后写出了若干诗篇，比如《母亲》《永远的海子》和《活下去——给苇岸》，来献给这三个"亲人"。苇岸乃是大地和乡村的书写者，他喜欢雅姆（Francis Jammes），树才就特地为他译出《十四篇祈祷》。不久，苇岸走了。"我活着。但我要活到底。"——诗人提防着时间，把写作视为剩下来的工作。他都写出了什么诗？死亡诗、虚无诗、冥想诗和安宁诗。死亡诗，刚才已经叙及；值得提及的作品还有《窥》。《窥》的巨大张力来自两个生命、两套价值系统之间的交谈和反驳，来自诗人对朋友——生者对死者——的"误读"。全诗乃不得不采用一种"半知叙述"——"他跳上的贼船不允许他上岸"对这个朋友的生命的惋惜,最终干扰了诗人对其追求的理解和认同——这让全诗看起来像是一出奇怪的双簧。《窥》还是《兰波墓前》的前奏——两者都是死亡诗。与此同时,诗人还写出了深灰的虚无诗,"每天都躲不过时间的一声冷枪",也写出了不乏亮度的反虚无诗,"明晃晃的白昼,像一把大刀／又从我的后脑勺砍了个空"。可参读《自己在看》《犀牛》《转过身来》《慢慢完成》《虚脱》和《虚无也结束不了》。他的生日诗——已经成了系列——也都是虚无诗。然后是冥想诗,可参读《正午》《站桩》《蟋蟀》《随着夜的深入》《打坐》和《莲花》。冥想——也包括打坐——是对时间和空间的暂时摆脱,诗人藉此对抗着时间,对抗着死亡,有时候似乎也能够取得小捷。然后是安宁诗,可参读《献诗》《十点钟》和《忘掉昨天吧》。与其说诗人已经归于毋宁说他在反复求得内在的安宁。秋天,夜晚,以物观我,巩固了此种安宁。可参读《极端的秋天》《肃立的秋天》《叶落》《黑夜的歌手》《在秋天的末端》《秋天的意境》和《秋天的证明》。怎么以物观我?诗人自视为树——秋天之树,夜晚之树。可参读《什么东西》《在水边》《送别妹妹》《回乡》《今天》《涛声》和《老树》。说到以物观我,毕竟还有一个"我",那么,干脆就以物观物。"扁豆熟了,／没有人摘。／

和风醉了，/无人去扶。"可参读《大自然》《竹林》和《被风吹遍》。树才终于做到了：从"冥想的烟"，到"佛教的蓝"。那么，从死亡诗、虚无诗、冥想诗，到安宁诗，是否存有一个笔直的历时性的箭头呢？或者说，树才的写作是否可以分为这样四个独立的阶段呢？不，不是这样。死亡、虚无、冥想和安宁，四者拉着大锯，互有攻守，互有进退，在短暂的和解之后继以更大的冲突。那个箭头在四者之间来回穿梭，而诗人，也就总是处于"不断重写"的状态。到了晚近，恰是佛教，《坛经》，慢慢地安顿了这个两难的生命。直到诗人写出组诗《雅歌》，凭了爱情，才较为彻底地驱散了内心的阴影，是的，他甚至已经得到了欢喜。阅读树才的作品，我们也许会像作者那样感叹，"诗句是太单薄了"，但是，他的独白，他的顿挫，他的虚拟对话，埋下了若干线头，因而他的直接性，也就充满了神秘感。

张执浩（1965— ）

张执浩曾经讲过一个故事：按照英政府规定，但凡山丘，低于一千英尺，就不能标注于皇家地图。Reginald Anson 及其搭档，来到某小镇，任务是测量 Ffynnon Garw。这座小丘，高仅九百八十七英尺，当地居民却视为"威尔士最高峰"。为了信仰和梦想，Jones 带领大家，给小丘添加着土壤。最后，小丘（hill）变成了大山（mountain）。在这座大山上，Reginald Anson 与 Betty，还建立了海拔更高的爱情。张执浩的故乡，湖北荆门，也有座小丘，唤作仙女山。仙女山，既是远观的支点，亦是亵玩的乐园。火车在远方，植物在身旁。诗人的童年时代，堪称植物时代。童年，植物，既相互疼爱，又相互见证。槐树、花椒树、南瓜、土豆和蛾眉豆，很早，就注定了未来的诗人或小说家——为那棵花椒树，他曾写出小说《灯笼花椒》；奇妙的是，通过写小说，诗人反而更加信任诗之抒情性。此后，不管诗人走到哪里，他看到或写出的植物都只能是故乡的植物。1992年，在晋冀边界，诗人看到成片的向日葵。2003年，在康巴地区，又看到小美女般的野花。诗人写出《梦见向日葵》，又写出《高原上的野花》。高原上的野花，对诗人来说，显得尤为重要。何以故？自见此花，自有此诗，诗人豁然开朗。原本刻意的、拧巴的、繁复的套路，仿佛得了点化，很快转变为偶得的、明快的、浑然天成的风格。游目得诗，出口成章，分分钟，诗人就进入了佳境。在此以后，诗人就不断写到植物：豆角、桃树、橘树、白杨、玉兰、梨子树、蓖麻、蒲公英、萝卜、芝麻、油菜花、冬青、秋葵、小叶榕、柳树、高粱、望子草、小米椒或鹤望兰。可参读《蘑菇说，木耳听》和《蛾眉豆》。与此同时，诗人还不断写到动物：螃蟹，蚂蚁、苦瓜鸟、鸲鹆、卷尾鸟、画眉、萤火虫、蛙、翠鸟、绿豆娘、蜻蜓、马蜂、芦花鸡或鹌鹑。可参读《仿〈枕草子〉》。这里，要插入几句闲话。《枕草子》乃是日本古书，传为清少纳言所著，谈草木，谈晨昏，谈男女，谈歌舞，谈朝野，都有清鉴的功夫和闲情。张执浩的妙句——"鸟鸣是春天的好听，尤其是/第二场春雨后/清晨，大多数人还在熟睡/你也在黑暗中/凭声音去猜测鸟的身份很有意思/彩鹬，鹊鹞，乌灰鸫，黄腰柳莺"，仿写的乃是《枕草子》开篇的《四时的情趣》。诸君取来对读，自然会发现,在口吻上,在心境上,两者的惟妙惟肖。清少纳言是位女史,张执浩呢,不免也归于所谓"阴性书写"。张执浩这件作品,到最后,仍然回到了植物:水杉及其有趣的嫩枝。在唤醒诗心方面,也许,只有少量动物——主要是鸟儿——能够媲美于植物。张执浩的大多数作品,都可以视为植物咏叹调,动物呢,只是这咏叹调的衬音。值得注意的是,无论晋冀,还是康巴,无论大地,还是高原,即便是清少纳言的细致的日本,在诗人的内心,都连接着无计可消除的仙女山。然而,与Ffynnon Garw相比,仙女山却迎来了完全不同的命数。诗人童年时代的小伙伴——如今的企业家——用挖掘机,用卡车,将仙女山运进了水泥厂。故乡再无仙女山。来读《豌豆地》:"我把花儿、蝴蝶和豌豆都留在了/那块已经不再种豌豆的地方"只剩下诗人的爱,诗人的植物咏叹调,仍为记忆中的仙女山,添加着"上帝的土壤"——此语来自Jones,他是那个小镇的神父。Jones的故事,出自电影《爬上小丘却从大山下来的英国人》(The Englishman Who Went Up a Hill But Came Down a Mountain)。"写诗是小儿初见棺木",写诗就是挽留小丘,并把小丘变成大山——在心灵的地图和版图上。从张执浩的写作,已经可以得到让人动容的证明。

余怒（1966— ）

如果将巴特（Roland Barthes）的有关学说，作为新诗研究的工具，或可挦出一个引人瞩目的小传统：从周伦佑、蓝马、杨黎、于坚到余怒。余怒非常认可巴特的文本两分法："可读性文本"与"可写性文本"。可读性文本充满了"意义"——余怒有时称之为"意思"。写作呢，就是意义对作者的役使，阅读呢，就是作者对读者的役使。作者只是"意义"的复述者，而读者，则是无所事事的被动的懒汉，或者说，乃是坐吃山空的消费者。余怒不要这个，他向来醉心于可写性文本：一种即兴的、错觉的、暂时的、残肢的、大转折的、未完成的、不稳定的、眼看就要夭折的、歧义纷扰而又能自圆其说的文本。作者不再是复述者，而是无脸者、无名者、无言者，他只提供一份导言、一封《盲信》，"半个身子寄出了/半个身子吃药睡觉"。

余怒会说,"意义在读者那里"——看看吧,读者醒了,在沙发上欢跳,就要反过来役使作者。此种逆向的意义生成机制,让可写性文本变成了无涯的文本,亦即德里达(Jacques Derrida)所谓"无限的语义结果"。现在,就让我们来面对余怒的文本,同时发动两台机器,与诗人合作生产那么几克——也有可能几吨几十吨——意义或无意义。余怒的写作,面临着——并呈现了——语言的、身体的以及生存的困境。要求得可写性文本,诗人必定首先自陷于语言的困境——或者说,醉心于可写性文本,也就表明,同时将醉心于语言的困境。来读《有水的瓶子》:"他坐在概念中/张口一个死结"要注意这个词——"死结"——诗人还将藉此把我们引向身体的困境。来读《女友》:"为了不同她遭遇/我将身体打了一个死结"从死结,到死结,既是文本的形式,亦是文本的内容。说到生存的困境,可参读多件作品,比如《守夜人》《苦海》和《孤独时》:苍蝇给睡眠带来了困境,水泡给水带来了困境,鹦鹉给熊带来了困境。谁也不敢肯定地说,在跷跷板上,熊的这头会落下去,鹦鹉的那头会翘起来——诗人也没有这样说。说到鹦鹉,说到熊,就要说到乌鸦。《雅歌:乌鸦》如何求得胜场?"我"射杀了"乌鸦","乌鸦"却成为"我"的"影子""尸首"和"殉情的羽毛"。这惊险,这缭乱,这逆转,正是余怒之为余怒。至于长诗《饥饿之年》和大组诗《诗学》,则有必要另文讨论。余怒虽然还没有写出——也不可能写出——绝对的可写性文本,但是,他已经给读者制造了机遇,让读者极大地提高了对文本的参与度。倒是组诗《枝叶》,缘于爱情(爱情即意义),差点把诗人拽回可读性文本。《枝叶》还另有价值,那就是引来禅宗,引来公案,既呼应了——又破解了——可写性文本的困境。余怒托身于江湖,如同得到神授,甫一扬手,便可破空。这样一个邪派高手,他的天赋,不在写出"好诗",而在彻底拒绝一般意义上的"好诗"。他长期苦练"应左则前须右乃后"(金庸先生语)的波斯武功,试图以更大的荒谬去对抗荒谬——作品由此呈现出一种以毒攻毒的怪异特征。就这样,余怒已经抛给我们一袋浓缩铀:冷漠,危险,高压降解,炫耀着五十亿年的半衰期。除了余怒,还有海子和陈先发:有这三位诗人,安庆乃不得不成为当代诗的重镇。

伊沙（1966— ）

　　当代诗的一个小小的传统——唯修辞写作——压抑了伊沙的身体，就像"有棱有刺"的安全套压抑了他的床笫之欢。他的生殖器，眼看就要变老，而舌头，眼看就要变硬。一个空空荡荡的热气球，在不断上升，下面吊着不甘心的伊沙，眼看他就要远离肉体、盐巴、大地和市井。谁也没有料到，伊沙很快就拔出匕首，割断了丝绸之绳——即便是摔死，他也不愿意上升到一片精致无物的太虚。果然如此，从唯修辞的半空，从鬼话的半空，他重重地摔进了生命和生活，溅出了热泪、鲜血和精液，让一群正在雅集的教授跌破了老花眼镜。伊沙的写作，很快就进入了短兵相接的巷战时期。敌人，你们都来吧！他高声喊叫，脸上洋溢着毒气和春风。首先来读《车过黄河》："我等了一天一夜/只一泡尿功夫/黄河已经流远"已彻底拆毁那条民族的、文化的、历史的、充塞着隐喻之冰的黄河——比如张承志小说《北方的河》中的黄河——而将个人与黄河重新置于一种形而下的联系。"形而下者谓之器,形而上者谓之道。"伊沙的全部努力,就是要用生猛的器的写作,来拆毁和取代一本正经的道的写作。《车过黄河》之于《北方的河》,正如《饿死诗人》之于泛滥成灾的麦子诗,《法拉奇如是说》之于法拉奇(Oriana Fallaci)的某句名言。戏拟,解构,混搭,恶作剧,四面树敌,"上穷碧落下黄泉"——这就是伊沙,这就是弑父者伊沙。果断启用口语——还有口吃——在伊沙就是必然。口语,来自嘴唇,来自巷间,来自平民,而非来自万卷,正是伊沙的趁手武器。与唯修辞写作紧密相关的文化态度,就是西方中心主义,此种文化态度焐热了,进而捂死了新诗的写作。难道伊沙就没有一个精神父亲?比如金斯伯格(Allen Ginsberg),还有布考斯基(charles bukowski)?不,伊沙会说:看,这两个家伙,也像我这样写呢!来读《名片》:"你是某某人的女婿/我是我自个儿的爹"——可以参读的作品还有《野种之歌》。对于伊沙来说,西方不是一种资源:既非修辞上的资源,亦非材料上的资源。伊沙的资源,就是生命和生活。故而,他反复写到身边的小人物:一个烟民、一个强奸犯、一个假肢厂工人、一个割包皮的外科医生、一对女同性恋者、一对谈论减肥的少女、一个酒鬼、一个洗头妹、一个保姆、三名女生、一个通缉犯、一个傻B、一个女同事、一个交警、一个秃子或一个美孕妇。如此等等。伊沙的写作指向了伤口、世俗和真相,指向了万能的"此在",却无涉于任何意义上的乌托邦。其诗也,刚烈,尖锐,张狂,舒坦,假正经,热幽默,充满快感,具有一种轻盈而又沉重的摇滚精神。就像披头士(The Beatles)接受了马哈里什·马赫什的教化,伊沙亦能皈依内心之神。后来,他写出长诗《唐》,已是建构之诗、致敬之诗、恭肃而美妙之诗。惜乎读者和批评家每每见皮不见骨,他们发现了其"体内的娼馆",却忽视了其"灵魂的寺院"。所以,伊沙曾数度陷入"世人皆欲杀"的境地。来读《母亲的临终遗言》,以及《舒婷的忠告》,可以见出两者对他的担忧,而伊沙的回答,则见于《对世界作出妥协》,"死后我再和/芸芸众生为伍"。伊沙乃是既成美学体制的一个蹉跌、一次意外事故,奈何模仿者成群结队,流毒亦甚广大。加之此公也很缺乏自我怀疑的能力,早就走上了复制或流水线生产的道路,很快就自淹于——自阉于——海量的粗制滥造。据说其作品的数目,早已超过了宋人陆游,直逼清人爱新觉罗·弘历了。不管怎么样,是伊沙——通过他的诗——提醒了我们:后现代主义不是修辞和技术,而是一种立场、一种态度、一种精神,甚而至于,还是一种生活方式。

雷平阳(1966—)

也许非仅雷平阳,你,我,他,都不能免于各种缠绕——特别是无形之物的缠绕,每每让我们无计消除,也无力抗拒,就像黏人的小妖精。现代文明的律令即是如此,它用很多圈铁丝,捆住了我们的手脚,只留下可以转动的颈项。雷平阳步履踉跄,登上火车,奔赴城市,此后就只能频频回头,遥望那个山水田垄之间的懒汉,自在而非自为的懒汉——那是另外的雷平阳,作为自然之子、诗人和散文家的雷平阳。后者裹足不前,细致地挽留着大地的伦理,昭通的血统,并且无望地稀释着前者的羞愧感。来读《土拨鼠与鲸鱼》:"心上有寸土不让的草原,有滴水不漏的/大海。草原上的土拨鼠,它爱上了/大海里的鲸鱼/土拨鼠挖土的黄昏/鲸鱼在朝着雄浑的落日喷水"这个诗人,屈从于隐形虎豹,却渴望遇上真正的有血有肉的虎豹,真正的土拨鼠和鲸鱼,并亟欲与它们在深林或大海里展开交谈。即便为之所啖,也能与之不死——因为他相信,自己已化为自然律令的血肉。就这样,诗人每每以待罪之身,彻底服膺于大地的神性,或者说,服膺于大地的原在秩序——就像一个身上挂满石头和贝壳的印第安人,辨认着万物之灵,专心而细心地呵护着每座山、每条河、每棵树和每个动物。诗人的很多作品,都记录了此种孤独而遍布的爱情:一个超验主义者的爱情。来读《澜沧江在云南兰坪县境内的三十三条支流》:"向南流1公里,东纳通甸河/又南流6公里,西纳德庆河/又南流4公里,东纳克卓河/又南流3公里,东纳中排河/又南流3公里,西纳木瓜邑河"直到说完三十三条河,精确至于纤毫,详实近乎唠叨,就像说完三十三个守身如玉的姑娘。从皮表来看,他启用了地理志或科考书的语式,唯物,任天,不动声色;如果读者有足够的耐心,就可以在字句之外,读出一种单相思的轰响。此类文本乃是奇妙的织物:既是无我之境,亦是有我之境,处处无我,又处处有我。如是可知,昭通志也罢,云南记也罢,都只是诗人的心灵史。这部心灵史有依,亦有违,就在依违之间,可以见出一个忧心忡忡的诗人形象。我要转而说到什么?是的,诗人早已看到那高悬的斧钺,以及水银泻地般的斧钺。人类自持砧板,视万物为待宰。现代文明如同无头之马,日日新,月月新,改天换地,以其不容置疑的律令,撤换着自然、乡村和寺庙的律令。诗人在后者的忍让、退缩和沉默之间，在一棵有着楼梯般伤口的漆树和串在铁轨上的小山群之间，发现了两种力量：入侵的力量，反入侵的力量。两种力量的消长，可预见的后果，让诗人洞烛了无穷无尽的见证性的幽微。可参读《一棵漆树》和《小山》。诗人已然悲伤地知晓，这个对垒游戏，还远远没有落定尘埃。且看眼下，工业和城市又换了新颜，诗人却关注着那些节节败退的事物，并拆碎了身躯和四肢，化为万千，与这些事物分别遇合于式微之际甚至危难之际。可参读《我的双臂还在划水》。诗人近来的诗篇，已是荒芜丛书和破败丛书，随着人事的变迁和亲友的凋零，还是丧乱丛书和虚无丛书。"无我"的写作，"有我"的写作，已然置换为"非我"的写作，甚至"非人"的写作：这样的写作，就接近了挽歌或铁面的罪己诏。可参读惊心动魄的《杀狗的过程》。另有一点值得叙及，雷平阳之诗，颇为散文化，其散文，则颇为诗化——这两种文体，以及这两种文体的互文，都响应了一颗专注的心灵。雷平阳的全部写作，诗，散文，碎片与随笔，都是土著的野生的草药，他无望地治疗着个我——以及人类——的失忆症，并向孤注的后工业时代，向花痴般的城市文明，出示了不知疲倦的忏悔录和启示录。

鲁西西（1966— ）

对鲁西西来说，《圣经》既是生命的根据，也是写作的根据。没有这个根据，生命和写作必如脱轨的火车。方向不容置喙，那么，火车也就是领取了圣餐的火车。火车疾驰，向着远方，更向着上方。小心不要脱轨啊，诗人叮嘱着，写出了若干诗篇。《诗篇》《珊瑚虫》《这些看得见的》《梯子》和《给他们的他们不知道》，这些作品，也许更适合耳朵。听听吧，听听吧，慢慢就会听见上帝的细语：来自远方，亦来自上方。不是每个人，都能够听见上帝的细语。"给他们的他们不知道"，往往是这样：汉语只听见了自己拉长的耳朵。诗人喟叹着，又写出了若干诗篇。仰望星星和上帝，诗篇作为礼物，拿不出手，也要拿出手啊。难道就没有另外的情况，比如，诗人获得了上帝的准假？要回答这个问题，就不免嗫嚅。也许可以举出《喜悦》，来试着表明，诗人这次真的在度假呢。在这个小型度假区里面，多么出人意料，到了最后，我们还是隐隐发现了耶和华的圣踪："喜悦"医治了膝上的伤，并且，带来了光。"喜悦"即上帝。不仅是《喜悦》，很多作品，诗人都从《圣经》借来典故。有没有典故，不要紧，有没有《圣经》，那可要紧得很。作为诗人，鲁西西并不需要扎眼的异质性因素——是的，她不需要海洋之星，也不需要舶来的耳环。她只是心甘情愿地接受了——并且不断接受着——那高尚而永恒的辉映。诗歌只是作为礼物、仪式以及字和词的哥特式教堂。还有其他的礼物、仪式，还有真正的哥特式教堂。做个诗人？这不重要。鲁西西可以说不做就不做。她通过写作——也可以通过弥撒、礼拜和忏悔——来做一个上帝的信徒，并凭此无望地逆转着这个加速飞旋的世界。

陈先发（1967— ）

陈先发的处女诗集——《春天的死亡之书》——现在已经少有人知。春天，死亡，似乎都指向了海子。海子，怀宁人。陈先发，桐城人。两地皆辖于安庆，两者桑梓仅隔三十公里。从海子，到《春天的死亡之书》，里程则有可能更短——当然也有可能更远。陈先发学过海子，此后若干年，他却艰难地剔尽了海子留给他的角质层细胞。这个过程，如同逆鳞，细思量，当有大痛苦，大砥砺，亦有大光明。陈先发已经深刻地意识到：西洋，古典，新诗或已两头落空。西方中心主义之河，流经陈先发，就遭遇了一个巨大的泄溯堆。"穆旦啊，北岛，你们在夏季的圩堤冲出缺口/而我恰是个修补圩堤的人。"可参读《天柱山南麓》。北岛毋庸多说；穆旦晚期有意精研古典诗，奈何忙于扫厕所，终于未能促成两种美学的欢媾。现在轮到陈先发。这个"及时"的诗人,要让两种看似矛盾的美学——现代性,古典性——相撞,相融,成为一种无缝的合金。古典性并非现代性的点缀之物,反之亦然,到最后,两者都已经分不清雌雄。这是新诗等待已久的时刻——歃血的时刻,把酒的时刻,自信的时刻,民主的时刻,不卑,不亢,充满了美学的希望。陈先发把海子归还给海子,却要把自己,归还给古老的传统。桐城和桐城派的先贤——比如姚鼐——"为我的阅读移来了泰山"。可参读长诗《姚鼐》。我们还要如此晓得,陈先发的桐城派之薰,传统之薰,并非绝对之物,亦非现成之物。透过姚鼐、方苞或刘开,就可以嗅到米沃什(Czesław Miłosz)、沃尔科特(Derek Walcott)乃至垮掉派(Beat Generation)。垮掉派?这有点奇怪。也许在陈先发看来,垮掉派就是狂禅。可见现代性也罢,古典性也罢,都如呼吸,而非角质层细胞。泰山压顶,亦可闪转腾挪。如欲讨论陈先发,先得要有此种认知。陈先发都写了些什么呢?古文化?枯山水?冷现实?也许,还是诗人答得好:"地理与轮回的双重教育"可参读《写碑之心》。地理诗,山水诗,道家美学,自是古典诗传统。陈先发的地理诗,亦能重现此种传统。"涧泉所吟,松涛所唱,无非是那消逝二字"。可参读《登天柱山》《黄河史》《扬之水》《天柱山南麓》,还有《游九华山至牯牛降一线》。当然,陈先发的新诗,较之古典诗,不免多出来若干重光影。比如,他写着写着,就把地理诗写成了轮回诗。"凡经死亡之物/终将青碧丛丛"。诗人另写有大量轮回诗，无涉地理，却让个人、他人和鸟兽虫鱼，不断交换着——分享着——彼此的形体和身份，几乎建造了一座"不规则轮回"博物馆。"诸鸟中，有霸王/也有虞姬"。诗人亦恍觉其心脏长得像松，像竹，亦像梅，而他的兄弟姐妹，则寄居在鹳鸟、蟾蜍、鱼和松柏的体内。面对万物——非仅"诸鸟"和"白云"——诗人都如面对前生，都如面对异我，都如面对亲人。"我是你们的儿子和父亲/我是你们拆不散的骨和肉"。诗人随时都有可能滑出——然后回到——自己的肉身，无论是滑出，还是回到，都不过是"一场失败的隐身术"。可参读《白云浮动》《埂头小学方老师叙述的灵事》《前世》《隐身术之歌》《偏头疼》《鱼篓令》《木糖醇》《我是六棱形的》《伤别赋》，还有《村居课》——其中多篇，堪称神品。既有轮回诗，就有幽灵诗。诗人写幽灵，如写邻人，每每到了最后，读者才能知道邻人就是幽灵——这体现出修辞上的高明度，也体现出认知上的神秘感。可参读《最后一课》，还有《秋日会》。多写轮回诗，幽灵诗，乃是陈先发的一个显著特征，或可单独成文，论及陈先发之所以为陈先发。总的来看，古与今，两种生活，人与鬼，两种形态，中与外，两种修辞，展开了彬彬有礼的辩论、交错与和解，终于把诗人——"此在之我"——推荐给了高悬于头顶和上空的永恒之眼。海子是一团烈火，他顾不得这个世界；而陈先发，则是一个自觉的诗人，一个方向性的诗人，一个着迷于"儒侠并举"的诗人。他通过接力式——也是个人化——的写作，践行了艾略特（Thomas Stearns Eliot）《传统与个人才能》的主要论点，让曾经四顾茫然的汉诗和汉语出现了可期待的峰回路转。陈先发坦言："从一到二的写作中我／挣扎太久了，／从零到一的写作还未到来。"可参读《零》，还可参读更早的《绝句》。"从零到一"，还将有个陈先发！笔者愿意相信，陈先发，他必将同时在两种考量——美学的考量、历史的考量——中求得胜算，成为一个精致而显赫的罕见个案。

蓝蓝（1967— ）

那只狗叫"土豆"，病死了，这只狗仍叫"土豆"？对蓝蓝来说，这可是个不小的问题。她稍作沉吟，有了决定：不叫"土豆"，叫"毛豆"。两只狗都是蓝蓝的至爱，都有尊严，其中，没有哪只狗是影子或替代品。土豆，毛豆，命名了两只狗：植物命名了动物。正如我们所知道的，一切植物，一切动物（特别是小动物），以及两者的琴瑟，都是蓝蓝——此前则有顾城——成为诗人的初因。顾城，蓝蓝，都是童话诗人，都是自然诗人。两者有何不同？似乎可以这样来回答：顾城不会老，蓝蓝还了童。来读《在我的村庄》："夏天就要来了。晌午/两只鹌鹑追逐着/钻入草棵/看麦娘草在田头/守望五月孕穗的小麦/如果有谁停下来看看这些/那就是对我的疼爱"除了鹌鹑、麦娘草和小麦，蓝蓝还写到野葵花、向日葵、蜂群、椰林、马莲草、野麻、红甲虫、槐花、灰斑鸠、鼠尾草、香樟、栗树、苹果树、椿树、刺柏和紫叶李。这些动物和植物,都是仙境,都是圣殿,都是神祇,都是福音书。诗人——"小嘴穷孩子"——俯身于葱茏而萧散的乡村,既领到无上的欢喜,又怀有无垠的担忧。欢喜,担忧,足以成全单纯的抒情诗。至于修辞,来迟了,只占得宾位,可以称为"被动修辞"——这是笔者的杜撰,下文还有发挥。顾城不问人事,死于天真;蓝蓝呢,却不能金蝉脱壳。天真是个小站,人事是个大站,只有往返,岂有起点与终点?来读《一切的理由》:"我的唇最终要从人的关系那早年的／蜂巢深处被喂到一滴蜜"诗人说的是什么?想来当是天伦。天伦近乎天真,当然就很甜。然则,人事非仅天伦,一滴蜜,映出了四面苦海。从这个意义上说,《一切的理由》,乃是诗人全部写作中的大过门。眼看着,天真,经由天伦,就要浪迹天涯。什么样的天涯?伤害、屈辱与毁灭的天涯。在这样的天涯,诗人是烈士,也是宗教徒,偏要去完成爱的自习课和美德的必修课。批判,赞美,开始了。危险,崇高,也开始了。来读《于是,我写下》:"那在毁灭中诞生我的／——我怎么能停止爱你?"再来读《悲哀》:"不要朝我微笑吧:／我所有被称之为美德的东西都源于／它曾经触及过罪恶。"再不是单纯的抒情诗,而是矛盾的抒情诗,再不是"被动修辞",而是"主动修辞"。艰难的爱,艰难的美德,越艰难,越矛盾,越需要及时而考究的"主动修辞":亦即蓝蓝所谓"比愤怒更大的火焰"。什么是本,什么是末,谁能说得清楚?什么是诗学,什么是数学,谁又说得清楚?那就写得更俭省,更破碎,更迟疑,更陡峭,当然,也更精确。孤词成句,孤句成节,孤节成篇。更多的句号,更多的破折号。每个句号都像一个"寡妇",每个破折号后面都跟着一群"隐身狐狸"——这种破折号神功,简直可以直追狄金森(Emily Dickinson)。来读《巨变》:"多么艰难——/有时候却仅仅是那一点点语调/千分之一秒的停顿/或者/一个标点符号——"语调,停顿,标点符号,难道可以导致"巨变"?从来就没有无缘无故的修辞,也没有凭空的想象力,任何修辞和想象力的异动,都有可能带动或配合处境的"巨变"。此种"主动修辞",有生气,亦有勇气,必将给奥威尔(George Orwell)所谓"新语"带来意外和事故。从这个角度说,"主动修辞",简直就是情书和良知!蓝蓝的作品——尤其是后期的短诗和片段——就精湛地证明了技艺与良知的互动关系,证明了她说过的那句碧绿的内行话:"想象力——对其他事物命运的关注和承担。"

杨键（1967— ）

也许在杨键看来，不唯传统，还有山水，都不过只是废墟，甚至只是霜后的废墟。文言世界，文言所负重的文化世界，亦早已枯萎，如同枯萎的丝瓜藤，只剩下一点点用于供养考古学的无常之美。精妙的佛家传统、道家传统、儒家传统、无机而无穷的传统，早已经让位给无神而无畏的新传统。天人交战，此局，人已赢，天已输。霜后传统，剩下了雪中芭蕉。妙人儿妙玉最终被几个毛贼抱走了，唉，至今下落不明呢——曹雪芹自然晓得下落，却不说，迟至轮到杨键来说，轮到他的冷和唏嘘。他同时也晓得，此局并非终局。天地寂寞，传统断裂。众人皆醉，杨键独醒，既是信徒，亦是祭司。以是故，诗人再三写到"坟"，再三写到"荒草"，以致后来汇成一部大挽歌《哭庙》——这的确不仅是一部厚重的小史诗，还是一部沉痛的大挽歌。杨键，曹氏，都忍睹了被毁灭之美——传统、山水和女儿——故而乃有先后之哭。文言枯败而沉重，杨键自是唤她不醒，搬她不动，但是他至少可以回到翻译体和毛体的前夜，是的，他已再次启用"白话"——所以其诗颇有些刘半农、沈尹默或俞平伯的余韵。想当年，白话反对文言；如今，两者却体现为奇妙的亲近。对不同汉语形态的选择，通常意味着对与之紧扣的不同文化形态的选择。杨键此种选择，既可见其难处，也可见其苦衷，他在知其不可为的预感里，在六月飞雪的语境里，"翻越了崇山峻岭，驮回经籍和戒律"，以使我们还有可能"将母亲的仪容辨认清楚"。对仁、善、信、敬的悟知与践行，也让诗人之诗承担起了某种恢复性的使命，在诗歌史之外，还有很大的机遇来获得文化史的意义。"失散的事物将由仁来恢复"。子曰，"仁者，爱人"。所以，杨键一方面充满了惭愧：对被遗忘的圣贤，对被损坏的山水；另一方面又充满了悲悯：对众生之苦，对万物之苦。诗人的目光，在沿街卖唱的瞎老人和他的孙女、杀猪匠、蓬头垢面的流浪汉、香水姑娘、偷铁的邋遢妇女、运送旧报纸的船工、卖栀子花的老妇人之间来回游移，稍后又被一只分娩中的疼痛母羊牵引，最终茫然失措，乃不得不木立于天地之间。在传统文化的各个声部之间，诗人最后自置于棒喝与梵唱，对"我"之囹圄，亦即我之"皮囊"，产生了深刻的怀疑和厌倦。"我在一个坛子里，／在一个四条腿，两只眼睛的/绿色小坛子里。"可参读《哀诉》,还可参读《老夫妇》。自囚之苦,非徒青蛙,欲求解脱,唯有放下。"像傍晚放下阴凉,/月亮放下清辉。"可参读《我不再向外寻找》,还可参读《在黄昏》。我们或许可以如是相信,对于杨键来说,诗如筏,法如岸,如能上岸,即可舍筏。据云,杨键先生自其家慈仙游,就遵循古人礼制,结庐于墓畔,日日习水墨,攻书法,弹古琴,做新诗,托心于草木,寄情于山水,试图恢复耕读并重的生活,真乃当代罕见的孝子,又似乎是前清来的遗民、晚唐来的隐士或东晋来的老僧。而就在这几个身份的相互鼓励之间,他还分了心,仍然坚持做一个"奉献得永不彻底"的诗人:他或未写出《五柳先生传》,却已写出了秋日之诗、冬日之诗、荒野之诗,无望地抗拒着工业、化学、高跟鞋、城市生活和进化论。

桑克（1967— ）

　　姜涛先生曾用了个俏皮而生崭的说法——"嘟囔的仪式"——来指认桑克的风格，这多多少少让人有些惊讶。难道仅仅是因为在《雪的教育》中，桑克写下了"而我，嘟嘟囔囔，也/正有这个意思"？"嘟嘟囔囔"，意味着怯生生、结巴和欲言又止：也许可以据此挑明桑克所处的话语处境（"说"还是"不说"的两难处境），却并不能用以指认桑克的话语风格。"嘟囔"，躲闪而已，谦逊而已，含混的小牢骚而已。我们早就已经发现，桑克的诗可谓用词确定，造句坚硬，布局严密，立意冷峭，严肃，丰富，洗练，修远，带点儿粗粝，每每不容增减。诗与艺术，都有所谓南北之分。与充满怪癖和即兴的南方诗相比，桑克诗乃是北方诗无疑，具有非常高的规范性、纪律性和技术上的可辨识度。来读《自画像》："羞涩，挑剔，保守,/还有那么一点儿洁癖"桑克自称为最后的浪漫主义者,其所作也,不仅是北方诗,还是自然诗或乡村诗。可参读《海岬上的缆车》。1991年9月,诗人戈麦自沉,这个事件,以及这个事件的前因,逐渐改变了桑克——还有他的朋友们——的生活和写作。"他的死让我活过来了。"桑克的自然诗或乡村诗,不能掉头不顾,忽而就杂入了讽刺诗。"他对世界的想象力被他的同情心埋葬"。或许可以这样说,桑克诗,既是教养、尊严和理想的结果,制怒和慎独的结果,亦是当头棒、屈辱和绝望的结果。在这种写作的背后,隐藏着随时都有可能"被枯萎"的使命感、巨大的阅读量以及由此而生的精英主义矜持。可参读《读臧棣〈唯有燕子为我们援引宪法丛书〉》。偶尔,讽刺诗还会写成戏谑诗或谐音诗。诗人戴上"滑稽面具",苟全了孤独,嗟来了快乐,又提防和蔑视着此种快乐。但是,即便是在这种最轻盈的写作中,诗人也没有忘记,所谓主体性,或许正在于某种"逆向价值观"。可参读《中国文学人物志》。所以说,桑克诗并非福至心灵的呢喃,与之相反,某种精神力量规训了其所有作品——已经写出和将要写出的作品。精神,知识,以及与之互为表里的修辞,裹住了现实,裹住了街头历史,有时候会让诗歌显出外在的姑且如此的"干净"和"清爽"。来读《白桦》:"一个小小的细菌就要了我的命"关于桑克,还有个话题,也许更加贴近本体论诗学。是的,笔者要说的正是"现代性"。对于桑克这样的诗人来说,现代性,可谓毕生的坐骑,亦是永难抵达的驿站。但是,情况也会起变化。魏晋人向秀所谓"寄余命于寸阴",或者更严重的,桑克所谓"在受虐中衰老",导致的紧迫感和虚无感,也促使诗人回到古老的汉文化中寻找超脱的理据。可参读《步数》。文言文学对新诗的着色,与其说体现了桑克在写作上的能动性,一个策略,一个工具,一次换手挠痒,不如说体现了一个流浪者在文化皈依上的或早或迟的必然。现代性,挑逗了古典性。在谈到曼杰施塔姆的时候,诗人说,"我觉得他的诗就是我的诗"。诗人又说,"我写的,或者柳宗元"——可参读《方正森林的溪水》。现代耶,古典耶,这是桑克式的恍惚。在这样的恍惚里,绝望,也有可能冰释于"一壶浊酒喜相逢"。

李少君（1967— ）

自然文学（Nature Writing）已渐成风尚，其滥觞，其巨擘，还是在美国。诗翁施耐德（Gary Snyder）就长期林居，谈到山中之家，他曾快活地提及，"与周围的黑橡树、香杉、浆果鹃、绿枞、黄松为伍"。这让我们想起李少君，谈到海南之家，他也曾快活地提及，"门前种有木瓜、荔枝和杨桃，甚至还种了黄花梨，后面种有南瓜和辣椒"。南瓜，辣椒，是食材，还是圣殿？这个问题就不好回答。施耐德恪守荒野伦理，而在李少君这里，不免还残存着少量的人类中心主义（anthropocentrism）。这少量，也过量。人拿人皮，能有什么办法？鱼拿鱼鳞，能有什么办法？李少君却逐渐习得了金蝉脱壳。火车已经出发，从人类中心主义，到荒野，从起点站，到终点站。要到这个终点站，女人比男人更快，小孩比成人更快，植物比动物更快。先秦人李聃讲"婴儿",明人李贽讲"童心",清人曹雪芹和李汝珍讲"女儿",说的呢,都是这个道理。为了更快,李少君较多写到女人、小孩、动物和植物。诗人明明没有女儿,偏偏写到女儿,偏偏写到女儿和木瓜树。可参读《抒怀》。女儿之于木瓜树,恰如乡间少妇之于三角梅。可参读《山中》。神也是终点站。相距这个终点站,小镇比大城市更近,山区比乡村更近,星星比大地更近。施耐德讲"最高、最偏僻、最难接近的瞭望台",说的呢,也是这个意思。为了更近,诗人较多写到小镇、乡村和山区。无名小站的背后是马路,再背后是额尔古纳河,再背后是白桦林和荒野,再背后是星星,再背后是神和广大的北方。可参读《神降临的小站》。神乃何物?神就是木瓜树和三角梅,神就是自然,神就是荒野伦理,神就是先于人类的某种秘密规则。火车已经出发,人类中心主义不断瓦解。这瓦解,也是和解。那就来践行简朴生活(Simple living),比如,施耐德不用电,也没有电灯和电话。在美国,在当代,所谓生态主义者,在中国,在古代,就是隐士。施耐德写道,"我依着门吹着口哨,一只花栗鼠探头在听";李少君则写道,"在山中发短信,像是发给了鸟儿",可参读《隐士》。人,花栗鼠,鸟儿,两两忘机,再没有什么中心,再没有什么过度的文明。生态主义者和隐士都强调行动,既要深入内部荒野(the wilderness within),又要深入外部荒野(the wilderness outside)。施耐德内外兼修,堪称荒野英雄。在中国，在当代，湘西或终南山，也有这样的荒野英雄。李少君却辗转于红尘和荒野，正像他在诗里暗示的那样，隐士只是他的心象，他只是隐士的访客。红尘是疾病，荒野是治疗，两者拉锯，反而得诗。李少君在矛盾中得诗，施耐德在矛盾解除后得诗。施耐德的老师，乃是唐代诗僧寒山。"杳杳寒山道，落落冷涧滨。啾啾常有鸟，寂寂更无人。淅淅风吹面，纷纷雪积身。朝朝不见日，岁岁不知春"，这样的心境与诗境，重现于美国，却早已绝迹于中国新诗。李少君既响应了美国自然文学风尚，又承续了中国古代山水诗、田园诗和隐逸诗传统，他不再把读者拉向自己，而是把他们推向落叶、白鹭和万象。在步步紧逼的后工业时代，李少君及其自然诗，可望带动更多此类写作，为人类求得——哪怕一点儿——自然的安慰和告诫。

赵思运（1967— ）

与历史自身的想象力相比，文学想象力，很多时候简直相形见绌。对这个问题，赵思运早就看了个分明。甚而至于，他不惜"放弃"文学的想象力，转而屈居于历史自身的想象力。正如诗人之所揭橥，此类想象力已经造就了无数的文本：这些文本，不必都是文学。诗人蒙了面，对此展开了"版本研究"。我们已经看到，右派的检讨书、语录、社论、张小波的某篇小说、庞贝古城的若干涂鸦、季羡林的《清华园日记》、男妓阿伦卡尔（Rafael Alencar）接受采访时说的话、张艺谋的道歉信、小学生给市长的信、九岁女孩吴丽丽关于校长副校长如何强奸她的陈述、《本草纲目》、倪萍接受采访时的谈话、某局长与情人的包养协议、小偷日记、《小学生守则》或邓文迪手稿，诸如此类，果真展示出了"非凡的"想象力。赵思运原文照录，不添,不删,不改,直接分行成诗——他只是一个调皮的摘录者,有时,也是一个惜墨的笺注者。来读《没有就去抢》:"有一回哥老会抢了我家,/我说,/抢得好,/人家没有嘛"再来读《江青谈自己的名字》:"我第一个名字叫李云鹤。/鹤是一种轻盈美丽的鸟,/两条腿很美。"全都是别人的话,别人的文字。那么要问,诗在哪儿呢?诗人在哪儿呢?我们必定要晓得,诗人首先悬置了个人的主体性,他所选出的文本——作者都是他者——只能是被复述出来的他者,被复述出来的"显文本"。当显文本的旧语境,被换成新语境,其内在的自我解构功能就会立马启动,此种自我解构的结果,亦即"潜文本",将重新召回诗人的主体性。对这个潜文本,受众往往已是心知肚明,以是故,诗人可以不用新写一个字。潜文本就是诗人之诗,无字之诗,无刃之刀,却切入了历史的背疮,华服里面的湿疣。不妨如此说来,历史自身的想象力,反过来激发了诗人关于历史的想象力,说穿了,最终激发了诗人的文学想象力。可以这样打比方:或有庞然大物,打别人巴掌,这巴掌,从甲地伸入了乙地,从彼时伸入了此时,却打中了自己的脸;或有蕞尔小民,打自己巴掌,这巴掌,从甲地伸入了乙地,从彼时伸入了此时,却打中了别人的脸。解构即反讽。在谈到赵思运的时候,曾有论者提及米沃什(Czesław Miłosz)的话,颇有必要转引过来:"诗歌是一份擦去原文后重写的羊皮纸文献,如果适当破译,将提供有关时代的证词。"潜文本终将擦去显文本,诗人也终将现出真身:看看吧,他简直就是一个"恶魔",一只"披着羊皮的狼"。赵思运此类作品,借力打力,以牙还牙,只能算是一次性的"装置":让我们从头消费已经被充分消费过的各种正经和不正经。稍晚于赵思运,柏桦亦曾踏入与前者酷肖的解构风诗路,迄今,他已出版两部《史记》。笔者发现,两位诗人均曾选出季羡林《清华园日记》某则——"我今生没有别的希望"云云——作为显文本。可见诗心之相通。此外,赵思运还写有若干原创性作品,亦能通过口语和色情叙事,在"性"与"历史"之间,展现出更加直接的关于历史的想象力。这个学院里的反学院派,胆包身的后现代派,关于他的"破坏性"和"危害性"的研究,也许才开始,也许还没有像样的开始。

杜涯（1968— ）

如果在写作课的讲席上，年轻的教授——他有快乐的童年——试图否认童年的决定性影响，杜涯就会举手，看吧，不及获得允许，她已从人群中站起来说："童年的黑暗是一生的黑暗。"是啊，青年，中年，越往后，越是深陷于无边和无比的童年。童年不是漫漶之物，而是不断来临不断细节化之物。童年之针——对于杜涯来说，就是凋谢之针、伤害之针、死亡之针和月光之针——总是给一生带来细密而尖深的针脚，让我们一次次醒回童年，转而视青年中年如大梦。童年，以及与之相濡的故乡，就是杜涯长期以来不断面对的"遗址"（这个说法来自耿占春先生），因而其全部作品，都可以视为哀歌、挽歌或是安魂曲。故乡，大地，老树，花开花落，葬在城外的少年，从山梁上跑过的野兽……杜涯抚摸着这些已经凋败或是即将凋败的事物，心甘情愿加入与它们共有的命运。"我身居楼房，却想着远处冰冻/的河面，和天晴后树林那边的雪原"可参读《岁末诗》，还可参读《河流》。漫游者，凭吊者，合而为杜涯，自始至终是杜涯：一个可能——乃至就是——以未亡人自居的杜涯。杜涯不欲唤起受众的悲悯，也许在她看来，受众亦如花树，在在都是可哀挽之物。杜涯是撕心裂肺的吗？很奇怪，不是这样：她出奇地平静。此种平静，只是一个风暴眼，尝尝吧，马上就可以回味出加速旋转的绝望。有风暴，才有风暴眼，杜涯的平静，我们必要晓得其来处。值得注意的是，杜涯的作品，从来没有体现出时代性的特征。换句话说，她所针对的不仅是工业时代和城市经济时代的农村，而超越了时代，也超越了农村。因而，她的绝望与平静，并非来自一个弱者，而来自人类的亘古的绝望与平静——即便与陶渊明或华滋华斯（William Wordsworth）相比，也没有什么大的不同；即便名之"消极浪漫主义"，似乎也没有什么大的不妥。杜涯的写作也没有任何文学进化论意义上的功利性，因此，与其说她获得了一种"逆现代"特征，不如说其他当代诗人集体性地求得了一种"后浪漫"风格。天下熙熙，天下攘攘，杜涯的"当代性"或"当代意义"何在？我认为，不可能是技术之翻新，更不可能是思想之趋时，而无可争辩地体现为境界之致远："拾捡楝实的上午，母亲，我惶惑于/我的内心：它只有平静/而没有了痛苦"可参读《楝实》。总览杜涯,其作品,以短诗为主,亦偶有长诗——比如《星云》。她的词藻、语调、节奏、氛围,都是如此雷同,以至于全部作品都趋向于混成一件作品——这在让读者感到单调的同时,也固执地强化了其单调的力量。从最近几年的走势来看,由于学了李贺,杜涯的一些作品从平易入峭拔。"青黛心"?"寂芳"?"永暗"?我们在充满期待的同时,不免又有与之相拗的担心:此种字句上的斗险,会不会搅动她的内在的平静呢?

朱朱 (1969—)

朱朱最终没有成为司法局的科员、律师或教师,可能与他的母亲有关。司法局的科员、律师或教师,乃是父亲的预期;母亲也许有着相同的预期,但是呢,她的美丽、天真、惊惘,她在车厢里的可怕的尖叫,将朱朱推向了另外的可能——比如,诗人、小说家或艺术评论家。诗人朱朱的鹊起,在很大程度上,取决于他将叙事美学带入到险境或新境。九十年代,孙文波、萧开愚力倡此种美学,并试图在拉杂的日常生活中重构写作的当代性。朱朱对此绝非无知,然而他却将叙事美学首先导向对"古代故事"的重构,也就是说,朱朱的当代性——他的态度——隐藏得如此迤逦,以至于最后几乎体现为此种叙事美学本身。组诗《清河县》的分角色叙事重构了一个家喻户晓的艳俗故事,已经冷却的色香慢慢升温,叙事者不再是"兰陵笑笑生",而是"西门庆""武大郎""武松""王婆"或"陈经济",当然,他们都使用朱朱之眼:《金瓶梅》的全知叙述,转换为《清河县》的半知叙述。朱朱分头分身,换心换肺,享受着每个角色的处境、目的、局限性和"断了头的激情"。或许还可以反过来讲,这些角色呢,也都是诗人的面具。再比如,柳如是也曾是诗人的面具。可参读《江南共和国》。可见朱朱就是隐形人,他却如此称呼张枣。可参读《隐形人》。朱朱对张枣的描绘,也恰好就是揽镜自照。"与其说德语是冰,汉语是炭,不如说/现在是冰,过去是炭,相煎于你的肺腑"不管是对张枣来说,还是对朱朱来说,所谓"现在","过去",都不仅是个人的往今,而必然指向文字和文化的往今。文化,历史,南京,既然有鸿爪,必然留雪泥。朱朱拿地域的气场换了个人的日常,在这个历代的气场里,他只留下了若有若无的自我。尽管如此,在对"古代故事"的重构里,在各种"面具"下,朱朱终将会现出真身:一个颓废诗人!一个江南抒情诗人!这个诗人长发披拂,双眼迷离,在戏剧的边陲,只剩下悠远的喟叹和精致的性情。他用个人化的叙事美学,淡化了九十年代的作为小潮流的叙事美学。缘木求鱼并非无望:且让我们继续追踪诗人的"头颅叙事"。值得注意的作品,还有《林中空地》。朱朱采用相似的故事和戏剧之笔,虚构了一个发人深省的舞台化情景:"我获得的是一种被处决后的安宁,头颅撂在一边"这是什么样的赴死者?坚强,又厌倦,最终"依靠"刀斧手成就了自己的命运。引人注意的不仅如此,接下来的情景,让我们得知赴死者的身后之事:"周围,同情的屋顶成排,它们彼此紧挨着。/小镇居民们的身影一掠而过,只有等他们没入/了深巷,才会发出议论的啼声"至此,已经完整引述《林中空地》全诗:朱朱用如此细小的篇幅,激起了我们波澜壮阔的想象。叙事耶,抒情耶,"发出悦耳的碰撞"。到了现在,我们就不难理解,当被问及"小说是什么",何以朱朱回答说"是诗"。在朱朱看来,他的幻想故事,比如《林·范·克里莫夫》或《伞美人》,他的小说,比如《间谍》,应该都是诗,正如他的诗有可能都是独幕剧或幻想故事。

安琪(1969—)

安琪与庞德（Ezra Pound）的跨时空相遇，改变了我们关于当代女性诗的预期。女性写作也罢，女权写作也罢，在已设定的单调的角色扮演中，凭其削肩，不可能承担起某种综合能力的考验。而庞德的《比萨诗章》，却以大河前横般的杂乱和决绝，将安琪推向此种考验：当代女性诗乃有步入"无性别写作"的可能。这是一种强行展开的写作，犹如巨石滚动，以至于诗人也不知道将停落于何时何地。"神力"、"先天之火"还有巨大的生活，三者共谋，成就了一部又一部的长诗。这些长诗来回倒腾，将词语、文化和现实碾压成破碎之物，然后拼贴成看似完好的后现代主义之瓮。可参读《任性》和《轮回碑》。安琪似乎只是这些长诗的其中一个作者，她睁大了眼睛，为另外几个作者的胡闹感到吃惊，却又与他们共享了某种痛快感——

此种痛快感在很大程度上来自"材料"的无可无不可。安琪那统摄的才能如同天赐,能将"诗"写成"非诗",落实了她对庞德的独得其秘的读解。想她每当罢笔之际,必有受掠之感,亦有受施之感:这可不是谁都会有的体验。除了长诗,安琪还写了很多短诗:取道于这些短诗,她才作为一个女性——或一个女性主义者——来到我们面前:她注定要前去承受"身为男人和女人的双重折磨"。安琪亦有肖瓦尔特(Elaine Showalter)所谓"双声带话语",她所写出的,亦是阿特伍德(Margaret Atwood)所谓"双头诗"。从漳州到北京,生活的烦忧,情感的动荡,压减了诗人在篇幅和技艺上的男性化的虚荣,却放大了其内心的女性化的敏感,以及寒彻骨髓的绝望感和迟暮感。其间写出的作品,比如《像杜拉斯一样生活》,集中展现了灵与肉的悲剧性冲突,以及喜剧性妥协,带给我们一个进退失据、苦乐无名的女性形象。就像一棵树,低下头来,抚摸一颗瘤,却扔掉了整个天空。诗歌不仅是修辞的操场,而是生命的痛史,或者说,前者已经从属于后者。不再是统摄的才能引导了主动的写作,而是失败的生活成全了被动的写作:一个我要写诗的安琪,变成了一个我不能不写诗的安琪。如果不写诗,安琪说,她就会被泰山压死。泰山有两座,一座叫作"生活",一座叫作"生命"。所以说,是诗,救了安琪的"命",并最终成为她的"尸体"。这个修辞之外的安琪,"准天才"的安琪,她的荒凉、灰暗、即兴、如鲠在喉、她的性别即错误，她的咳唾成珠玉，更加让人心动让人心酸。虽然近期部分短诗过于粗放，过于想当然，眼看就要坠自悬崖，她也能忽然来个撑竿跳，用一个险词，或一个险句，转眼就挽回败局。就这样，安琪由庞德学院，转入杜拉斯（Marguerite Duras）学院，她会不会再转入姜白石学院或杜工部学院呢？不管怎么样，似乎可以这样来断言：除了《像杜拉斯一样生活》（对"我"的逼问），至少还有《明天将出现什么样的词》（对"词"与"爱人"的逼问），这两件作品，会当藏之名山，亦必传之后世。

宇向（1970— ）

　　宇向打了个比方，说，她掀开了那块石头，下面的小虫子拼命逃跑，是的，它们需要黑，却猝遇了强烈的光线。光线如错爱。当父亲把六岁的宇向从乡下带进城里，她也失掉了小虫子之黑，在某种"暴露"里面展开了"并不健康的成长"。绘画，写诗，既是此种成长的成果和后果，也是从光线开始逃跑的路线。宇向，小虫子，谁的运气更好一点点呢？如果是宇向，她就不会绘画，更不会写诗。以是故，可以这样说——这样说似乎显得很奇怪——宇向的艺术世界，含有对这些小虫子的最初的心疼，以及最终的嫉妒。在宇向的诗与画之间，展开一番跨学科研究，侦知两者的互文性，虽有必要，却非笔者所能。单从其诗来看，她似乎藉此做了两门功课：不妨就称为"隐身术"和"显身术"。奇妙之处在于，宇向似乎分不清这两门功课的界限，反而用隐身术的原理，解开了显身术的方程。这种吐和吞的技艺，恰是古往今来诗学之精要。宇向亦有一首诗，偏偏叫作《半首诗》，就表达了这路诗学的奥义："一首诗"会被别人拿走，只有"半首诗"才能留给自己。西游归来的赵毅衡先生曾击节赞赏此诗，他说："如果让我推荐一首当代诗，仅仅一首，《半首诗》是我的选择，原因？用小聪明写出大聪明。"赵氏精研形式论、叙事学和符号学，颇读中外诗，此语绝非虚发。如果我们愿意细细读来，就会发现，宇向很多作品都是半首诗，或者说，很多作品都是由两个半首诗来构成。"腐烂的"是半首诗，"新鲜的"则是另外半首诗。"苍蝇的生活"是半首诗，"圣洁"则是另外半首诗。"床上的身体"是半首诗，"骨灰盒里的灵魂"则是另外半首诗。诗人往往只写半首诗，看上去似乎就要越过"道德"的雷池；然而，不，另外半首诗——或没有写出的半首诗——还藏有"精神"的乌托邦。在写出和没写出的两个半首诗之间，或者说，在同时写出的两个半首诗之间，我们明显地觉知到如此性感的"张力"——笔者很少使用这个术语，这次呢，看来已是非用不可。张力来自何处？来自两头蛇，来自双尾蝎。多年以来，从年轻的宇向，到已不是特别年轻的宇向，笔者都隐隐看到，就在她的内心，长期幽居着一个历尽伤害、洞察世情而又超越尘俗的暮年美人儿。这个暮年美人儿，唆使诗人一边调侃表面意义上的好，一边虚张表面意义上的坏,两栖于天使或白骨精的洞府,而又自有一座永远的"个人岛屿"。宇向的读者,若是老同志,又只看个皮表,难免会乱了方寸,最后还会显得猥琐。这且按下不表;从发生学的角度来看,宇向的作品,当是天赋、直觉和本能的产物,这已经在不小的范围内达成了共识;而此种天赋、直觉和本能,易于在率尔操觚的写作中不断走向分散,我们期待着宇向能够成为一个痛快的例外。

周云蓬（1970— ）

"在听下一首歌的时候，坐在最便宜的位置上的观众们，请你们用手鼓鼓掌；其他各位，请让你们的珠宝叮当作响就可以了。"在伦敦威尔士王子剧院演出之前，列侬（John Lennon）对着下面就座的太后、公主、勋爵和所有听众发表了这个著名的开场白。我之所以在此引用，是因为接着要上台的乃是周云蓬。周云蓬，沈阳人，九岁就失明——他最后的视觉记忆是一头用鼻子吹口琴的大象。到二十五岁，他走向了一个"皱巴巴的目的"：到北京圆明园开始卖唱生涯，创办民刊《命与门》和《低岸》，出版诗集《春天责备》，录制专辑《沉默如谜的呼吸》《牛羊下山》和《中国孩子》。"把浮名换了甩尾巴和吼叫"——其实呢，他只剩有吼叫。我们已经听到或读到的《中国孩子》就是如此：这首歌词甚至可以从乐谱、声情、伴奏和听众氛围中剥离出来,单独成为一个脚本,十行文字,这时候我们还会发现这首歌词作为一首诗,以及周云蓬作为一个诗人的可能性。这个盲诗人,只用十行文字,却偏偏"看见了"若干关于孩子的血泪事件:克拉玛依火灾、沙兰水祸、饿死的李思怡、卖血村的艾滋病、再也不能回家正在变成煤炭的矿工爸爸。所有修辞上的花拳绣腿都被废黜,只剩下事件,只剩下廉价匕首,只剩下赤裸裸的"曲终奏雅",却带给我们以极大的震撼和愤怒。这是因为,唉,这是因为"事件本身已经足够"。救救孩子,救救孩子!我们已经发现了这首诗与《狂人日记》之间的互文性,如果有足够的耐心,我们还会发现周云蓬与庄子、唐诗和古代风骨之间的互文性。就是这个流浪汉,这个瞽者,这个歌手,这个无意做诗人的诗人,直面那"倒栽葱"的个人生活,终于忍不了啦,便喷溅出写作和歌唱的奇迹,羞煞了我等有眼无珠。我愿意提请大家记住他的一段话:"盲人有自己的祖先。荷马、高渐离这些盲艺人都喜欢到处走,在街头唱歌。可能因为失明以后会脱离社会的流水线,成为很闲很没用的人。没用也就不会受到流水线的带动、冲击,就到处转一转,用唱歌记录时代,一辈子就过去了。"——正是此种觉悟,此种洒脱,此种淡泊,此种无用之用,已经为周云蓬赢得了"审美的光明"。

蒋浩（1971— ）

蒋浩有一首诗——《海的形状》，堪称一册袖珍的角度哲学。海的形状为何欤？一对眼睛？两滴眼泪？面包？还是潮水献上的盐？这取决于角度。"你肯定，否定；又不肯定，／不否定？你自己反复实验吧。"角度，小角度，更刁的小角度，以及各种角度的不断替换，迅雷般的替换，成全了蒋浩的哲学和诗学。什么样的哲学？可借来旧词作答：唯物。什么样的诗学？可生造新词作答：唯词。角度的闪转，其实呢，就是"词"的闪转，就是"物"的穷形尽相。如果满足于从表面上看问题，我们可以说，为形式主义，蒋浩已经豁出了油盐不进的决心，手工打造了变态到极致的显微镜。诗人壮士断腕，却被认为误入羊肠。最早，在成都，以及初到北京，蒋浩——这个荷戟愣头青——写得又热血又洋盘。道德上的居高，技艺上的守独，分分钟,都是孤愤,分分钟,都是胜券在握。来读《纪念》:"是的,接下来的工作不是赞颂,而是如何把死者/安排到我们中,让他们成为新生活的反对者?"此后在北京,在海南,在新疆,随着年龄渐增,交游日广,也就把孤愤换了孤诣,把胜券换了优惠券。诗人乃不断写下漫游诗、登临诗或酬赠诗。来读《丁亥初冬与文波登首象山》:"挖一截喉咙里的野长城,/试试越岭的批评"。言外,就有自逐,就有独善,就有挑逗和退堂鼓。漫游诗、登临诗或酬赠诗,乃是古来的传统,正是此类写作,让种种小地理附着了人性的醒目度。桃花潭之于李太白,西湖之于苏东坡,西眉镇之于张问陶,都是可以举来的佳例。对于蒋浩来说,首象山而外,他还写到陕西街二十六号、六郎庄、小南庄、海甸岛(尤其是海甸岛)、本布图、卡拉麦里、静之湖、流花车站、鸡西或山海关。这些物理的地理,经由诗人,获得了人性的诗性。在这个数字化时代,高铁时代,蒋浩的"命名"重现了古典诗对于地理的加持力。大约在此前后,诗人耽读古籍,尤其是经部和史部,忽而借来若干古字古词。新文化运动以来,对某些古字古词的废黜,恰是对某些感受力或精确度的废黜。诗人深谙此理,要来弄活这些死字死词。种种端倪都表明,这个诗人,化欧,亦欲化古——真相却不必定然如此。传统不传统,还得看言与意的关系。"言不尽意",就是传统;"意不尽言",已是反传统。前述漫游诗、登临诗或酬赠诗,早已显露唯词的倾向。从甲词滑向乙词，从乙词滑向丙词，诗人随时可以拉长词的连环。轨道呢，就是"能指"（Signifiant）。来读《乙酉秋与吴勇河心岛饮茶观鹭一下午》："滑翔太美了！应对入滑稽"再来读更晚的《烈女操》："先魅知府，再霉政府"唯词，就是唯物。词的连环，就是物的连环。词的连环依仗谐音、通假、顶真、绕口令或相同字的不同义项，物的连环依仗词的连环，也依仗神秘的强制的反应堆。狗撵出了兔子，词撵出了角度和意义。除了前秦璇玑图，此种诗法，古来未曾得见也。蒋浩自己甚为看重的《游仙诗》，密集，惊险，"字字经营"，则将唯词推向了无以复加。角度的加法，变成了线头的乘法：一个线头，两个线头，四个线头，直到抽出无数的线头。线头与线头，前言与后语，相互援手，相互斗嘴，长亭送短亭，下文每每成为上文的意外的意料。"坏蛋也惊出了一身好汗：／一二三，原来是你；四五六，没戏。"从某种意义而言，这样的作品有两个作者，一个是诗人，另一个是词的惯性和想象力。两个作者，每个每次只能写出半首诗。此外，《游仙诗》每首都分为上下两阕，每阕都好用对仗与骈句，大复调套着小复调，堆放了若干细部，若干局部，每每令人拍案惊奇。比如，"从硅胶乳里挤两三点／人造雨，从夹心肥臀中掏七八个／菩萨蛮。"这艘大船，又岂止三千钉。古人——比如晋人郭璞——所作《游仙诗》，多为组诗，蒋浩亦如此；《游仙诗》而外，郭璞还撰有

《尔雅注》，蒋浩亦有文字主义的窃喜。这些都历历在目。然而，蒋浩所为，不是游仙诗，而是反游仙诗，因为他所求得的并非心的仙境，而是语言——或修辞——的仙境。唯词，就是唯物。仙境，就是人境。蒋浩有言，"词语即思想"，赵毅衡有言，"意不尽言"，贝恩（Gottfried Benn）有言，"形式就是最高的内容"，说来说去，都是这个道理。如果没有长期自置于此种训练，形式主义的训练，线头和角度的训练，词与物相互生成的训练，几套器官的训练，甚至音乐和视觉艺术的训练，很难想象，诗人能写出像《山中一夜》这样细致、考究、近乎完美的作品。至于诗人赴美国参加中国当代诗翻译计划，所作《黎明前在克莱山上直到日出》，还有《从克莱山通往古尔德山九月的秘密小径》，已接近了天人相合物我两忘的境界，这个蒋浩，终于从黄山谷写成了至少半个王摩诘。黄山谷所好，僻典也，奇字也，险韵也；王摩诘呢，徒见山水而已。传统，反传统，得有几个来回才能得到钢铁。适才提及的三件作品，都不可摘句，读者当寻来通盘拜读，这样，也许还来得及对蒋浩抱有更坚定的厚望。

孙磊 (1971—)

坐观的、无暇他顾的、私人化的、自扫门前雪的非介入性写作也曾经取得让人惊艳的成果，这让任何介入性写作反而不得不面对质疑，似乎文本的重要性仅仅来自它与某些公共人物和事件的相混：这个文本"写到了"这些公共人物和事件。另外，更加严厉的质疑还有可能来自被此种介入性斗胆揭橥的某些外部空间——通常都挤满了庞然大物。诗人都聪明着呢，他们望了望，望气，就决定不作斗士，只作高士，很快就获得了安全和优越感。那么，就让我们更傻更天真，偏偏来问问，到底该不该对写作抱有更大更高的指望？这个时代还有没有俄罗斯式的坚贞的介入性写作？如果我们重读和累读孙磊之诗，他就会从字词的暗室之处不断现身出来，带着熬夜的、待旦的、疲倦而沙哑的声音，告诉我们他是如何承担了万马般的加速和负重：就像一员虎贲，一个愣头青，一支"荷戟独彷徨"的孤军——这是如此壮烈，如此让人动容。有了这个必须了解、尤为重要的前提性认知，我们才会拿到门票，进入到长诗《演奏》所搭建的圣殿：从川端康成到普拉斯，从柴可夫斯基到骆一禾，从三毛、荷西到屈原，从伍尔芙到戈麦，从马雅可夫斯基到阿尔格达斯，从杰克·伦敦到海子和莫泊桑。这是非正常死亡的圣殿，闪出几张中国脸，当代夹杂着古代，似乎诗人有意分解和淡化了某种当代语境：这在让新死者加入到某个序列的同时，又让作者能够把写作指向相对狭长的地段。异域，古代，两者与当代语境的类比，还在一定程度上减弱了后者给写作带来的可能的麻烦。不得已而已。连晦涩也是如此，不得已而已。在此前后的写作，尤其是此后的写作，孙磊从来没有停止过他的死亡研究、图圄研究或末日研究，以及针对"待死者"的准死亡研究。幽灵——还有准幽灵——的光辉，不断刺痛了诗人，清洁了诗人，也感召了诗人，让诗人——作为未死者——能够从死者那里获得心和眼睛。"沿着毁灭拒绝死"，诗人凝了神，然后又这样嘀咕着，"对于死，我们应更加傲慢。"可参读《北京，北京》和《我弹奏了很久……》。孙磊终于通过此类写作，自设了一个困境，就像给太阳穴自设了一颗子弹，但是他同时也自锻为一个孤独的、面临涸泽的、将诗和语言视为最后庇护所的公共知识分子。

谭克修（1971— ）

    谭克修虽然服膺于叙事美学，又每有离合，或者可以这样讲，他只服膺于相对的叙事美学：捎带着一两匙抒情性的叙事美学。与其说这就是他的美学自觉，不如说他亦恰好认可了几乎不得不如此的写作实际。还要看个分明的是，谭克修的代际特征并非仅仅仗此获得，他的叙事美学不再拘泥于个人的日常，转而指向个人与权力修辞的相遇。诗人的兴趣，乃在"集体的梦境"。这让他在孤军深入的同时，面临着环伺而潜在的巨大挑战。继续沿用鲁智深式的对抗美学？不，谭克修启用的是燕青式的反讽美学。这个俊俏的规划师，带着苦心孤诣的县城规划，来到了李师师的勾栏。这个勾栏只是权力修辞的隐秘行宫，一个权力、欲望和谈判桌相错综的空间。规划师的趣味、品位、想象力和艺术见解在这里得到了赞赏，但是还必须通过一个危机四伏的甬道——成本,利益,风险,个人好恶,恶俗规划观,在这个甬道内犬牙交错。谭克修只能不断修改那些图纸和文本,才有可能呈递给今晚的绣楼访客,面对并接受最后的权力修辞。这就是规划师谭克修的命运。与此同时,诗人谭克修却写出了不容修改的诗——诗再次成为最后的保护盾。《县城规划》就这样展示出他在权力、欲望、城市和自我之间的冒险故事,他作为一个规划师的妥协,以及,作为一个诗人的不妥协。这个意思就是说,在谭克修的内部,一个诗人与一个规划师发生了争吵,直到那个规划师耷拉着脑袋,再也开不起腔还不起嘴。这自然不是规划师的败局,而是规划师和权力修辞"会商"出来的败局。燕青也只不过是服从和配合了别人的欲望,他与权力修辞之间的"会商"只管得了片时,功成之后,他就揖别了河北玉麒麟,躲开了毒酒,在茫茫江湖上散佚了萍踪;也许,他最后也成了一个诗人,一个山水画家,或是一个乐器演奏家。除了《县城规划》,值得注意的组诗或长诗,还有《还乡日记》和《海南六日游》。前者关注城市经济时代的空虚的乡村,后者则关注消费时代的变了味的旅游业。后来,诗人还写有或许更加重要的大组诗《万国城》。在诗人这里,城市,不再是狄更斯(Charles Dickens)所谓"焦炭城",不再是怪兽,而是扑面而来的生活。就像卡尔维诺(Italo Calvino)在《看不见的城市》中所写,马可·波罗向忽必烈大汗,而谭克修向我们,讲述了记忆的、符号的、轻盈的、贸易的、死亡的、连绵的或隐蔽的城市。城市文明并非农业文明的绝对的对立物,诗人,也没有丢不开的乡愁。诗人甚至认为,此种立场,关乎雄心勃勃的真切的"现代性"(而不是小猫种鱼般的"现代主义")。谭克修的四部变形记,分别切入县治、乡村、省会和城市社区,将可疑之物剥了皮,也为可爱之物鼓了掌,让我们清楚地看到了时代的心脏,包括长在右边的心脏,并最终成就了"具有某种'见证'意义的诗篇"。

李小洛 (1972—)

李小洛是一个什么样的诗人?也许可以首先如此说来:她是一个乡野的、秋天的、口语的、还干着妇产科工作的诗人。这个答案可以从词根和词源学的角度,偶或还从痛苦、死亡和病理学的角度,给我们提供一个解读李小洛辞典的基础和前提。蚂蚁、蓖麻、炊烟和医院,有来处,有去处,最后都服务于一位当代女性的心灵传记。或者说得更加明白,李小洛并不愿意首先就做一个悲悯者,一个超验者,或是一个漫游者。她甚至也不愿意做一个被"写作"选择和虚构出来的女性,比如,一个优雅的、高冷的、每天换三条披肩的、嗅到同伴的香水就皱起眉头的女性。她就是要面对作为一位当代女性的率意和真实:尴尬事、虚荣心、白日梦、紧迫感、恍惚的物质主义以及不时来抢话筒的大咧咧的虚无主义。此种恍惚,此种大咧咧,或可谓之游移性，恰是真实之所以为真实。《省下我》乃是反话正说，《我要做一个享乐主义的人》乃是正话反说，都是反弹琵琶，却引导了很多自以为得计的误读。《找到那个要送你玫瑰的人》乃是"以乐景写哀"，以文字求补偿，却伪托给喜剧，亦引导了很多自以为得计的误读。诗意取决于心眼：作者之心眼，读者之心眼，两者相错，诗人只在丛中笑。这里还必须说到李小洛的语调（tone of voice），那可是一望即知的语调，自白的、独语的、唯心的、不管不顾的、假设的、幻想的、发泄的、煽动的语调，有时候还捎带着那么一点点儿童式口吻，并用此种口吻追究着法布尔（Jean—Henri Fabre）之追究："那些蚂蚁为什么不飞起来?"李小洛从来就不是一个娓娓而迂缓的诗人：你看吧，她紧跟着那已经降临的快节奏，字，词，句，排比句，乱珠滚玉盘，很快就形成了一片繁响。速度感，痛快感，简直扑面。这是文字的特点，出现此种特点，也许恰好缘于生命的滞重感和压抑感——"补偿说"由此得来。李小洛的汹涌只听从性灵的吩咐，或无修辞上的立异，但是语调上的脱颖，已经给我们带来了享受。这就够了。

唐果（1972— ）

唐果的身体叙事，在很大程度上增加了其文本醒目度，比如《开花》《赠别》和《小人儿》，放肆，自然，想入非非，就像分泌物，乃是安于"生理性别"的写作。她也会稍稍挑战一下当代女性的"社会性别"，值得注意的至少有两件作品：《偷》和《他们有沽酒的银子却没有解放她们小脚的铜板》。此种策略，或谓胆略，固已是当代女性诗的一个小传统。如果唐果藉此求取一种美学身份——哪怕已经没有唐亚平的刻意和露骨——也不免只是追随者意义上的美学身份。"你已如此，我亦如此"，罢了，我们在谈论唐果的同时，难道没有在谈论唐亚平？美学史乃是宿命的断代史，所以，关于唐果，或可另外拈出动物叙事，并把此种动物叙事凌驾于（虽然更加自然洒脱的）身体叙事之上，才能够展开新的微观美学史，或者说展开新的微观美学史书写。当然啦，新，只是相对，哪里来的绝对之新呢？唐果的动物叙事，比如《我偷听狗的主人描述它的死》《受伤的母豹子》《乌鸦》和《画森林》，都是拟人，或者说得更加花哨，都是人伦之隐喻。此一点，在《食肉动物》里显得尤为明白："他"与狮子、老虎、花豹的区别在于总是率先抓到梅花鹿，吃的时候呢，能流泪，懂得吐骨头。到底谁才是食肉动物呢？男人。这个唐果，就差拿刀子杀人了。从动物叙事可以引出另外一个话题，唐果的想象力，似乎罩着件童话的外套，当然此种童话，不过是成人童话，现代女性童话，所以在《画森林》里面，前边的森林和老虎之传奇，不得不降落到后边的现实之洼地："最后，我只画一个山洞，让它们在洞里咒骂、争吵，日久生情"末行这二十三个字挽救了前九行那一百六十一个字。这就是唐果式癔症，行于所当行，止于所当止，仿佛在梦呓，又半睁着眼睛。与此种想象力相匹配，唐果还能赋予口语以奇妙的意义构成，或者说，她用看似无余的口语完成了意义的加法和乘法。

叶丽隽（1972— ）

　　叶丽隽的几首小诗，比如《眺望》，又如《在黑夜里经过万家灯火》，已在某个小范围成了名篇。这些作品可供反复吟哦，是的，吟哦——直到读者与作者同时抵达某种清凉之境。部分现代诗的过度修辞，已经让阅读，甚至是尖牙利齿的阅读，都变得困难重重；而叶丽隽的可吟哦的作品，授受相亲，已然引导了作者和读者的联袂而共赴。此中奥妙值得深究。叶丽隽从未尝试过所谓女性身体叙事——这种写作模式多少具有潜在的性别上的臣属者特征——如果非要做一个臣属者，她也只愿意成为草木自然的臣属者，在这个过程中，她甚至还愿意同时捎带上一个"男儿身"。既然如此，对于叶丽隽来说，女权也罢，性别研究也罢，此类工具，已然无可用武。其实臣属者云云，亦有不妥，或者可以说成受训者与受洗者？因为叶丽隽并未在个我人格和自然之间虚拟出某种肿胀的辉映，她不过是在对山水、花树、蕨类和忽然掉落的小榛子的学习中，一点一点地洞见了作为人的破绽、羞耻和"身怀万千"，这样，就有两个诗人同时来到我们面前：一个是自疑的、试错的、充满愧疚感的诗人；另一个是即物的、移情的、出神的、"托体同山阿"（晋人陶潜语）的诗人。两个诗人互为因果，互相激将，慢慢地，前者开始转换成后者：诗人舒展开脆弱的叶片，向着窗前之树不断生长。她会不会融化掉沉默的积雪，向着山麓之溪不断流淌？当然。来读《下山》："我听见了/自己，逐渐变细、变柔软的声音：哗哗哗/哗哗哗，哗哗哗"这可是一件重要作品；话还得说回来，诗人的心境如此安静，腕力如此平衡，以至于在其所有作品里，重要作品也很难获得脱颖而出的机会。叶丽隽的"青屋"生涯，心的发育，旧青铜的隐居，"不为思想所伤"，不过才刚刚开始，她把此种修持者历程称为"余生"。生命的奇迹，又岂止诗歌。

泉子（1973— ）

"多年之后，你一定会怀想／这片离工作单位一百米开外的／人迹罕至的小树林"泉子这首诗的起句，不免让人想到《百年孤独》的开篇，"许多年之后，面对行刑队，奥雷良诺·布恩地亚上校将会回想起，他父亲带他去见识冰块的那个遥远的下午。"时间的三张面孔，过去、现在和将来，经由泉子或马尔克斯（García Márquez），终于叠加成一张面孔。实则泉子之所为，并非修辞上的刻鹄类鹜，而是认知上的返本溯源。什么本源？也许恰是东方或中国的时间观。过去、现在与将来，往生、今生与来生，要来几番颠倒，才有可能得到一线开悟。汉语异于英语，没有时态，正好可以玉成此种颠倒。来读《雾中划桨》："他们不断地划，不断地划，／他们一次次将白色的枯骨举过头顶"。划桨的是"手臂"，也是"枯骨"，后者的将来时态叠加了前者的现在进行时态。"手臂"耶,"枯骨"耶,哪里分得清楚?分不清楚,看不真切,恰好是火眼金睛。还可参读《惊诧》和《来年的树》。时态的叠加,就是因果的颠倒——这里面就包含了开悟。泉子不断地揣度着时间,揣度着它的面孔、脾气和巫术,反复脱离——又反复靠近——某种超脱的境界。你看看,时间不容分说,给每个人分发着糖果,一颗叫作死亡,一颗叫作孤独,泉子多得一颗叫作羞愧。死亡糖果难道是可以拒绝的吗?在1997年,诗人痛失哥哥,参差同时开始写作。过早的剧痛,过早的惊诧,躲都躲不开,给生命——也给写作——带来了几乎一蹴而就的无常感和迟暮感。没有朝霞,没有春天,只有积雪及膝。真所谓"生年不满百,常怀千岁忧"。可参读《时间的羞辱》《二十八岁》《巨石》和《哀歌》。孤独糖果难道是可以拒绝的吗?诗人有阿朱,有点点,有艺术上的俊友,过着恬淡安闲的生活。但是,无穷的时间,无涯的空间,却将诗人逼入了一种屈原式的孤独,陈子昂式的孤独,《天问》或《登幽州台歌》式的孤独。可参读《诗人的孤独》《孤独》和《一只白鹤来世的孤独》。羞愧糖果难道是可以拒绝的吗?是的,可以拒绝。羞愧已经快要失传!泉子却知道,他的专职,乃是不断领取或发明那属于自己的羞愧。可读《伟大的羞耻》《不是骄傲》和《生而为人的羞愧》。死亡是个蒲团,孤独是个蒲团,羞愧是个倒扣的蒲团。诗人趺坐良久,才发现,死亡、孤独和羞愧都是我执。如何破除我执？我即时间，时间即我，两者同归于"刹那"——三张面孔就是一张面孔。可参读《我已活过了我自己》和《刹那间的事》。如何破除我执？我即空间，空间即我，两者同归于"空无"——两张面孔就是一张面孔。可参读《空山》和《空无的蜜》。为了这刹那，为了这空无，诗人找到了最后最重要的蒲团：文字与山水。对于泉子来说，不得已，才动用了文字。如果落叶或狗屎更有加持力，他会马上丢掉文字。文字有障，山水不隔，"技而近乎道"，文字障有可能——自相矛盾地——消弭于山水诗。那就写得更节约，更直截，更通透，就像一部白话版《碧岩录》。多少诗人把诗作为最高的奖品；泉子呢，却把诗作为必经的危桥，他也不确定对岸有没有摆放任何奖品。自2001年秋天始，几乎每个周末，在西湖之畔，在孤山之麓，从南山路到北山路，从茶馆到咖啡馆，诗人都在湖山之间游目骋心。诗人读西湖，西湖也读诗人。诗人读孤山，孤山也读诗人。白堤苏堤如是，断桥葛岭如是，保俶塔、领要阁和玛瑙寺亦如是。相看两不厌，以致两不分，山水诗不过是其间的一份徒劳。来读《我终于没有辜负这片山水》："这是一种相互的信任/锻造出的祝福，/这是山水与人心互赠的千古"空间，时间，没了界限，无从区分——周梦蝶有首《刹那》，也是这样，可以取来并读。泉子曾发表过一段高论，大意云：对古人来说，真理不言自明；对今人来说，真理却需要通过与自我、与他人、与时代的争辩来赢得合法性。真理就是刹那，就是空无，就是道，就是无名，就是万古而常新。年过不惑以后，泉子每日持诵《心经》和《金刚经》。在无止境地趋近真理的半道，在滴水穿石的中途，为了哪怕半厘米，诗人也不会借来马尔克斯，你看看，他就是那个懵懂的小道士，那个清澈的小沙弥，他就是白乐天的一锭遗墨，林逋的一枚青梅，宋画里面的一截枯枝，他就是苏东坡戴月往访的那个素人张怀民。

韩博（1973— ）

作为一个真正的旅行家，或作为一个虚空探险的旅行家，韩博，早已把自己分裂出多重身影。这些身影晃动在国家之间、山水之间、西风翡翠之间，也晃动在汉字和其他各个语种之间。他用诗歌、游记或戏剧，分别做了交代——向自己的不同身影。此种分别，或又相混，故而每每从头新到脚。敦煌、上海、中东铁路、亚洲、美国乃至欧洲各国，各种不留爷，"诗歌只好继续充任最为逼真的隐居之地"。韩博用以代步的工具，是汽车、飞机还有汉字：对他来说，三者几乎没有什么区别。汉字的高速公路，汉字的双翼，让诗人不断抵达意义的"秘境"。作为真正的旅行家，还不如虚空探险的旅行家。也就是说，诗歌的秘境，其幽微，其孤绝，其险峻，远甚于地理学的秘境。两种秘境亦不妨"彼此端详，彼此甄别，彼此完善或拆毁"。要说韩博,这是前提。韩博才赋极高,十七岁的作品——《植物赝品》——已可惊跌七十岁的眼镜。如此惊艳的出场,又该如何转场,如何散场,如何收场?这里可以摘来《老残游记》的妙文,用以描摹韩博的渐渐入云的技艺,"哪知他于那极高的地方,尚能回环转折。几啭之后,又高一层,接连有三四叠,节节高起。恍如由傲来峰西面攀登泰山的景象:初看傲来峰削壁千仞,以为上与天通;及至翻到傲来峰顶,才见扇子崖更在傲来峰上;及至翻到扇子崖,又见南天门更在扇子崖上:愈翻愈险,愈险愈奇。"从《借深心》,到《第西天》,再到尚未最后完成的《飞去来寺》,韩博正是如此:愈翻愈险,愈险愈奇。组诗《借深心》,哀马骅之作也。修辞的针线照样密密缝,有时打个盹,被管控的深情才有机会露个脸、喘口气。即便如此,诗人也担心,深情会不会碍了修辞呢?到组诗《第西天》,无关兄弟深情,只剩中美合奏,诗人似乎一下子放开了手脚。"语言比预期走得更远,苦心积攒的念头尚在山脚,语言早已翻过垭口。"把"念头"换成"深情",即可见出这个组诗与《借深心》的相异:后者的深情还勉强跟得上字句。到大组诗《飞去来寺》,则已渐臻于唯修辞——语言陌生化——的极致,"已经到了阶段和显微的尽头"(萧开愚先生语)。诗人游历了——也可说是游离了——德国、英国、亚洲、丹麦、法国、摩纳哥、意大利、瑞士、捷克和圣马力诺,乃有这个组诗。然而飞者、去者、来者，三者无非一寺，旅行不过是旅行家的蒲团，《飞去来寺》不过是唯修辞的心斋。韩博的修辞可谓苦心孤诣，雕肝镂肺，已经武装到汉字的牙齿，细部的秋毫，所谓晦涩不可解，似乎已不是"意义"的特征，而是"修辞"的特征——"能指"（Signifiant）本身的特征。诗歌已经变成坚果，壳很厚，很硬，把它砸开就是全部的"意义"——萎缩近无的果肉不再负有"意义"的职能和使命。果壳终于褫夺了果肉。韩博此路风格，似乎学自萧开愚，他将后者的一端，转换成个人的万方。有意思的是，在韩博的作品——尤其是《第西天》，以及此前作品——里面，布满了似是而非的古代章句，比如，"远人初未识，浑作朋克看"，又如，"地出东南隅，照我广寒宫"。诗人似亦自知，他的筋斗，翻出十万八千里，总还得碰上那如来的手掌。《混沌浮山南》有句云："喷向现代的/飞机终究栖滑现在/以前"韩博的唯修辞写作早已孤注一掷，即便反复碰壁，我们也可以见出他的才赋。流俗有多宽，才赋就有多高。才赋有多高，赌注就有多大。韩博一边永怀修辞的渴意，一边饮鸩，即便最后泪洒意义的"废墟"，他也算得上一个傲睨流俗的试验者和探险家。

尹丽川（1973— ）

　　尹丽川有尹丽川的圈套，我们有我们的原形。此话怎么讲？来读《为什么不再舒服一些》："啊再往上一点再往下一点再往左一点再往右一点"。这是在写啥？我们嗫嚅着，"做爱？"尹丽川两指夹烟，坏笑着，花枝乱颤，揶揄着我们的居心，"这不是做爱这是钉钉子"。接着呢，快一点，慢一点，深一点，浅一点，轻一点，重一点，松一点，紧一点，也不是做爱，而是系鞋带、扫黄、按摩、写诗、洗头或洗脚。尹丽川的试纸，显出了我们的原形。我们都是谁？文艺男，闷骚，未遂强奸犯，油腻中年，还有道貌岸然的老光棍。这个读者反应小试验，尹丽川稳操胜券，而我们，被她扒了皮。什么皮？纯洁。什么肉？不纯洁。那么，诗人所写，真不是做爱？钉钉子，是本体还是喻体？做爱，是喻体还是本体？我们不敢随便作答，眼巴巴，但看诗人的脸色。再来读《我们是如何度过了新年》："是谁设计了/这道一针见血的门/我绝不想比喻什么。我说的是/自动转门"。我们已经没辙，只好附议：她确实不想比喻什么。然而，诗人的花招，并非声东击西，而是声东击东。声东击东，其间，向西虚晃了几枪。诗人看过了没皮的不纯洁，或许会说：他妈的，怎么啦，我就是写做爱，我就是喜欢下半身！下半身意味着新鲜、肮脏、酥麻、激动、快活、大汗淋漓、痉挛和隐瞒，上半身呢，则意味着礼仪、禁忌、苟且、活受罪、皮笑肉不笑、硬撑和装模作样。尹丽川的意义或在于，怂恿下半身，挑逗和冒犯着我们的上半身。大白菜、土豆、两块肥肉、洞……都是本体，都是喻体，都是身体。可参读《经过民工》和《爱情故事》。尹丽川的这批作品，不妨暂且称为情色诗。情色诗是尹丽川的前锋，而情色小说，则是她的中场和后卫。可以参读短篇《偷情》和长篇《贱人》。情色诗，从夏宇，到唐亚平，乃是新诗的一个小传统，到尹丽川，这个小传统已然变本加厉。情色小说，从明朝，到清朝，乃是古典小说的一个小传统，到尹丽川，这个小传统已然破茧化蝶。古典情色小说，或有三种立场：男性中心主义，女性中心主义，以及两者的并行不悖。可分别参读《肉蒲团》《痴婆子》和《灯草和尚传》——尹丽川的《青春之歌》，就人物关系而言，或可视为对这些小说的当代重写。男性中心主义，通俗地讲，就是进攻和征服主义，就是占便宜主义,就是摸了一把主义,就是采阴补阳主义。诗人见过女人骂街,"用着男性术语",可见男性中心主义甚至已经成为女性的无意识。尹丽川的诗与小说,就是要撕碎这种古老而怪异的单方面协议。贼采了花,花也采了贼,哪里有什么中心,谁能说谁占了谁的便宜?仔细玩味《为什么不再舒服一些》,不难发现,诗人运用的是教唆的、颐指气使的、着急而善变的、不容分说的口气,不会给听者——应该是男性吧——留下任何谈判的余地。诗人有所不知,在《灯草和尚传》,在第五回,秋姐早已发表过更流氓的女性中心主义宣言,"都是一个妇人家,谁不想偷几个男子汉?"秋姐是秋姐,尹丽川是尹丽川。对她们来说,性的游戏特征,身体的快乐功能,却都是天赋人权,与道德、伦理和集体主义没有半毛钱的关系。没有游戏,没有快乐,就会成为罪犯、变态狂或精神病患者。但是,道德、伦理和集体主义,作为教育和环境,仍然捆绑着当代女性。诗人是个"好榜样",她也收集、讥讽和挽救着若干"坏榜样"。动辄脸红的女孩,女研究生,妈妈,只有塑料身体,那就都是"坏榜样"。来读《妈妈》:"自从我认识你,你不再水性杨花/为了另一个女人/你这样做值得么"尹丽川有着桃花眼,有着狐狸心,她的诗,亦堪称欲望之诗、快感之诗、"犯贱"与"无耻"之诗。我们一边这样说,一边又觉着哪儿不对劲儿。诗人鲜有——却真有——几次自辩,来读《解决》:"我有多邪恶/就有多善良"尹丽川有两道门，这两行诗，就是两把钥匙。侯马先生同时持有两把钥匙，故而，就有资格献诗给尹丽川："她比鸡还漂亮/却像少女一样羞涩"那就这样来小结吧：在尹丽川这里，下半身，上半身，前者对后者，与其说是反对，不如说是校对。

王敖（1976— ）

新世纪就是创世纪，2001年，王敖开始写作《绝句》。每首三句、四句、五句或六句，已然自成一个系列。诗人的想法有两个：其一，更新读者的感受力，其二，接续漫长的抒情传统——两者，直如两刃相割。诗人却很享受此种险境，偏要在水火之隙，去丰满想象力之翼，去展开想象力之鬻。如何更新读者的感受力？答曰：荒岛求生。每个字，每个词，都被置于荒岛，都挟带着一块冲浪板，要去挑战未知的可能性的大海。挑战就是意义。所以说，修辞可曾玉成过某个故事或思想？不，它只负责少量的——甚至微量的——"实用"，却玉成了自身的快感、自身的放浪形骸。诗人已经乘上了形式论写作的地铁，他将抵达一个双黄的站台：形式，形式作为内容。"昨夜失灵的，小神般的水母就像/会走的僧帽，来自并对抗虚空大师"有了这个前提，方可言及诗人的节奏感。这是一种什么样的节奏感呢？爵士乐？布鲁斯？即兴演奏？或许可以如此理解，音乐搅拌了诗人的生活和诗歌，他已不能将三者历历分开，爵士乐也罢，布鲁斯也罢，即兴演奏也罢，并非刻意，却又如此刻骨地决定了诗歌的骨架。在写作中，有时候，诗人也会放开音乐，这放开，却是为了更深入地探知音乐的可能性。比如，所有词，都可以是象声词。故而，可以通过谐音来求得字句的飞快滑动。从"玉人"到"愚人"，从"飞人"到"非人"。此种飞快滑动，形成了诗人所说的"谐音的瀑布"，其实也就是"能指"（Signifiant）的瀑布。对于此种游戏，笔者不敢寄予厚望，但确已看到，当诗人拿捏得当，字的滑动，响应了词，词的滑动，响应了句，句的滑动，响应了篇，这样，非徒机趣而已，也有可能抓住一把美学的变量和增量。如何接续漫长的抒情传统？答曰：死蛇弄活。单就形式感来说，王敖，既不是王镣，亦不是王条——后面二王，都是唐人，都曾入选宋人洪迈编选的《万首唐人绝句》。唐人绝句，堪称绝代，如今却都是死蛇。王敖绝句，仍是新诗。他写到飞机、光纤，也写到玄珠、白猿、水苍玉。难道因了写到后者，就能拾得唐人的牙慧？王敖的智力，奇崛，幽深，断不会如此咬定。关于唐人的抒情传统，还是宋人严羽说得好，"如空中之音，相中之色，水中之影，镜中之象，言有尽而意无穷"——王敖自是晓得。此种风神的求得，赖于克制抒情,赖于禅宗或道家美学。"在音乐的潮水里画了一幅山水画"——王敖亦能得其堂奥。诗人写有一首《无焦虑先生传》,此种无焦虑,恰恰乃是反复焦虑的结果。无焦虑,故而,死蛇弄活,故而,能得古绝句的风神。有趣的是,王敖,常常自称"王道士"。见于《王道士与水晶人》《王道士对故居闪电的三层回忆》《王道士访问拿撒勒的古玩店》和《王道士问龙须虎》。其诗集,《王道士的孤独之心俱乐部》,书名固然取自披头士乐队(The Beatles)的唱片《佩伯中士的孤独之心俱乐部乐队》(Sergeant Pepper's Lonely Hearts Club Band),却没有洋味儿,反倒有古味儿。"就像核桃啊,躺在樱桃的身边/要静静相对,又想要交欢"——这是王道士在美国的美学小捷报,顺势也可以说,这也是王道士给中国的美学新面貌。乃是什么样的含混啊?中与外,古与今,乃至女与男,"旗袍中的莎士比亚"。两个问题回答完毕,现在,可以来面对王敖绝句的三副面孔。其一,作为记忆的怀疑论,或变形记;其二,作为童话、神话,或反童话、反神话;其三,更为习见,"掌握了小概率",作为绝妙的论诗诗——这个遥继了唐人杜甫或金元人元好问的论诗绝句传统。可以分别举例,奈何诗名儿都叫作《绝句》。

沈浩波（1976— ）

2000年7月，《下半身》创刊——这是"恶棍"的小本营。阿勃丝（Diane Arbus）的摄影作品，《拿玩具手雷的小男孩》，被倒置，用作《下本身》的封面。小男孩叫Colin Wood，他后来回忆说，阿勃丝在他身上看出了挫折、愤怒和来自环境的约束性压力。狼来了。现在轮到沈浩波，这家伙，吃了豹子胆，把玩具换成了真的手雷。"我们要让诗意死得很难看。"沈浩波的写作，翻了脸，铁了心，很快沉溺于最无耻的肉体法则。道德、使命、思想和绕口令，对肉体来说，都是累赘，都是蛮横，都是五花大绑。沈浩波只要一丝不挂的肉体，只要一往无前的快乐，就如同，他只要冒着烟的快要炸开的手雷。狼真的来了。可参读《一把好乳》《肉体》和《黄四的理想》。沈浩波大摇大摆，步入了肉体的现场——有的学者却说，他虚构了肉体的乌托邦。"乌托邦"，不就是上半身吗？这批见血封喉的作品，恰恰对皮笑肉不笑的上半身，对半推半就的新诗，对羞答答的传统，构成了前所未有的渎犯。沈浩波的坏，明目张胆，得寸进尺，坏得有滋有味，坏得有余有剩——这显得有点儿奇怪。来读《下半身写作及反对上半身》："我们亮出了自己的下半身，男的亮出了自己的把柄，女的亮出了自己的漏洞。我们都这样了，我们还怕什么？"来读《思考》："到底要到什么时候/我才能把/世界上的/那些正人君子们/全都恶心死"这样的宣言，这样的作品，给同仁带来了肉蒲团，也给对手赠送了甜枣和道德意义上的制高点。那些写律诗的老干部，那些学习十字绣的淑女，那些班主任，那些居委会大妈，那些天真派，那些参加过琼瑶夏令营的中学生，那些吃瓜群众，他们很快就登上了这个制高点。"真是不要脸啊！"他们这样口诛沈浩波。但是，这个制高点，上去容易下来难——除非他们现出了原形。沈浩波手持照妖镜，先让自己现出了原形。可参读《自画像》《朋友妻》《给自己的献词》和《心藏大恶》。自嘲，自损，"对自己下刀子"，正话反说，都是策略，都是心机，都是拖刀计，都是让步修辞。沈浩波的巴掌，打的是自己，疼的是所谓正人君子。白头蝰的面具，赤子的面具，都掉了，都碎了，双方都现出了原形。呵呵，吓死宝宝了。原来这家伙徒有白头蝰的面具，瓢子里，却掖着赤子的心肠。这样说，不会挨揍吧？好在有诗为证，有案可稽。可参读组诗《文楼村纪事》。河南省共有三十八个艾滋村,其中,文楼村位于上蔡县。沈浩波去了文楼村,用诗,报道了真相,用怜悯、疼痛和怨怼,呼吁着更加广阔的人道主义关怀。真所谓:民间疾苦,笔底波澜。仅就后期写作而言,沈浩波有重器,亦有轻功,在长诗和抒情诗方面,他忽而展示了从来未被预期的某种能力——或者说犬牙交错的、合金的、比翼的两种乃至多种能力。残酷与爱,调侃与痛心疾首,轻佻与滞重,世故与一根肠子通屁眼儿,生猛与温柔,好勇斗狠与虚静,粗糙与婉约派,戾气与真气,好色与好德,崇低与崇高,肉体、快乐与思想性,构成了沈浩波的若干对经纬。可参读《蝴蝶》《时间到啦》和《秋风十八章》。从《秋风十八章》,原指望得到一卷洁本沈浩波,"风渐冷/菊花渐残/山色渐渐杂乱",在这样的语势中,诗人却不断跑调,不断分心,以致终于写成了"狗日的"反抒情诗。"你的平衡中有不平衡吗,没有,那你又太平衡了。"沈浩波的写作史,反,正,合,堪称三段论。反是凤头,正是猪肚,合是豹尾。三者的交替,既有外在的突兀感,亦有内在的逻辑性。除了肉体法则,快乐法则,还当有生命法则和现实法则。所谓改正归邪,改邪归正,亦正亦邪,云云,都是瞎扯蛋。那么,该怎样来小结呢?在谈到陀思妥耶夫斯基的时候,鲁迅先生的几句话,或许可以移用于沈浩波,"他……不但剥去了表面的洁白,拷问出藏在底下的罪恶,而且还要拷问出藏在那罪恶之下的真正的洁白来。"

郑小琼（1980— ）

五金厂的女工——郑小琼——带着血泪斑斑的刻骨的疼痛感误入了颂歌比赛的现场，惊扰了安静的、闲逸的、经卷气的书斋化阅读。读者还来不及挑剔她的莽撞、粗糙和不转弯，心就猛地收紧；我们比任何时候都更为清楚：龙，真的来了。这个看似木然的诗人，出入于工厂和城中村，几乎每天都会遇到补鞋匠、小贩、收荒客、建筑工人、妓女、嫖客、失业者、小偷、抢劫者和贩毒者，她与他们打着招呼，带着畏惧、提防、担忧、关切和同病相怜。当她穿上蓝色工作服，走近灰色流水线，工业美学就开始嘎嘎转动，不知疲倦，永无终结，绞断了工友的手指，绞碎了他们的日日夜夜。也许郑小琼并不精通初级工业美学对土地、水和能源的敲诈，但是她比任何人都深知，此种工业美学对肉体、爱和人性的践踏。汽车，火车，轮船，千万只蛇皮口袋,把温情脉脉的农业美学携带到南方的千万座工厂,刚进车间,刚上机台,就被此种工业美学碾压成一堆堆齑粉。在其中一堆齑粉之间,郑小琼完全不是出于对文字的仰慕,而是出于对铁和残酷现实的震撼,她不可控制地展开了她的螺丝抒情、扳手抒情、皮带抒情、十字刀抒情和火炉抒情,伴随着一个底层人物的良知和无力感,伴随着一种看似老掉牙的现实主义笔法。没有柔身术,没有遁身术,敏锐,直接,凌厉,飞溅,信手,直面,忍睹,五味杂陈,百感交集,心跳紊乱,气息匆迫,无望亦无惧,化力量为悲痛:"海水的咸在她的肉体中涨潮"可参读《大海》。诗人只是写出了个人的酸楚,个人的见闻,并非刻意藉此获得某种道德优势,却在不经意间成为一个巨大群体——"终年忙碌的蚂蚁"——的代言人。郑小琼,已是作为代言人的郑小琼、符号化的郑小琼——这个符号,如此亟需,又如此不合时宜。也许可以这样说,"郑小琼",既来自四川,来自南充,也来自贵州、甘肃、河南或东三省。郑小琼的非虚构作品《女工记》,讲述了上百个女工——怎么说呢,她们有时也是妓女、小三和乞丐——的生活真实和生存真相,堪称卑微列传、贫穷列传、屈辱列传或痛苦列传,被视为"关于女性、劳动与资本的交响诗"。《女工记》将诗与散文并置,互文,并让散文填补了诗行之间的裂隙。两种文体的连辔,实则就是诗家与史家的连辔。其结果,诗,也就获得了社论或报告文学般的力量,并将逐步"在文学作品中提供更为人性的世界观"。由郑小琼,我们会想到张彤禾(Leslie T Chang),由《女工记》,我们会想到《工厂女孩》(Factory Girl)。两位女士都能带头吃螃蟹,吃别人不敢吃的螃蟹。前者的嘴,是诗,是散文,后者的嘴,则是所谓"非小说":两张嘴都嚼出了真相的辛辣。由此亦可看出,郑小琼虽是弱女子,却非小女子,她也怀抱警世钟,遥望着国家、信仰和历史,并为在无数黄麻岭"集聚的暴力"生发出深广的忧虑。真是干卿底事。

后 记

　　《窥豹录》的写作，历时四五年，大致可以分为两个阶段。到2016年4月，先期完成六十六篇，论及六十六位诗人，起于孔孚，讫于郑小琼，收入小书《琉璃脆》，茱萸为撰专序，已在古都西安出版。这算是初版。到2018年4月，续写完成三十五篇，并从《琉璃脆》选出六十四篇，共计九十九篇，论及九十九位诗人，起于周梦蝶，讫于郑小琼，合成小书《窥豹录》，笔者另撰代序，将在古都南京出版。这算是再版。原写的六十四篇，这次均有修订，甚或重写，故而本书亦堪称新书。书名儿叫作《窥豹录》，因沿用已久，渐成周知，便也不再另作打算。古代《点将录》，当代《谈艺录》，这两个书名儿，也有些大而无当。为了稍微弥补这种大而无当，笔者从卡林内斯库（Matei Calinescu）的名著《现代性的五张面孔》为此书借来个副标题：

"当代诗的九十九张面孔"。这算是扯虎皮做大旗。

此书论及的九十九位诗人,组成了笔者心目中的当代诗矩阵。这里论及的个别诗人,或无足够的重要性,之所以论及,当有谱系或类型等方面的考虑。尚未论及的若干诗人,或有足够的重要性,之所以尚未论及,当有相关资料不足、笔者能力不逮或研究时机不成熟等方面的原因。所以说,这个矩阵并不完整,而且动荡不安,此书也就只能是——甚至永远是——宿命的半成品。

正如读者诸君之所见,在这里,笔者出示了老派的文化立场:去西方中心主义,去白话原教旨主义。此种文化立场,颇接近当年学衡派。西洋诗,古典诗,都是新诗之源。笔者想要试着证明,除了西洋现代批评,还有中国古典诗学,这两个工具,都能读解新诗。亦即所谓中学西学道术未裂,今人古人诗心相通。笔者指望新诗批评打破学科壁垒,而又不仅是既有工具的应用研究。新诗与批评工具,相互挑逗,或可获得同步的"当代性"。这才是有效的对话,这才是最堪向往的胜景。

笔者主要在两个方面——感性批评和词条式批评——强化了批评文体学自觉。先说感性批评。感性批评乃是古来的传统,及至西学东渐,理性批评却占了上风成为主流。感性批评者,作家之文也。理性批评者,学者之文也。试看今日批评界,千人一面,皆学者之文也。为此,笔者暗里发愿,要求得一种别开生面的鲜榨的感性。这种感性，如此性感，天知道，反而需要更曲折的理性呢。再说词条式批评。每篇只有一个自然段，每个自然段只有一两千字。所有闪转腾挪，综合也罢，分析也罢，均不得跨出这个小房间。综合者，宏观之论也。分析者，微观之论也。两者，却不可偏废。尤其是词条式批评，更要自相矛盾地实现小角度破门。未能寸铁杀人，或可尺水兴波。这些都是云端的理想，至于笔底的现实，可能就会显得很骨感。

前述批评文体学自觉，很快，就将笔者推向了险象环生的劳动。阅读，写作，阅读，写作，九十九次，推巨石，上高山。阅读下足了功夫，写作就节省了时间。故而，笔者不惜大量阅读。其间阅读过的诗集，以百计，阅读过的诗，以千计。尽管如此，写作仍如老牛拉破车。字字斟酌，句句推敲，每天只得三五百言。甚或枯坐数小时，不得一个字，眼睁睁地虚度了韶光。记得写作《翟永明》，就曾废掉十余次开头。而从外部环境来看，在写作此书期间，尤其是2017年，堪称公务猬集而私事蚁聚。八十老父七十老母多次进医院，十七八小儿即将考大学。老父老母如风烛，小儿如风筝。为人子，为人父，几乎两头不及格。种种压力，如浪如潮，让笔者识得了何谓中年。中年著述多逶迤，几度罢笔，几度咬牙，不知经历了多少彷徨。好在，有苦役，亦有快感，终于还是完成了写作计划。周梦蝶先生有言，"不久读，不苦学，不高谈，不豪饮"。笔者不唯犯了前两条,恐亦犯了后两条,来去思量,真真是无药可救了。

临到最后,还要补充几条说明。其一,顺序。九十九位诗人,均按生年排列。生年相同,则从新诗发生学角度再作斟酌。这种体例,暴露了芳龄,所以特别要向有关女诗人致歉。其二,引文。引文出自被论及的诗人,不再注明作者名。引文出自他人,随文注明作者名。为了减少繁缛,一般不再注明书名或篇名。其三,篇幅。每篇长短不等,所用文字量,或有偶然性,与被论及的诗人的重要程度全无干系。文无第一,武无第二。此书不排座次,只欲较为得体地呈现当代诗的丰富性。

《窥豹录》的写作已经暂告段落,成耶,败耶,知我,罪我,笔者哪里还管得?当代诗,新诗,已经让笔者产生了审美疲劳。此后两三年,且容笔者读唐诗去也。两三年以后,希望此书能有增补的机会。由当代而现代,由中篇而长篇,由九十九张面孔而N张面孔,可望草成一部个人化的新诗接受史。

最后,笔者要感谢沈奇教授和黄小初社长——没有他们的青眼,甚至,就不会有此书的写作和出版。要感谢洛夫、管管、商禽、林子、张新泉、哑默、周伦佑、严力、梁小斌、王小龙、于坚、翟永明、柏桦、蓝马、欧阳江河、刘以林、马莉、吕德安、莫非、吉狄马加、车前子、臧棣、尚仲敏、草树、田禾、阿吾、树才、张执浩、余怒、陈先发、杨键、桑克、赵思运、安琪、蒋浩和泉子等各位师友——他们为笔者提供过各种襄助

(包括接受采访或赠送资料)。《琉璃脆》出版后,八十三岁耋龄的林子老师,就曾寄来新书及近作,让笔者有机缘从容增补《林子》。要感谢李少君先生及《诗刊》、王燕女士及《星星》、荣荣女士及《文学港》、黄梵先生及《两岸诗》、哑石先生及《诗镌》、蒋浩先生及《椰城》——他们选发过此书的部分篇章。要感谢马铃薯兄弟及江苏凤凰文艺出版社——他们长期坚持出版小众的新诗读物,穷尽着版式的精致,并承担了市场的风险。还要特别感谢 L 同学、W 博士和 Z 教授——他们是此书的最早的读者,最早的点评者,他们恰如其分的鼓励,正当其时的安慰,各尽其能的关切,早已让笔者五内俱铭。

胡 亮
2018 年 4 月 8 日